27 cours d'Estienne d'Orves 13001 Marseille

Couverture : © JG

Directeur de collection : Jimmy Gallier

www.polar.jigal.com

ISBN 978-2-37722-130-1

MAURICE GOUIRAN

TU ENTRERAS DANS LE SILENCE

ÉDITIONS JIGAL

DU MÊME AUTEUR
aux Éditions Jigal

La Nuit des bras cassés
Prix Sang d'Encre des Lycéens 2003
Le Théorème de l'engambi
Le Dernier des Chapacans
L'Arménienne aux yeux d'or
Les Martiens de Marseille
La Porte des Orients perdus
Les Damnés du Vieux Port
Marseille, la ville où est mort Kennedy
Coup de cœur Blues & Polar 2013
Sous les pavés, la rage
Prix virtuel du Polar 2006
Terminus Ararat
Train bleu, Train noir
Prix Livresse de lire 2013
Putains de pauvres !
Les Chèvres bleues d'Arcadie
Les vrais durs meurent aussi
Le Sang des Siciliens
Qui a peur de Baby Love ?
Appelez-moi Dillinger
Franco est mort jeudi
Sur nos cadavres, ils dansent le tango
Et l'été finira
La Mort du scorpion
Mais délivrez-nous du mal
L'Hiver des enfants volés
Une nuit trop douce pour mourir
Maudits soient les artistes
Le Printemps des corbeaux
Le diable n'est pas mort à Dachau
Prix La Ruche des Mots Polar 2017
L'Irlandais
Grand Prix Littéraire de Provence 2018
Qaraqosh
Prix Inter-Rhône 2019

La raison et la logique, c'est pour les temps ordinaires.

Jean Giono

Même si ce roman fait référence à des évènements historiques avérés, il reste une œuvre de fiction.

PROLOGUE

Lorsque le sénateur Paul Doumer arrive à Petrograd au mois de décembre 1915, il n'a qu'un objectif en tête : obtenir rapidement des renforts. Pour appuyer sa demande, il emporte dans ses bagages un mémoire confidentiel, « Comment créer une réserve d'infanterie russe en France », élaboré par la conférence interalliée qui vient de débuter à Chantilly.

Il faut avouer que la situation est catastrophique : beaucoup de ceux qui, seize mois plus tôt, étaient partis la fleur au fusil, persuadés qu'ils rentreraient victorieux pour fêter Noël en famille, ont laissé leur peau dans la boue des champs de bataille. L'état-major français a fait ses comptes : 360 000 morts en quelques mois en 1914, plus 320 000 en 1915. Ça fait beaucoup… Beaucoup trop. Pour compenser ces pertes, on a dû importer massivement les hommes valides des colonies puis, comme cela ne suffisait toujours pas, on a envisagé de mobiliser par anticipation la classe 1916 – des jeunes de 19 ans – avant de se tourner vers l'allié russe.

Car la solution se trouve peut-être à Petrograd : l'armée du tsar possède un potentiel de plus de 5 millions d'hommes. Des ressources inépuisables mais dénuées de formation militaire et dramatiquement sous-équipées.

Le deal proposé par Paul Doumer à Nicolas II est simple : des hommes contre des fusils.

Joffre, le généralissime à la tête de l'armée française, souhaite recevoir 120 000 soldats par mois en échange desquels il s'engage à fournir 450 000 fusils à l'armée impériale. Dans un premier temps, le tsar lui accorde 44 000 hommes encadrés par 750 officiers. Ces soldats russes sont répartis en quatre brigades. La première, commandée par le général Lokhvitski arrive à Marseille en avril 1916.

MARSEILLE 1916
KOLYA

I

Jeudi 20 avril 1916

Mon ami Slava est un assassin. Oh, je sais bien que la juxtaposition contre nature de ces deux mots, « ami » et « assassin », peut vous choquer. Je sais aussi ce que vous allez prétendre, la main sur le cœur…

Que vous ne mangez pas de ce pain-là.

Qu'il n'y a pas, qu'il n'y a jamais eu, qu'il n'y aura jamais d'assassin dans votre entourage.

Mais qu'en savez-vous réellement ?

Est-ce qu'on confie ses crimes à son cousin ou à sa belle-mère ?

Nous avons quitté Moscou le jeudi 3 février. Lorsqu'on nous a entassés dans les téplouchkas, des wagons du Transsibérien hâtivement transformés pour le transport des troupes, je me suis retrouvé avec les gars de mon unité, la troisième compagnie du premier régiment d'infanterie de la première brigade. C'est là que j'ai rencontré Slava, mais aussi Iouri, Rotislav et les autres. Ces garçons étaient, comme moi, inquiets du long voyage à venir et surtout de la guerre qu'il y aurait au bout. À Irkoutsk, nous avons fait la jonction avec nos camarades du deuxième régiment. C'étaient des hommes de la région de Samara, la plupart paysans sur les bords de la Volga.

Notre brigade au complet prit alors la direction du Pacifique.

Une fois parvenus à la frontière de la Mandchourie, on nous a transférés dans un autre chemin de fer, le tout récent Transmandchourien, pour poursuivre notre périple. Nous n'y avons pas, pour autant, trouvé plus de confort…

Voici donc plus de trois mois que nous nous côtoyons jour et nuit. Nous avons énormément discuté de tout et de rien. À vrai dire, nous n'avions pas grand-chose à faire…

Forcément, le sujet qui revenait constamment sur le tapis lors de nos premières discussions, c'était les filles. Aucun de nous quatre n'était marié. Rotislav venait tout juste de se fiancer – une drôle d'idée lorsqu'on doit partir risquer sa peau à la guerre ! – et se montrait très discret, au contraire de Slava qui relatait avec des tas de détails plus ou moins scabreux ses multiples aventures.

Slava est un vantard sympathique qu'on questionne avec plaisir car il sait pimenter d'humour ses aventures (vécues ou fantasmées ?) les plus délirantes. Iouri, lui, était souvent ailleurs. On avait l'impression qu'il n'écoutait que d'une oreille mais quand il se confiait, généralement après quelques verres de vodka, on aurait dit qu'il avait possédé toutes les paysannes de Pouchkino, avec toutefois une préférence pour une certaine Marina, une voisine de l'âge de sa mère.

Moi, je n'avais pas grand-chose à cacher sur ce plan-là. J'avais collectionné les aventures sans lendemain avec des filles aux idées plutôt progressistes qui préconisaient et pratiquaient l'amour libre.

Au bout de quelques jours, il m'apparut cependant que, pour chacun d'entre nous, c'étaient les épisodes de notre enfance, bien plus que nos récents marivaudages, qui nous avaient vraiment marqués. Ils revenaient sans cesse dans nos propos, comme un leitmotiv, comme une blessure que rien ne pouvait guérir car elle était ancrée trop profondément dans notre esprit et notre chair.

Les jeunes années de Slava semblaient se réduire aux bastonnades quotidiennes d'un père violent, aux coups de ceinturon de ce moujik ivrogne et sale qu'il voyait rentrer chaque soir avec effroi. Pour Rotislav, c'étaient les berges déprimantes de la Volga et l'insupportable fatalisme de ses parents, des bigots toujours prompts à remercier le Seigneur, bénissant les souffrances quotidiennes qu'Il daignait leur octroyer pour leur ouvrir les portes de Son paradis. Pour Iouri, c'était le goût de la chtchi et les relents entêtants et rances de chou qui stagnaient dans l'unique pièce sordide du logis familial.

Moi, je ne racontais rien de mon enfance, sans doute parce que je n'avais jamais eu d'enfance. Je leur confiais surtout mes idées et mes engagements. Mes tourments de jeune adulte me paraissaient plus respectables que mes caprices prépubères.

J'avais bien compris que, pour mes amis, ces retours incessants sur le passé n'étaient qu'un prétexte, afin de justifier l'abandon du domicile familial pour aller chercher mieux ailleurs. Nous avions en commun une enfance indigente, sinon malheureuse, dans des milieux plutôt misérables, parfois gangrenés par l'ivrognerie, l'indifférence, la brutalité voire l'inceste. Nous nous confiions librement et ne cherchâmes jamais à savoir ce qui se cachait derrière les non-dits et les attitudes déconcertantes, telle celle de Iouri qui me paraissait constamment en proie à d'étranges phobies.

Si nous étions attentifs aux révélations des autres, nous respections leurs silences.

Malgré cela, je crois honnêtement qu'au fil des discussions et des échanges, nous avons tous eu le temps de nous jauger, à défaut de vraiment nous connaître, et de nous apprécier.

Nous sommes devenus assez proches naturellement, parce que nous partagions les mêmes souffrances, les mêmes angoisses et les mêmes espoirs, parce que nous devinions que les jours à venir seraient difficiles et que nous devrions les affronter ensemble.

Nous avons ainsi passé trois mois sans nous quitter d'une semelle, trois mois durant lesquels Slava a toujours eu une conduite irréprochable à mon endroit et fait preuve d'une disponibilité de tous les instants. Je n'avais aucune raison de le croire différent des autres ou de me méfier. Ce garçon n'arborait pas la mention « meurtrier » gravée au fer rouge sur son front !

J'apprécie d'autant plus sa compagnie qu'il est le seul du régiment à manier l'humour avec décontraction, surtout l'humour noir et l'ironie, et qu'il aime jouer les mauvais garçons avec un côté matamore qu'on ne prend guère au sérieux. Mon amitié avec Slava, forgée tout au long de cet interminable et insupportable parcours, est donc bien antérieure à ses récentes confidences sur le meurtre du vieux Glazov.

Ce soir-là, le *Latouche-Tréville* doublait la corne de

l'Afrique. Nous étions tous deux sur le pont, accoudés au bastingage. En me confessant son forfait, ne cherchait-il pas à soulager sa conscience ?

Et moi, aurais-je dû le mépriser à cause de cela ? Le rejeter du jour au lendemain ?

Aurais-je dû lui interdire, parce qu'il avait failli, toute possibilité de se racheter ?

Je sens Slava nerveux. Son regard balaye fébrilement l'horizon et sa main tremblote de manière presque imperceptible contre la couture de son pantalon. Sans doute les effets d'un bouillonnement interne qu'il tente de juguler…

Slava est un garçon impatient. Impatient de découvrir cette ville, ce pays et, bien plus encore, ce monde où il va renaître.

Bien entendu, aucun d'entre nous n'oublie qu'il y aura la guerre au terme du voyage.

Une saloperie, la guerre…

Slava reconnaît volontiers qu'il n'a pas vraiment eu le choix : « C'était ça ou la police du tsar. C'était ça ou finir avec une balle dans la nuque ! » m'a-t-il confié avec ironie tandis que nous abordions le golfe d'Aden. Tout compte fait, la baston avec les soudards de l'empereur Guillaume lui avait paru quand même préférable à la traque et aux sévices des sbires de l'Okhrana !

Ça, je peux le comprendre…

Voici enfin la terre de France.

Mais que cette expédition jusqu'à Marseille fut longue et éprouvante !

Il faut avouer que ces temps-ci, voyager de Russie en France est plutôt compliqué. Il est hors de question de traverser l'Allemagne ou l'Autriche-Hongrie, deux empires avec lesquels nous ne sommes pas dans les meilleurs termes... Impossible également d'emprunter la route maritime par la mer Noire puisque le détroit des Dardanelles est sous le contrôle de l'Empire ottoman, fidèle allié des deux précédents. Impossible enfin de passer par la Baltique, constamment surveillée par la Kaiserliche Marine, ou la mer Blanche, prise par les glaces. Reste donc le chemin le plus long, celui que nous avons pris, celui qui nous fut davantage imposé par les circonstances que vraiment choisi.

Nous avons d'abord subi vingt-quatre jours de grand froid, serrés dans les wagons inconfortables qui parcoururent la bagatelle de douze mille kilomètres à travers les plaines asiatiques. Certaines nuits, le thermomètre est descendu jusqu'à moins cinquante ! Même avec la chaleur corporelle dégagée par les quarante gars et les huit chevaux entassés dans chaque téplouchka, même avec la tiédeur vénéneuse des poêles asthmatiques brûlant un charbon de bois humide, même avec nos pelisses en peau de mouton et nos bonnets d'astrakan, nous nous les gelions !

Une fois arrivés à Dairen, changement de décor.

C'était le 29 février (1916 est une année bissextile, est-ce un bon présage ?) et deux navires nous attendaient, l'*Amiral Latouche-Tréville* et l'*Himalaya*.

— Tu crois qu'on pourra tous monter à bord ? m'a demandé Rotislav, vaguement inquiet.

— T'en fais pas, ils n'oublieront personne ! Ils tiennent trop à notre présence en France. Le capitaine m'a dit qu'ils avaient prévu plusieurs navires.

Nous étions impatients d'embarquer, de quitter cette terre inhospitalière, mais les popes ont pris, comme d'habitude, les choses en main et nous ont imposé leur numéro en se lançant dans d'interminables bénédictions sur le quai. Ces prêtres bénissent tout avec une sorte de frénésie : les hommes, les chevaux, les drapeaux, les bateaux…

Que ferions-nous sans Dieu et ses zélés serviteurs ! ? Cette saloperie de religion, qui a gangrené le pays en se substituant à l'éducation et en le faisant sombrer dans le mysticisme, nous poursuivra donc jusque dans les tranchées !

Nous nous sommes retrouvés en rangs serrés sous une immense bannière ornée de la figure du Christ. C'était la première fois que la totalité de l'effectif de la brigade était rassemblée.

— On est au moins cinq mille… a repris Rotislav à voix basse pendant l'office.

— Cinq mille ? Tu rigoles… Nous sommes beaucoup plus : onze mille, a chuchoté Slava.

Onze mille…

J'ai tenté de réprimer un sourire, ça les a étonnés.

— Tu trouves ça drôle ? m'a demandé Slava, agacé.

— Je t'expliquerai plus tard, ai-je répondu.

Le pope psalmodiait dans une ambiance recueillie. Ce n'était guère le moment de confier à mes amis que mon fou rire était dû au roman *Les Onze Mille Verges* paru en France une dizaine d'années plus tôt, et qui circulait sous le manteau dans certains milieux avant-gardistes de Moscou. Il était mystérieusement signé G.A. – l'auteur avait préféré garder l'anonymat – et sa lecture m'avait bien amusé. Le pope bêlant à deux pas de nous l'aurait sûrement brûlé après l'avoir aspergé d'eau bénite tant l'éclectisme pornographique puissant du dénommé G.A. balayait tous les principes poussiéreux et rétrogrades de l'église et de la société !

Une fois les bénédictions expédiées, on nous a à nouveau parqués comme des animaux sur ces paquebots réquisitionnés pour le transport de troupes.

Oui, comme des animaux.

En fait, depuis notre départ de Moscou, nous n'étions plus considérés comme des hommes mais comme du bétail que l'on envoie à l'abattoir. En d'autres temps – en temps de paix, voulais-je dire – la balade m'aurait séduit tant l'exotisme des noms des ports où nous devions accoster incitait au rêve. Hong Kong, Saïgon, Singapour, Colombo, Djibouti, puis une remontée vers la Méditerranée par le canal de Suez...

Ces deux mois de navigation sur des navires surchargés, par des températures caniculaires qui exacerbaient les agressivités, avec un manque d'eau et une nourriture avariée, furent un vrai calvaire. Nous sommes passés du gel, du vent glacé et de la neige qui recouvrait la Sibérie et la Mandchourie à l'étuve étouffante et humide de la mer de Chine et de l'océan Indien. Durant la journée, l'intensité du soleil tropical et la touffeur de l'air nous interdisaient même de nous aventurer sur le pont.

La dernière étape méditerranéenne ne fut pas la moins pénible. Avril nous apporta le froid et la tempête. Nous avons dû ressortir des paquetages les vêtements chauds qui nous avaient été si précieux dans le Transsibérien. Et comme si le mauvais temps ne suffisait pas, la rumeur des bateaux coulés par les sous-marins allemands se répandit comme une traînée de poudre et généra l'effroi. On nous signala même un mystérieux U-Boot qui nous coursait...

Nous attendions avec appréhension la torpille fatale. Par paquets de cent, nous nous arrimions sur le pont à de gigantesques flotteurs de liège. La plupart d'entre nous ne savaient pas nager. Nous n'avions quand même pas fait tout ce voyage, enduré toutes ces souffrances, pour mourir noyés comme des rats aussi près du but !

Finalement, la mer se déchaîna, et j'aime imaginer que c'est cette ultime tempête qui nous permit d'arriver sains et saufs en écartant la menace du sous-marin invisible.

Depuis notre départ de Moscou, nous avons ainsi parcouru plus de trente mille kilomètres dans des conditions exécrables qui nous ont usés prématurément. Plus que la promiscuité, la puanteur, la faim et la soif, ce sont les brutales variations de température qui ont constitué l'épreuve la plus éreintante.

Tu parles d'une balade…

Le paquebot mixte de la compagnie des Chargeurs réunis, l'*Amiral Latouche-Tréville*, double le phare de Planier.

Le capitaine Volnov nous a répété qu'il convenait de donner aux Français une impression d'unité, de discipline et de puissance. Nous nous tenons tous au garde-à-vous, sanglés dans nos tenues, impeccablement alignés sur le pont. Nous sommes fiers de nos uniformes d'un kaki tirant sur le vert. Pour une fois, l'état-major a su tirer les leçons de la récente guerre contre le Japon et intégrer la nécessité du camouflage. Nous sommes des combattants sans armes mais non sans élégance ! On prétend que notre tenue est des plus modernes. En tout cas, elle contraste avec celles, plutôt désuètes, de certains belligérants qui priorisaient l'esthétique aux dépens de l'efficacité. La vingtaine de mois de combat a prouvé à tous que la guerre n'a rien d'une parade. Que penser, par exemple, des pantalons rouge garance plutôt voyants des Français qui en faisaient des cibles rêvées en 1914, avant qu'ils ne les troquent pour du bleu horizon ?

Le ciel est clair. Un azur pur et cristallin. Une brise glaciale, venue du nord-ouest, a chassé les nuages. J'aime bien ce temps froid et limpide. Je promène mon regard sur les versants qui cernent la cité et dressent un paysage aride mais extraordinairement ensoleillé.

La ville de Marseille est un agencement harmonieux de toits roses qui semblent couler des collines. J'aperçois, sur la droite, une fortification dressée sur un îlot. Sans doute le château d'If, celui du *Comte de Monte-Cristo*.

Oui, j'ai lu Alexandre Dumas…

Haut perchée dans la même direction, une église – peut-être même une cathédrale ou une basilique – semble protéger la cité. Les Français seraient-ils aussi bigots que les Russes ?

Au loin sur la gauche, une série de viaducs – certainement ceux d'une voie ferrée dont on ne peut deviner le terme – longe curieusement le front de mer.

Je cherche à intercepter les regards de Iouri, Rotislav ou Slava. En vain. Ils sont obnubilés par ce panorama surprenant. Je retiens un sourire devant ces grands enfants toujours prêts à s'étonner. Ils me considèrent un peu comme leur grand frère, non pas parce que je suis plus âgé qu'eux – en fait, la plupart d'entre nous ont entre 20 et 22 ans – mais parce qu'on m'a cousu d'autorité des galons de caporal sur la manche. Je dois cette promotion au fait que je suis le seul homme de troupe à parler français, ce qui peut être assez utile… en France !

Quelle lumière ! Habitués à Moscou, à sa neige et à ses mornes hivers, aux brumes de la Moskova, nous n'avons jamais connu un soleil aussi éblouissant. Nous avons eu très chaud sur le bateau, au large de l'Asie du Sud-Est, mais là-bas le ciel restait obstinément lourd, humide, chargé de nuages menaçants ou de brumes, alors qu'ici…

La France est en guerre mais que le front paraît loin de ce paysage paisible !

La guerre…

La guerre n'est encore, pour la majorité d'entre nous, qu'un concept, quelque chose d'abstrait, d'inodore, d'incolore. Nous n'en connaissons que les récits, certainement romancés, rapportés dans les cafés moscovites par les vieux briscards qui ont participé au conflit avec le Japon et les images héroïques colportées par une presse tsariste minée par la propagande.

Slava esquisse enfin un sourire.

Je sais à quoi il pense, le bougre… Il trouve certainement que la luminosité qui inonde généreusement cette rade est de bon augure. Slava est superstitieux, il a sans cesse besoin d'envisager son avenir à partir d'évènements anodins plutôt positifs.

C'est ici qu'il va refaire sa vie.

Peut-être même y trouvera-t-il du boulot…

Boulot, ce n'est qu'une façon de parler car il n'a pas vraiment de métier. Il a toujours vécu de rapines, de vols, de cambriolages. Il y aurait lieu d'écrire « survécu » plutôt que « vécu », tant ses butins ont été jusqu'ici misérables et ses aventures, même si elles revêtent un ton picaresque dans ses récits, sans gloire ni lendemain.

Sous ce soleil, cette existence minable va changer.

C'est à Marseille qu'il va se reconstruire. Il y mettra toutes ses forces.

Et puis, Slava a encore le temps devant lui.

Il n'aura que vingt-six ans en septembre.

II

Slava

Slava Kalistratovitch Roukaïev est né le 3 septembre 1890 à Lioubertsy.

Pourquoi as-tu éprouvé le besoin de raconter l'épisode Glazov à Kolya ?

Dès que l'ambiance s'y prête, dès que tu bois ou qu'on te flatte, tu parles trop, beaucoup trop… Mon cher Slava, tu devrais être plus prudent !

Il est vrai que, ce soir-là, le paquebot remontait la mer Rouge et vous offrait un moment de sérénité un peu magique après la tempête essuyée les jours précédents dans le golfe d'Aden. Avec Kolya, vous étiez subjugués par le spectacle de ces falaises abruptes. Les contreforts des monts Sarawat paraissaient surgir des flots noirs pour jaillir vers un ciel superbement étoilé.

Les autres étaient restés dans les cales, malades, épuisés par les coups de tabac, pour tenter de dormir un peu. Vous, vous jouiez les durs à cuire, vous aviez bourré et allumé vos brûle-gueule. La brume marine, qui rafraîchissait l'atmosphère, exacerbait agréablement le parfum lourd du tabac.

C'était un temps propice aux confidences, une nuit où tout peut être pardonné.

Alors tu as presque tout raconté à Kolya.

Presque tout.

L'essentiel, en tout cas…

Tu t'es confié à lui, sans doute parce que tu l'aimes bien, que tu apprécies sa discrétion, sa façon de se comporter et de penser. Tu savais qu'il ne te jugerait pas, qu'il ne te condamnerait pas… Qu'au contraire, il t'accorderait de larges circonstances atténuantes. Kolya comprenait, plus que tout autre sur ce satané navire, les errements auxquels peut mener la misère.

Il est vrai que depuis ton enfance à Lioubertsy, un bourg situé à une vingtaine de kilomètres au sud-est de Moscou, tu en avais sacrément bavé ! Certainement bien plus que la plupart de ceux qui s'entassaient dans les cales crasseuses de ce bateau, des pauvres gars qui n'étaient pourtant pas nés avec une cuiller d'argent dans la bouche, loin de là ! Le premier régiment était constitué essentiellement d'ouvriers moscovites. C'étaient des gars qui en chiaient depuis leur naissance et qu'on emmenait vers la guerre, sans doute pour leur prouver qu'il existait sur cette terre des situations pires que la misère de leurs jeunes années.

Toi, tu en eus rapidement marre de côtoyer les moujiks de ton village, ces rustres crottés qui courbaient continuel-

lement l'échine et enduraient sans un mot les humiliations, les épuisants travaux des champs ou les châtiments corporels. Tu avais peur de vieillir en leur ressemblant, alors tu as espéré que la grande ville pourrait t'offrir une existence plus décente, à défaut d'être plus confortable. Bien entendu, tu n'avais pas de métier, tu ne savais pas faire grand-chose à part te battre. Tu ne possédais que tes bras et tes poings pour réussir, ça te paraissait pourtant bien suffisant. Tu t'imaginais bien tracer ton chemin en aventurier hors-la-loi.

Il y a de la noblesse chez les rebelles, les proscrits et les desperados.

La pègre a aussi ses seigneurs.

Tu pensais que le bonheur existait mais qu'il était loin de Lioubertsy, qu'il suffisait de claquer la porte, de quitter les tiens et de mettre un peu de distance avec tes souvenirs minables et tes emmerdements pour y accéder.

Il n'y a rien d'anormal à ça. On nous cite constamment les exemples de gugusses qui ont eu des destins admirables après avoir plaqué tout ce qui faisait leur vie, mais ce ne sont que les arbres qui cachent la forêt des existences indigentes…

À Moscou, il n'y eut pas de miracle.

Tu y végétas durant des mois, courant après les maigres larcins, ne mangeant qu'un jour sur trois, dormant dans des abris de fortune. Tu ne devins jamais le voyou magnifique de tes rêves et dus te contenter d'un piètre quotidien de monte-en-l'air miteux, de besogneux, d'escroc à la petite semaine. Tu ne pus abuser que d'encore plus pauvres que toi, Moscou n'en manquait pas…

La misère semblait te coller aux basques où que tu ailles.

Cette morne existence s'est interrompue voici cinq mois, le 14 novembre 1915 exactement, dans la rue Svyashchennyy Soyuz, sans que ta situation s'améliore pour autant.

Bien au contraire.

Quelques jours plus tôt, un de tes camarades de beuverie te confia que la belle maison bourgeoise plantée au numéro 21 serait déserte du 10 au 15. Les propriétaires devaient se rendre chez un de leurs cousins qui possédait une datcha à Pirogovskiy, au bord du lac.

– C'est une affaire en or que je te propose, Slava... affirma ton ami.

– Une affaire en or ? Mais pourquoi ne la fais-tu pas toi-même ?

– J'ai pas ton expérience de casseur, ni tes capacités...

Tu l'as dévisagé. Effectivement, il n'avait rien d'un truand.

– Et ça te rapportera quoi, ce tuyau ?

– Tu me donneras seulement dix pour cent de tes gains...

C'était raisonnable. Tu acceptas et vous avez entrechoqué une dernière fois vos verres de vodka.

Vous aviez bu.

Beaucoup.

L'affaire ne te parut pas trop compliquée car tu connaissais tous les recoins de la propriété pour y avoir exécuté, l'année précédente, de menus travaux de jardinage contre une maigre obole. C'est vrai que les Glazov avaient de l'argent. Beaucoup d'argent, de la vaisselle, des tableaux et des bijoux. De quoi faire saliver un gars qui se demandait chaque matin ce qu'il devrait inventer dans la journée pour ne pas crever de faim.

Tu crochetas la serrure – ça, tu savais faire... – et t'in-

troduisis sans problème dans le bel hôtel particulier de la rue Svyashchennyy Soyuz. C'était la nuit du samedi 13 au dimanche 14 novembre. Au début, tout se déroula à merveille. Tu écumas méticuleusement le rez-de-chaussée, y remplis une sacoche de bijoux et d'objets précieux avant de grimper au premier.

Tu t'attelais à vider consciencieusement les tiroirs de la commode du boudoir, choisissant chaque pièce à emporter, lorsque Vladimir Nikitovitch Glazov apparut soudain dans l'encadrement de la porte.

Le vieil homme était en chemise, coiffé d'un bonnet de nuit ridicule, voûté, mal réveillé, l'œil terne et le geste hésitant. Une silhouette grotesque qui, en d'autres circonstances, t'aurait arraché des rires. Souffrant et perclus de rhumatismes, le grippe-sous avait préféré rester à Moscou plutôt que de se morfondre dans le froid humide de Pirogovskiy chez un cousin qu'il n'appréciait guère. Glazov n'était pas armé, il se montra seulement étonné : que faisait donc cet olibrius chez lui, en pleine nuit ?

Que s'est-il passé ensuite ?

Tu ne t'en souviens que vaguement. Mais peut-être cet oubli est-il naturel chez ceux qui préfèrent effacer à jamais une action malsaine ou un propos pernicieux de leur mémoire… Tu te remémores seulement le craquement sinistre des os brisés lorsque tu abattis violemment un chandelier en argent sur son crâne.

« Par réflexe, un simple réflexe ! » tins-tu à affirmer à Kolya d'un air contrarié, comme si cela suffisait à justifier le crime.

La bourgeoise, attirée par le raffut, sortit à son tour sur le palier du premier et hurla et découvrant son époux à terre. Un flot de sang noir souillait le bonnet de pilou et dégoulinait sur le plancher, dessinant une auréole sombre autour de la tête blême aux yeux grands ouverts. Elle tressaillit en t'apercevant. Tu te tenais debout, aux pieds du cadavre, serrant dans ta main droite un chandelier maculé.

Pris de panique, tu abandonnas une partie du butin et dévalas les marches quatre à quatre avant que l'épouse ne réagisse.

Tu t'es vite retrouvé dans la rue Svyashchennyy Soyuz.

Mon cher Slava, tu n'avais jamais été un assassin, seulement un as de la cambriole. Enfin, c'est ce que tu as dit à Kolya qui n'eut guère de raison de mettre ta parole en doute.

En un instant, le petit chapardeur s'était mué en meurtrier.

La veuve t'avait certainement reconnu. Elle te dénoncerait.

Un mois durant, tu vécus caché dans les bas-fonds moscovites jusqu'à ce que tu entendes parler de la caserne Praskova et du corps expéditionnaire qu'on y constituait pour aller combattre en France.

C'était une opportunité à saisir. Moscou ne t'avait pas vraiment réussi, son climat était même devenu délétère. La police du tsar ne plaisantait pas avec le petit peuple.

Peut-être que la France…

Tu ne sus jamais ce qui décida les recruteurs à t'intégrer sur-le-champ, sans trop te poser de questions, dès que tu te présentas.

Mais tout cela est loin désormais puisque tu vas fouler les pavés de la ville où tu renaîtras. Ton avenir est tout tracé. À la première occasion, tu fausseras compagnie au troupeau bêlant des soldats et à ses gardiens, des officiers qui ne sont que des matons inféodés au tsar.

Ici, tu vas te battre, mais ce sera loin des tranchées. Et pas pour des prunes !

Oui, tu vas le gagner, ton paradis, à la force de tes poings.

Ce soleil froid a réveillé en toi une ténacité nouvelle.

Marseille te séduit.

Demain, elle sera tienne.

III

L'*Amiral Latouche-Tréville* s'approche lentement du môle D en crachant une fumée noire et grasse que le vent emporte au large. Nous rectifions la tenue et nous tenons au garde-à-vous, un rang derrière le général Nikolaï Alexandrovitch Lokhvitski.

À terre, les photographes se pressent et nous mitraillent.

Au-delà des barrières sommairement dressées, une foule compacte, bruyante et colorée nous guette pour nous acclamer. J'entends leurs cris montant des quais : « Les Russes arrivent ! Les Russes sont là ! C'est avec des gars comme ça qu'on va gagner la guerre ! »

Comme si cela suffisait pour gagner une guerre ! Comme si les pauvres de nous, épuisés par ce périple dément, pouvaient influencer le cours de l'Histoire ! Mais je sais bien que, demain, les journaux locaux afficheront à leur une les clichés de notre unité et vanteront les superbes guerriers impeccablement alignés.

Avec la guerre, la propagande s'est habilement substituée à l'information.

Je me crispe lorsque résonnent les premières notes de *Dieu protège le tsar*. Je n'aime pas ce morceau, sans doute parce que je n'aime pas le tsar et son régime autocratique. L'hymne russe, interprété par la musique de la flotte, est aussitôt salué par les vivats de la foule. Sur le port, l'enthousiasme déborde. Les voix aux accents colorés sont grasses et puissantes. La cérémonie a été fixée à 14 h 30, mais les Marseillais sont là depuis midi. Ils se pressent dans la rue, sur le port, aux fenêtres…

Pour voir les Russes.

À quoi ça ressemble, un Russe ?

Depuis l'ouverture du canal de Suez, les Marseillais ont pris l'habitude de croiser des gars venus des quatre coins du monde, de les voir déambuler sur la Canebière ou le Vieux-Port, parfois dans les tenues hautement exotiques de leur terre d'origine. Récemment, le conflit leur a même amené des populations nouvelles, des Anglais, des Serbes, des Australiens, des Indiens et, évidemment, les peuplades des colonies lointaines, Asiatiques, Polynésiens ou Africains. Mais des Russes, des costauds élevés à la vodka, venus des pays glacés pour se battre en Champagne ou en Picardie, aux côtés de leurs fils ou de leurs pères, ils n'en ont jamais vu !

— C'est la fête… chuchote sarcastiquement Slava à mon oreille.

J'esquisse un sourire. Une curieuse façon de voir les choses…

Les mots « guerre » et « fête » n'ont jamais rimé.

Slava n'est qu'un imbécile.

Un ami mais un imbécile.

L'un n'empêche pas l'autre.

Sur le môle D, deux pelotons du 6e chasseurs à cheval, avec trompettes et drapeaux, sont alignés pour rendre les honneurs. Le long des quais, on a déployé des territoriaux et des Écossais chargés du service d'ordre.

On amène la passerelle et la fixe au bastingage.

Le comte Ignatieff, attaché militaire à l'ambassade de Russie, se précipite afin d'être le premier à monter à bord. Les autorités militaires françaises lui emboîtent le pas.

Lokhvitski s'avance vers eux, les mains tendues, dans une attitude biblique. Le général est un héros. Trois fois blessé – deux fois par des balles, une fois par un fragment d'obus – il aurait été, selon la légende, abandonné dans les barbelés allemands par ses troupes battant en retraite avant d'être dégagé le lendemain, lorsque les Russes avaient récupéré la position. Le tsar lui a confié le commandement de la première brigade.

Le régime a soigneusement développé le culte des héros fidèles à Dieu et au tsar.

Indéniablement, Lokhvitski est l'un d'eux.

La plupart des hommes le vénèrent.

Pas moi.

Car je ne supporte pas d'être traité comme un serf par nos officiers, de devoir subir le fouet et les coups de botte chaque fois qu'ils l'estiment nécessaire, de devoir m'adresser à eux en leur donnant du « Votre Noblesse ». Oui, je hais ces fiers-à-bras hautains qui glanent leurs décorations en sacrifiant allégrement leurs troupes.

La guerre n'est qu'une conséquence logique de cette société fracturée, le fruit avarié de l'esclavage et du servage qui minent la planète, et en Russie plus qu'en toute autre nation. Il y a chez nous les galonnés, ceux qui crient

« En avant ! » et les autres, ceux qui chargent à la baïonnette jusqu'à ce qu'une rafale les foudroie dans leur élan.

Ce général n'est qu'un laquais de ce pouvoir impérial autocratique que j'ai toujours combattu. Depuis dix ans, depuis notre révolution manquée de 1905, il est clair pour beaucoup d'entre nous que l'avenir de la Russie ne pourra se construire qu'au sein d'une république.

Ignatieff se charge des présentations tandis qu'un second navire, l'*Himalaya* – un paquebot qui assurait des liaisons avec l'Indochine et que la marine française a également réquisitionné en 1915 – entre dans le port avec le reste de notre brigade.

Lorsque *La Marseillaise* retentit, nous nous découvrons pour l'écouter au garde-à-vous, toujours impeccablement alignés sur le pont. J'en ai des frissons. Si j'ai horreur de l'hymne tsariste qui met Dieu sur un piédestal et le décline à toutes les sauces, j'aime bien *La Marseillaise* et *Le Chant du départ*, ces marches révolutionnaires qui célèbrent la victoire du peuple et la chute des autocrates… Je reprends à tue-tête, et avec un enthousiasme certain, « *Tyrans descendez au cercueil…* » devant le regard étonné de mes camarades qui ne pipent pas un mot de français.

À 16 heures, le débarquement commence dans un calme impressionnant. Je sens les regards de la foule surprise par nos uniformes. Notre pantalon, taillé près du corps, plonge dans des bottes de cuir noir tandis qu'une ceinture fait bouffer sur nos reins une blouse assez courte, rehaussée de pattes d'épaule rigides. Nous portons en bandoulière une couverture grise, roulée sur les reins, un petit sac de toile, et une marmite peinte en vert pendue sur le côté.

Dès que notre colonne s'ébranle, en rang par quatre, nous entonnons des marches militaires. Nos voix s'élèvent, graves et mystiques. Je suis rapidement pris dans la dynamique de la mélodie. Je chante comme les autres, avec les autres, aussi fort qu'eux. Sans doute parce que j'adore ma langue maternelle. Le verbe russe, martial et parfois solennel, sait s'égarer au détour d'un refrain dans une langueur romantique. Séduite par les regards clairs sous la casquette plate couleur kaki, les démarches félines, les tenues impeccables, la foule redouble de ferveur. On ovationne particulièrement le petit Ivan, un enfant sanglé dans un uniforme retaillé qui a tenu à nous accompagner en France. Ils l'acclament, ils l'embrassent. Ivan ne sourit pas, il ne répond que par un salut militaire presque froid.

Ivan n'est plus un gosse, c'est un vrai soldat.

À treize ans, les Russes sont déjà des guerriers.

La colonne ralentit un instant devant la porte coulissante d'un des hangars du port, le temps pour nous de récupérer les fusils tendus par les soldats français. Les poilus ont des regards mouillés de reconnaissance, affectueux même. La fraternité des damnés de la terre… Je remarque que certains d'entre eux paraissent dépourvus de la moindre espérance, ils nous tendent le Lebel d'un geste las et affichent un sourire triste.

Sans doute arrivent-ils du front…

Sans doute y retourneront-ils…

J'aimerais bien qu'ils me racontent comment ça se passe là-bas mais ce n'est ni l'heure, ni le lieu. Une rangée de hussards nous salue du sabre. Le fusil que je saisis au passage fait partie du deal conclu entre une Russie qui a des hommes et pas d'armes et une France qui a des armes mais plus assez d'hommes pour s'en servir.

Ces messieurs qui nous gouvernent ont échangé des hommes contre des fusils.

En fait, nous ne sommes que des objets de troc !

L'engouement de la foule et l'euphorie ambiante ne m'émeuvent guère. Slava n'a pas l'air plus impressionné que moi. Je sais à quoi il pense, le bougre. Il a confiance en moi, il connaît ma discrétion et m'a avoué la teneur de ses projets sous le sceau du secret. Rien ni personne ne pourra le distraire des deux objectifs qu'il a en tête.

Le premier, à court terme, consiste à localiser et à visiter le quartier réservé. Honnêtement, je dois vous avouer que cette perspective ne me déplaît pas. Après un aussi long voyage sans compagnie féminine, Slava n'a qu'une hâte : « baiser, tirer son coup… » comme il dit. Moi, ce serait plutôt serrer une fille dans mes bras, lui faire l'amour en évitant d'y mêler des sentiments. Je ne me sens pas encore prêt pour ça… Ces soixante jours passés entre hommes dans des conditions abominables nous ont relégués à notre condition animale primitive. C'est l'amour qui nous manque le plus.

Bien sûr, il y a eu cette escale de cinq jours à Saïgon puis ces courtes haltes à Singapour, Colombo ou Port-Saïd, mais ce sont uniquement les officiers qui ont pu en profiter. Nous autres, vulgaires troufions, sommes restés consignés à bord, avec interdiction formelle de mettre pied à terre. Cette disposition sévère a accentué le mécontentement des troupes vis-à-vis des gradés qui se croyaient déjà tout permis. Elle a également excité les penchants homosexuels de certains, des couples se sont même formés…

Mais aujourd'hui, nous sommes à Marseille, pour quelques jours sans doute. Marseille est un grand port, les ports regorgent de putes. Pour un gars aussi futé que Slava, s'échapper du camp quelques heures durant pour courir la gueuse ne devrait être qu'un jeu d'enfant.

Bien entendu, il me demandera de l'accompagner.

Bien entendu, je le suivrai.

Il le proposera à d'autres, certainement.

Comme on dit, plus on est de fous…

Son second souhait, à moyen terme, est de fausser compagnie au bataillon. Définitivement. « Je n'ai pas fui la Russie pour me faire trouer la peau dans cette guéguerre pourrie ! » me répète-t-il souvent. Il a envie de vivre, pas de crever sous le tir des mitrailleuses.

De vivre !

Qui pourrait le lui reprocher ?

Lorsqu'il me raconte son enfance dans le quartier misérable de Lioubertsy, il aime à fredonner la chanson préférée de sa mère. C'est un air triste et lancinant, une de ces rengaines que les Russes aiment tant, avec des refrains qui reviennent sans cesse nous hanter, comme pour nous inciter au désespoir :

«… Tu ne peux savoir
Quel sera ton sort,
Sur ta route ce soir
Tu peux trouver la mort…»

Cette désespérance l'avait révolté.

Sa mère était fataliste, lui ne l'est guère.

Elles semblent aujourd'hui bien loin, les ruelles pouilleuses et grises de sa minable enfance. Elles sont derrière lui, les années de galère dans les bas-fonds puants de Moscou. Ici, le soleil brille, les filles sont brunes, elles ont des fleurs plein les bras et leurs yeux pétillent lorsqu'elles rient. Et elles aiment rire !

Lorsque notre colonne reprend la route qui longe le littoral, Slava a oublié Lioubertsy et la nostalgie bon marché qu'on n'y soigne bien qu'à grands coups de vodka. Il scrute les alentours pour repérer l'itinéraire, en espérant que le camp où nous allons passer la nuit ne soit pas trop éloigné du port et de ses bordels.

Il m'adresse un clin d'œil.

— On va se régaler, mon petit Kolya, me chuchote-t-il à l'oreille.

Le soleil qui caresse nos visages est un excellent présage pour les jours à venir.

Alors comment mon ami Slava pourrait-il soupçonner que, ce jeudi après-midi 20 avril 1916, il ne lui reste plus que quelques heures à vivre ?

IV

Il est deux heures de l'après-midi. Une forte odeur prend à la gorge ceux qui pénètrent dans le Bar des Colonies. Ça sent la transpiration, le vin et l'ail. Surtout l'ail.

Dans l'arrière-salle, Méù termine son aïoli, le plat sacré des vendredis. Ici, même si on ne croit pas en Dieu, on ne consommerait pour rien au monde de la viande le vendredi. Pour Méù, cela ne représente pas une grande pénitence : il préfère l'aïoli à tous les rôtis de bœuf et épaules d'agneau de la création.

Mina s'affaire au bar pour servir les attardés de l'apéro et les amateurs de café. Sur le zinc du comptoir, les verres de Dubonnet, de Byrrh et de pinard voisinent avec les tasses emplies de la lavasse tirée du percolateur.

L'évènement du jour est l'arrivée des Russes. Ici, on ne parle que de ça.

— Tu crois que c'est avec les cosaques qu'on peut foutre une branlée aux boches ?

La question de Gu-le-Guinchou est volontairement sarcastique. Il n'y croit pas, pas plus que Toni-la-Parpelle qui lui répond sur le même ton :

— Ça fait un an et demi que ça dure et c'est pas deux bateaux bourrés de soldats peints en vert qui feront mieux que les troupeaux de négros qu'on voit passer par ici tous les mois !

— Sûr qu'avec des cabrins comme vous, des déserteurs et des planqués, la guerre elle peut durer longtemps ! les reprend Mina.

À l'approche de la cinquantaine, la bistrotière porte encore beau. Joliment maquillée, parfumée à la poudre de riz et bien fringuée dans une robe noire qui met en valeur sa silhouette, l'ancienne gagneuse en jette encore, même si elle ne turbine plus dans l'allumage du macho en goguette.

Il y a un âge pour tout.

Elle s'est habilement reconvertie en tenancière d'établissement grâce à Méù. Depuis que son homme a acheté ce café, sa vie a changé. Bien entendu, avec son expérience des mâles et sa façon d'en imposer aux filles, elle aurait pu, à l'instar de nombre de ses collègues, devenir une excellente mère maquerelle, mais elle préfère parader derrière le comptoir, auprès de son homme. Car Méù est à elle, rien qu'à elle. Finie la satanée époque où il lui fallait supporter, sans moufter, une doublarde et même, parfois, une triplarde*…

Qu'est-ce qu'elle n'a pas fait, pas subi, par amour !

Aujourd'hui, elle en recueille la récompense : c'est elle, la patronne. C'est à elle que les caves et les gogos se confient en venant noyer leur détresse du bout du monde dans du mauvais alcool. C'est elle qui les rassure, les

*Les deuxièmes et troisièmes femmes, choisies avec l'assentiment de la première, bien entendu.

conseille. Eux l'écoutent, opinent du chef, boivent et reboivent pour se persuader qu'ils trouveront, dans ses recommandations avisées et les verres qu'elle leur sert généreusement, le remède à leur malheur. Alors, en guise de reconnaissance, ils se fendent d'une tournée générale.

Ici, le bonheur est bon marché.

Avec Méù à ses côtés, Mina se sent protégée. Rien ne peut plus lui arriver. Dans quatre ou cinq ans, ils quitteront le bistrot pour s'installer dans la petite calanque de Niolon. Méù y possède un cabanon au bord de l'eau, un endroit idéal pour vieillir ensemble au soleil.

En attendant, ils font leur vie ici et ça se passe plutôt pas mal.

— Tu nous ressers, la belle ? demande Gu.

Mina s'exécute et remplit les deux verres de rouge. Malgré leur air décidé, les deux garçons paraissent inquiets. Mina en connaît la cause : ils n'ont pas répondu à l'ordre de mobilisation et, depuis le début de la guerre, ils vivent reclus dans les vieux quartiers où personne n'est jamais venu les chercher. Mais chacun sait que les meilleures choses ont une fin : on manque cruellement de chair à canon et les condés redoublent d'activité pour dénicher les déserteurs.

— Tu crois qu'on pourrait déranger ton homme ? s'enquiert Toni après avoir vidé son verre.

Mina jette un œil sur la table de l'arrière-salle.

— Il a terminé. Allez-y donc…

Faut dire que Méù les impressionne. C'est un homme respecté de tous. Un roc. Un vieux de la vieille. Un cador intouchable. À cinquante-deux balais, il s'est forgé une réputation de juge du Milieu dans le quartier. Son âge a eu un autre avantage : il lui a évité la mobilisation. Faudrait pas croire pour autant que Méù soit un pleutre ou un dégonflé… Loin de là ! Aux côtés des Sant-Janens et de François le Fou, il a participé à tous les baroufs qui ont jadis ensanglanté le pavé marseillais. Dès le début du siècle, il a connu la baston à mort avec ceux de la bande de Testasse, ceux qu'on surnommait les As de Trèfle à cause du tatouage qu'ils portaient sur leur bras droit. Et Méù n'était pas le dernier à jouer du couteau ! Ça fait de lui, en quelque sorte, un ancien combattant plutôt respectable…

— Vous voulez quoi, les jeunes ? les interpelle-t-il dès qu'ils s'approchent.

C'est Gu qui commence :

— Voilà, ça fait presque vingt mois qu'on se planque ici et…

— Et on a les foies ! On a peur qu'ils finissent par nous cravater, le coupe fébrilement Toni de sa voix de crécelle.

Méù les fixe l'un après l'autre.

— Et alors, qu'est-ce que je peux faire pour vous, mes beaux, à part vous servir un godet de picrate ? Vous rassurer ? Vous rincer le gosier avec ma gnôle pour que vous ayez moins les chocottes ? lance-t-il avec une ironie non dissimulée.

— C'est pas ça… reprend Gu, gêné. On voudrait juste quitter ce coin qui commence à sentir bigrement le roussi. Faudrait que tu nous trouves une combine pour rejoindre la Corse. On sait qu'il y a là-bas des tas de gars comme nous, des insoumis, qui se planquent dans le maquis…

Méù, esquisse un haussement d'épaules.

— La Corse… C'est une connerie, les gars… Vous vous emmerderiez dans le maquis… Vous êtes des citadins, pas des pacoulins de la campagne… Il vous faut des filles et des cafés… Boire, baiser, danser… Je vous vois guère passer vos journées avec des chèvres et des sangliers !

Son rire franc irrite les deux garçons.

— Sûr que toi, tu peux rigoler ! T'es pas mobilisable ! grogne le premier.

— Eh ouais, cinquante-deux balais... Tu crois pas que j'ai assez donné ? rétorque Méù d'un ton nettement moins aimable.

C'est vrai qu'il en a déjà sacrément donné, le Méù, avec la bande des Sant-Janens.

Depuis un demi-siècle, c'est à Saint-Jean, juste derrière le port, que les notaires, les avocats et tous les bons bourgeois enrichis par le négoce, la banque et le commerce portuaire, ceux qui récitent le dimanche matin des *Paters noster* et des *Confiteor*, la bouche en cul-de-poule, viennent s'encanailler et dépenser leur pognon entre les bras – ou plutôt les cuisses – des filles. De « leurs » filles !

C'est ce fric arraché aux richards de la ville par les gagneuses des Sant-Janens qui a excité, de tout temps, la jalousie des As de Trèfle, une bande qui devait se contenter de minables cambriolages ou de vols à l'arraché dans les quartiers misérables de Saint-Mauront ou de la Cabucelle. Alors, forcément, ça a viré à la baston et aux règlements de comptes quotidiens entre les deux bandes. Une hécatombe à laquelle Méù a largement pris sa part. Il avait une trentaine d'années à l'époque et, comme il est passé au travers, il y a gagné une réputation de chanceux, de gars « verni » qu'on n'a pas intérêt à emmerder. Il se chuchote qu'il aurait même participé, auprès de François le Fou, à la fameuse réunion des chefs de la plage du Prophète, celle qui déboucha en 1905 sur l'accord instaurant un cessez-le-feu entre les deux bandes.

Méù ne l'a jamais confirmé ni démenti.

D'ailleurs, il a une sainte horreur de parler du passé...

Et de parler (tout court !), même s'il ne cherche jamais

à dissimuler les trois points bleus qu'il porte sur la main gauche, le signe de ralliement des vingt et un membres de la bande du quartier de Saint-Jean.

Tandis que ses amis exportaient la juteuse traite des Blanches vers Cuba, le Brésil ou le Venezuela, Méù se contentait de faire bosser des filles – c'est ainsi qu'il a connu Mina – avant de s'installer comme un nabab au comptoir du Bar des Colonies. Il affirme qu'il n'est plus qu'un modeste limonadier retiré des « affaires » et qui adore SA ville. La preuve : il est resté chez lui, à un jet de pierre du Vieux-Port et de la Bonne Mère, contrairement à beaucoup de ses amis de la bande des Vingt et un qui ont cru bon de mettre un océan (Atlantique) entre la police marseillaise et leurs activités illicites.

Gu et Toni se taisent toujours. Méù n'est pas un homme qu'on peut se permettre de contrarier.

— Les gars, je vous cache pas que ça m'embête un peu que vous songiez à nous quitter… J'ai parfois des petites gâches intéressantes pour vous, ça vous permet de gagner un peu de blé et, moi, ça me rend service…

Méù avale le fond de son verre cul sec puis les observe froidement :

— Bon, les jeunes, je vais voir ce que je peux faire… Pour les petits boulots, je me démerderai, le quartier manque pas de bras… Pour le reste, repassez dans quelques jours, j'aurai peut-être un truc pour rallier Bastia…

Il croit bon d'ajouter, comme pour s'excuser :

— Vous savez, je suis retiré des affaires…

Retiré des affaires… Il a fait une seule exception en reprenant momentanément du service, un an plus tôt, lorsque les « Joyeux » voulurent s'emparer du quartier.

On avait rappelé ces fortes têtes du Bat d'Af, des brutes asociales et violentes dont on estimait pouvoir exploiter utilement la sauvagerie pour nettoyer les tranchées à la baïonnette du côté de Verdun. Cantonnés au fort Saint-Jean, à un jet de pierre de ces vieux quartiers si pleins de vie et de vice, la horde des malandrins trop longtemps isolés en plein désert s'abattit une nuit sur ces ruelles.

Alors, il fallut faire face. Méù dut sortir son fusil et regrouper les quelques voyous qui traînaient encore par-là afin de l'aider à remettre de l'ordre dans le quartier. L'affrontement eut lieu au Panier, sur la place des Moulins. Il y eut des morts. Beaucoup de morts qu'on retrouva sur le pavé et plus encore qui furent jetés à la mer.

V

Vendredi 21 avril

J'ai fini par céder aux demandes insistantes de Slava. Hypocritement, je pourrais avancer que c'est davantage pour tenter de juguler un de ces débordements dont il est familier – j'ai toujours considéré Slava comme un garçon gentil mais incontrôlable – que pour les purs plaisirs du sexe. Mais je dois reconnaître que la perspective de serrer le corps chaud et nu d'une fille contre le mien me ravit. Car ces étreintes, même furtives, me manquent terriblement. Comme dit Slava chaque fois qu'il est émoustillé par un corps de femme, même dissimulé sous des tulles vaporeuses : « On n'est pas de bois ! »

En amour, je n'ai jamais été un grand romantique. Slava m'affirme que la sensibilité et l'attachement viendront avec l'âge. J'ignore d'où il tient ses certitudes, lui qui n'a que vingt-cinq ans et qui ne me semble guère ployer sous le poids des grands sentiments.

Pour dire vrai, je n'ai jamais eu de relations très suivies avec les filles rencontrées ces dernières années à Moscou. Sans doute parce qu'elles vivaient dans le même milieu que moi, qu'elles étaient imprégnées d'idées libertaires et que nous aimions nous considérer comme des êtres totalement détachés de la morale religieuse qui étouffait le pays. Sans doute aussi parce que je n'ai jamais vraiment été amoureux.

Alors, va pour une virée dans les vieux quartiers !

Bon, je sais bien que sous ses airs affables et derrière ses plaisanteries épaisses, Slava est un voyou, un loup qui a grandi parmi les loups, qu'il a du sang sur les mains – au moins celui du vieux Glazov – mais je lui ai accordé depuis belle lurette de larges circonstances atténuantes sur lesquelles je ne reviendrai pas. Il n'est qu'une des victimes de cette société russe impitoyable pour les faibles. Quand on saigne son peuple pour le plaisir superflu et le confort de quelques princes qui lui font une cour hypocrite, peut-on s'offusquer de voir surgir des Slava à tous les coins de rue ?

Pour beaucoup de ces voyous, voler et tuer n'est qu'une question de survie.

Slava a poussé sur le pavé, sans jamais manger à sa faim. Son père dépensait les quatre roubles qu'il pouvait barboter par-ci par-là, en courant les filles de joie et en vidant des tonneaux de vodka. Lorsqu'il n'y avait plus d'argent ou plus d'alcool, il se défoulait à coups de ceinturon sur son fils ou en bastonnant sa femme. L'épouse dissimulait soigneusement ses bleus conjugaux sous de longues écharpes noires, puis s'agenouillait devant l'icône accrochée au mur lépreux de la chambre, psalmodiait des *Ave Maria* en battant sa coulpe, comme si c'était elle la fautive. Comme beaucoup de ses compatriotes parfumées à l'encens des popes, la pauvre femme restait persuadée que le bonheur n'existait que dans l'au-delà. Pour elle, les gnons de son ivrogne de mari étaient une offrande du Seigneur puisque chaque coup reçu la rapprochait immanquablement de ce paradis tant espéré. C'est tout juste si elle n'en demandait pas davantage.

Alors oui, j'accompagnerai mon ami Slava dans sa virée nocturne.

Il avait envisagé une escapade la veille, dès le premier soir de notre arrivée, mais ce projet fit long feu à cause de la réception.

La réception…

Parlons-en donc de la réception !

Les aristos ont toujours besoin de grands mots et de courbettes pour magnifier la plus blâmable de leurs actions. Les Russes encore plus que les autres. Il faut sans doute y voir la marque de l'atavisme des princes impériaux.

Rien d'étonnant donc à ce que, même loin de son pays, le général major Nikolaï Alexandrovitch Lokhvitski n'ait rien perdu de ses habitudes de nobliau. Hier soir, il a tenu à parader devant les généraux français et les officiers délégués par les Alliés anglais, belges et serbes.

Il nous fut alors impossible de nous éclipser discrètement. Tous les hommes étaient consignés dans le camp sécurisé. Tenues impeccables, bottes cirées et garde-à-vous de rigueur pour écouter les hymnes des pays alliés, les interminables discours pompeux…

Après ces échanges protocolaires, on porta moult toasts à la gloire de Nicolas II, de George V, de Raymond Poincaré, de tous les autres souverains alliés et d'un tas de personnalités dont j'ignorais jusqu'à l'existence.

Les Russes aiment bien vider des godets en accumulant

les toasts. Les militaires des autres pays aussi.

Nous n'avons donc pas pu quitter le camp Mirabeau et y avons passé une première nuit assez paisible. Notre première nuit sur le plancher des vaches depuis deux mois et demi.

Les Français avaient installé de longues rangées de tentes blanches bien alignées, creusé des rigoles pour l'écoulement des eaux, aménagé de vastes cuisines. L'endroit, ombragé par une pinède et parsemé de massifs de lilas en fleurs, est quand même sacrément plus agréable que les téplouchkas glaciales qui nous emmenèrent de Moscou à Dairen ou les cales surchauffées de l'*Amiral Latouche-Tréville* !

Iouri, Slava, Rotislav et moi partageons notre tente avec deux autres gars de la compagnie, Dimitri et Alekséï, que je connais un peu moins mais qui nous furent d'emblée sympathiques. Le premier est originaire de Crimée, le second de l'Oural. Ce sont deux braves types qui, comme la plupart d'entre nous, ont quitté leur région natale pour tenter de gagner leur vie à Moscou.

Ce 21 avril est également un vendredi saint. C'est peu dire que les popes, qui nous accompagnent à grands coups d'eau bénite depuis le départ de Moscou, se sont déchaînés avant le défilé prévu dans le centre-ville !

Je hais ces marionnettes endimanchées, bardées d'or, de broderies et de dentelles qui sont les piliers de la tyrannie du régime. Nicolas II, persuadé de son droit divin, cultive un mysticisme religieux qui amène dans les antichambres du pouvoir toute une clique de moinillons fétichistes et de calotins exaltés comme ce sinistre Grigori Efimovitch Raspoutine. Depuis quelque mois, le starets a pourtant perdu un peu de sa superbe : son ivrognerie, ses orgies, les soirées de débauche qui ont éclaboussé les femmes de la haute société, révoltent de plus en plus les militaires et les politiques. À Petrograd, des députés de la Douma l'auraient même accusé de faire le jeu de l'Allemagne ! Même si ce cher Raspoutine n'en a plus pour très longtemps, je ne me berce pas d'illusions : après lui, il y en aura un autre.

Mais la Russie et le palais de Tauride sont si loin de Marseille…

Ici, l'office religieux se déroule à l'ombre des pins gigantesques du camp Mirabeau. Ce moment d'immersion dans le renouveau de la nature ne manque pas de charme, pour peu qu'on ignore les pleurnicheries bondieusardes des officiants. Les premières chaleurs d'avril subliment les parfums de résine, de genêt et de lilas. Les senteurs d'un printemps revenu, d'une vie resurgie. Au sud, la basilique et la statue de Notre-Dame-de-la-Garde dominent l'horizon et scintillent dans l'azur du ciel.

Nos cantiques, graves et mélancoliques, montent-ils jusqu'à la madone des Marseillais ?

Slava a le regard mouillé. Sans doute à cause de la mélodie languissante des psaumes qui lui rappelle celle de la complainte triste de son enfance. Je crois l'entendre siffloter très doucement *« Tu ne peux savoir quel sera ton sort… »*.

En souvenir de sa mère.

« … Sur ta route ce soir tu peux trouver la mort… »

Un chant prémonitoire.

Il ne lui reste alors plus qu'une dizaine d'heures à vivre.

Le général Lokhvitski a sélectionné deux colosses, des vétérans moustachus, pour prendre la tête de la colonne. Le duo est accompagné d'un chasseur alpin français de même gabarit, barbu et corpulent. Les trois hommes portent des brassées de lilas. Le contraste entre la délicatesse de ces bouquets printaniers et la rigueur martiale des uniformes militaires est étonnant.

La musique des équipages de la flotte entame *La Marche de Sambre-et-Meuse*, tandis que nous avançons au pas cadencé.

On nous a regroupés par compagnie. Nous défilons en rang par huit, le fusil sur l'épaule. Nous laissons un espace entre chaque formation et accaparons toute la largeur de la chaussée. Il émane de ce fleuve d'hommes déterminés une impression de puissance mais aussi de fête car le lilas, les primevères et les roses égayent nos tenues militaires. Les rues sont pavoisées aux couleurs russes et françaises. On jette sur notre passage des fleurs depuis les balcons et les fenêtres. La foule nous acclame, des femmes percent le cordon de sécurité pour nous apporter des bouquets d'anémones ou nous embrasser en criant « Vive La France, vive la Russie, à bas les boches ! ».

N'est-ce pas le moins que ces braves gens puissent faire pour accueillir dignement leurs « libérateurs » ?

Ici, les Allemands n'existent plus, ce sont des boches, ceux qui égorgent les enfants et violent les femmes, les barbares qui ont martyrisé la cathédrale de Reims et qui brûlent tout sur leur passage. Pour les Anglais, ce sont les Huns. On a besoin de ces surnoms qui animalisent l'ennemi, le diabolisent, le ridiculisent.

Nous entrons dans la ville par les quartiers populaires. La porte d'Aix, le cours Belsunce, le cours Saint-Louis, la rue de Rome… La préfecture apparaît.

J'aperçois les généraux russes et français qui se tiennent côte à côte, minuscules silhouettes au garde-à-vous devant la haute porte en chêne de l'édifice. Au second rang, je devine les uniformes des militaires anglais et serbes. Dès que nous passons devant cette tribune d'honneur, nous tournons la tête d'un mouvement sec et déterminé vers le général tandis que nos officiers saluent du sabre.

Nous redescendons par la rue Saint-Ferréol, la Canebière, le quai des Belges.

Près de moi, Slava a observé la ville tout au long du parcours.

— Ça se passe près d'ici… me souffle-t-il dès que nous débouchons sur le Vieux-Port.

J'acquiesce discrètement d'un léger signe de tête.

Près du port… Normal, les bordels ne se trouvent jamais loin des quais.

Ce qui l'inquiète, c'est que depuis la fin de l'office du matin, il se murmure que notre bataillon va quitter Marseille très rapidement pour rejoindre un camp d'entraînement plus au nord, près de la ligne de front.

— On va se retrouver dans un trou perdu… Si on ne profite pas de notre passage à Marseille pour tirer notre coup… grommelle-t-il, histoire d'en rajouter.

La visite des quartiers chauds sera donc pour ce soir ou jamais.

Nous remontons par la rue de la République. Direction le camp Mirabeau…

Je suis le seul qui ait accepté d'accompagner Slava. Il n'a pas proposé l'escapade à Dimitri et Alekséï qu'il ne connaît pas suffisamment.

Rotislav et Iouri ont décliné l'offre.

Rotislav est un sentimental, plutôt traditionaliste et assez introverti. Il a laissé une fiancée à Moscou mais j'imagine qu'il ne pourra pas rester éternellement fidèle à sa promise, la Russie est si loin… En fait, j'ai surtout l'impression qu'il a une sainte horreur des bordels et de la débauche qui leur est attachée.

Pour sa part, Iouri a réagi avec une violence qui m'a étonné. Il a manifestement un problème avec les professionnelles du sexe. Lequel ? Je n'en sais fichtre rien. Ce gars a un côté sauvage et solitaire mais aussi un comportement étrange que nous n'avons jamais cherché à approfondir.

Depuis notre arrivée au camp, il arpente inlassablement les allées bordées de tentes blanches d'un pas anormalement lent. Il prend le temps d'observer les militaires qui vont et viennent. Parfois, il s'arrête, enclenche la conversation avec l'un d'entre eux, lui tend un objet. Selon la façon dont l'homme le saisit, il poursuit son chemin comme si de rien n'était ou se montre étrangement volubile. Il l'assomme alors de questions, s'inquiète de son métier, de sa ville d'origine… J'ai l'impression que tout est calculé. Il a eu ce comportement tout au long du voyage, depuis notre départ de Moscou. C'est comme s'il était continuellement en proie à des obsessions.

Iouri cherche quelque chose, c'est certain.

Quelque chose… ou quelqu'un.

Contrairement à Slava, Iouri n'est pas très loquace. Je respecte sa discrétion. Un jour ou l'autre, il nous parlera… J'espère seulement que ce sera avant notre montée au front.

VI

Dès la nuit tombée, nous nous glissons hors du camp sans problème, en rampant sous les barbelés. Ici, tout a été édifié dans l'urgence, la clôture est des plus sommaires. Et puis, même si l'on monte la garde au portail, le camp n'est pas une prison…

Nous descendons vers la lueur de la ville à pied, en empruntant la route qui longe les quais. C'est un itinéraire désert que nous avons déjà parcouru trois fois depuis notre arrivée. Nous y avons quelques repères mais la nuit a transformé les abords du port.

Marseille est une ville immense. Slava, qui a la manie d'imaginer constamment des combines pour arriver à ses fins, cherche à dénicher un raccourci pour parvenir plus vite dans le quartier des lupanars. Il m'incite à le suivre dans des ruelles étroites et malodorantes, de véritables coupe-gorge. Je râle pour la forme mais j'emboîte son pas.

Au bout d'une heure, il s'arrête et gratte le sommet de

son crâne. Son intuition était mauvaise… Il craint de s'être égaré et j'ai moi-même l'impression que nous tournons en rond.

— Nous n'aurions jamais dû nous éloigner du bord de mer, peste-t-il. C'était certainement plus long mais on ne pouvait pas manquer le Vieux-Port…

Plus long ? Je ne pense pas mais je me tais, je le suis sagement. Nous débouchons enfin de l'interminable rue Longue-des-Capucins – qui mérite bien son nom pour la longueur, sans doute moins pour les moinillons qui ont dû la déserter depuis belle lurette ! – sur une belle avenue assez bruyante, très fréquentée et bordée de beaux cafés fortement illuminés.

La Canebière.

Qu'ici la guerre semble loin !

Le Café Riche et le Café Belge grouillent de monde, mais ce ne sont pas les genres d'établissement que Slava recherche. Ceux-là sont surtout fréquentés par une petite bourgeoisie locale et des voyageurs en escale qui parlent fort et s'interpellent devant un Cinzano ou un Byrrh.

— Elles sont où, ces putains de filles ! grogne Slava. On vient de se taper presque huit bornes à pied, c'est pas pour vider des bocks de limonade avec les épiciers du coin !

Une fois de plus, c'est à moi de résoudre le problème. Non pas parce que je suis plus malin que lui mais parce que je parviens à mieux m'exprimer en français. Et à Marseille, parler français plutôt que russe est un atout appréciable !

J'interpelle un groupe de matelots en goguette, certainement des permissionnaires, pour leur demander la direction des quartiers du port. C'est lourd de sous-entendus. Les messieurs ne se rendent pas dans les vieux quartiers pour acheter des liquettes ou des gibus ! Ils sourient à ma question. C'est aussi la destination des moussaillons. Nous les suivons, descendons la Canebière jusqu'au port, longeons les quais sur notre droite et nous engageons dans le quartier dit « réservé », juste après l'hôtel de ville.

Nous y voici enfin !

Des relents d'eaux usées et de friture rance imbibent les ruelles noires de monde. Ici, tous se côtoient, les militaires en permission, les matelots, les tirailleurs sénégalais en transit, les dockers, les navigateurs, les voyeurs de passage et les bourgeois de la rue Paradis venus s'encanailler. Beaucoup de gens de couleur, de toutes les couleurs…

À cette foule de curieux, de badauds et de consommateurs d'alcools et de sexe, se mêlent ceux qui viennent vendre ici les plaisirs interdits : les contrebandiers, les proxénètes, les voleurs, les marchands de drogues, les exportateurs de filles, les fabricants d'alcools trafiqués…

Et puis, les filles sont là !

À première vue, je suis déçu tant le quartier semble avoir privilégié la quantité sur la qualité.

Il y en a de tous les âges et de toutes les sortes. Certaines sont assises à cheval sur une chaise, les bas noirs défaits sur une peau laiteuse et veinée de bleu. D'autres, franchement défraîchies, jouent les petites filles timides en jupette, socquettes blanches et chaussures vernies à bout rond. Des négresses, plutôt fortes, ont choisi des robes échancrées et vaporeuses de couleurs vives, du rose bonbon ou du vert anis. Les passants font l'objet de toutes les attentions.

La concurrence est rude, elles sont près de sept cents à draguer le client !

Des travestis maquillés et mal à l'aise dans des robes moulantes leur tirent une langue prometteuse. Les fortes en gueule, maquillées comme des camions volés, leur font miroiter mille délices. Les plus vieilles, fripées comme des pommes oubliées tout un hiver dans un fruitier, les abordent en faisant valoir leur longue et belle expérience. Elles dévoilent des sourires édentés : « Jeune, c'est avec nous que tu te régaleras le mieux. » Elles appellent tous les hommes « jeune ». Forcément…

L'accent est lourd, vulgaire, indigeste.

Il y a le choix… Ces dames sont là, disponibles et expertes. La rue Bouterie n'offre pas le haut du panier mais ces asphalteuses doivent impérativement ramener de la monnaie, des espèces sonnantes et trébuchantes, de l'argent français de préférence, pour payer leur loyer et satisfaire leur protecteur.

Ici, c'est le bas de l'échelle pour une prostituée. Les proprios leur louent sept francs par jour une pièce sombre sommairement meublée d'un lit de fer, d'une table de toilette et d'un pot à eau. Un vieux rideau de perles ou une affiche de cinéma, punaisée au mur, tentent de faire oublier ce décor crade, la toile cirée posée sur un lit défoncé, la cuvette ébréchée, les traces de sperme mal essuyées.

Une chambre d'amour où il n'y a pas d'amour, où il n'y a que des paumés.

Les tapins se tiennent à l'entrée et fument des Camel de contrebande en aguichant le client, parfois de façon ordurière. Une fois le cave alpagué, elles ferment la porte et baissent le rideau le temps de la passe. Elles s'allongent pour quelques francs… On se défringue et on baise en vitesse pour laisser sa place au suivant.

Dehors, il y a des matelots et des tirailleurs qui attendent fébrilement leur tour…

Notre problème, c'est quand même l'argent. Je veux

dire l'argent français. Je possède bien des roubles qui ne serviront à rien puisque les quelques bureaux de change situés dans ces ruelles sont tous fermés à cette heure-ci.

Slava, qui pense à tout, a sorti une bague ornée d'un minuscule rubis qu'il compte bien refourguer contre quelques billets de cent francs. Il garde toujours sur lui, dans la taillole qui lui sert de ceinture, la petite bourse en cuir dans laquelle il conserve précieusement les bijoux dérobés lors de son dernier cambriolage chez les Glazov. Ainsi, il ne s'éloigne jamais de son trésor, de son passeport pour une future belle vie. Avec deux bracelets, trois bagues, quelques pièces en or de cinq roubles à l'effigie du tsar et une montre à gousset en or, il a de quoi voir venir et, espère-t-il, s'installer durablement dans ce pays.

Mais il n'en est pas encore là. L'urgence est de dénicher un acheteur pour la bagouse afin de disposer d'un peu d'argent frais.

— Il n'y a que dans les bistrots qu'on trouvera un gars intéressé, me souffle Slava.

— C'est vrai mais c'est risqué. Ce sont des repaires de brigands ! j'ajoute en plaisantant.

— Je sais mais je ne suis pas né de la dernière pluie ! continue-t-il en accompagnant son affirmation d'un clin d'œil.

À l'angle des rues Bouterie et Lanternerie, je m'arrête devant la porte d'un café.

— Il te plaît, celui-là ?

— Ouais… Celui-là ou un autre… On y va ?

On y va. Je pousse la porte du Bar des Colonies. La petite salle est bondée. L'atmosphère est chaude, épaisse et enfumée. L'odeur du tabac gris se mêle à celles de la transpiration, de l'alcool et des eaux usées. Le sol est recouvert d'une couche de sciure sale. Derrière le comptoir, le bistrotier nous calcule à peine. Ici, plus rien n'étonne. Pourtant, nos uniformes sont nouveaux dans le paysage, ils indiquent clairement notre provenance. On ne parle que de l'arrivée des Russes à Marseille. J'ai parfois l'impression que toute la ville nous a vus défiler mais nous restons transparents pour le maître des lieux !

Le plus surprenant, ce sont ces grappes d'hommes agglutinés autour des tables, des gars parfois venus de très loin qui semblent ici chez eux. Pour ces tirailleurs sénégalais en tenue ou ces matelots blasés qui ont navigué sur toutes les mers du monde, Marseille est une ville familière, une seconde patrie.

J'aime bien cette ambiance où l'on se côtoie sans façons. Ça ressemble un peu au monde que j'espère, un monde de fraternité où l'on s'aborde naturellement.

Je parviens à m'approcher du comptoir puis à m'accouder pour commander du vin rouge. Sans daigner me répondre, le bistrotier pousse une bouteille et deux verres vers nous. Je verse le liquide d'une couleur sombre et profonde. Slava se glisse près de moi. Je lui tends un verre.

Nous trinquons.

— *Vaché sdarovié !*

Même notre langue ne surprend personne. On parle ici tous les sabirs de la planète. Rien ne peut déconcerter les âmes errantes.

Le vin est épais, ensoleillé et âpre. Au deuxième verre, Slava me tire par la manche et me montre discrètement la bague. Il s'impatiente, il est temps de passer aux choses sérieuses. Je vide mon verre cul sec et sollicite le patron que tout le monde appelle Méù. J'utilise le peu de français que je maîtrise pour lui demander s'il ne connaîtrait pas quelqu'un qui serait intéressé par un bijou. Ça fait beaucoup de conditionnels mais nous avons un besoin urgent d'argent liquide.

Pour les filles.

Pour boire également.

Sans me répondre, Méù nous fait signe de le suivre. Il nous conduit dans l'arrière-salle où quatre hommes jouent au rami sous une ampoule qui diffuse une faible lumière jaunâtre. Des gars du coin, ceux-là. Bruns et secs, pas sympas, avec des casquettes qui dissimulent des regards qu'on devine acérés. Certainement des demi-sel, des souteneurs à la petite semaine qui jouent les caïds en vidant des godets de rhum. L'éclairage chiche leur fait des visages anguleux, des orbites profondes cachant de petits yeux de charognards.

Je chuchote à l'oreille de Slava :

– On a les mêmes à Moscou…

Slava sourit. Il sait de quoi je parle. Il en a fréquenté de ces gars-là dans les bas quartiers proches de la Moskova. Il n'a même fréquenté que ça ! Il sait donc comment se comporter avec eux.

Jamais facile…

Les quatre gugusses continuent à jouer comme si de rien n'était. Le bistrotier se penche sur un des joueurs pour glisser discrètement un mot à son oreille puis s'esquive sans s'excuser.

On le réclame au comptoir.

On a soif.

Ça urge.

Derrière les joueurs de cartes, des caisses en bois et des bouteilles vides s'entassent sur des demi-muids et des étagères branlantes couvertes de toiles d'araignée. L'équilibre de l'amoncellement est fragile.

La poussière irritante qui monte du sol en terre battue fait éternuer Slava.

À la fin de la mène, un des quatre gars – un dénommé Toussaint, celui auquel Méù s'est adressé – ramasse les cartes et daigne se souvenir qu'on existe. Il toise nos uniformes d'un air mauvais et crache avec une agressivité calculée :

— Ils veulent quoi, les cosaques ?

Je prends la bague des mains de Slava et la pose entre les cartes, sur le tapis de feutre élimé en affirmant :

— C'est de l'or…

— De l'or dure… plaisante Toussaint en tripotant le bijou.

Les autres rient bêtement. Je prends le souffle aigre de leurs haleines en pleine face. Ces zigotos ont bouffé des cadavres !

— C'est lui qui porte cette bagouse de demoiselle à son doigt ? plaisante un de ses collègues en désignant Slava.

Nouveaux rires. Slava ne comprend rien mais je sens que le ton vantard l'exaspère. Je presse son avant-bras pour lui intimer de se calmer. Je me tourne vers Toussaint et plante mon regard dans le sien :

— Combien ?

Il fait mine d'examiner le bijou.

— Dix francs, estime-t-il enfin en reposant dédaigneusement la bague sans prendre la peine de lever les yeux vers nous.

Je ne suis pas un expert du change mais dix francs pour une bague en or, c'est une somme ridicule ! Pas question de la céder à ce prix. Nous comptions en tirer au moins vingt fois plus !

Slava, incapable de suivre notre échange, pose sur moi un regard interrogateur. Il a perçu mon irritation. Sa main tremble légèrement. Nouvelle pression sur son avant-bras…

Je rétorque :

— Non, pas dix… Pas assez…

— C'est dix ou rien ! plastronne Toussaint en s'emparant du bijou.

La discussion s'envenime.

Soudain Slava, émoustillé par le vin et vexé par leurs ricanements qu'il a considérés – à juste titre – comme un manque de respect, se rue sur Toussaint pour récupérer son bien. Les soixante jours de voyage n'ont pas entamé ses réflexes de petit voyou des bas-fonds de Moscou.

Le Marseillais anticipe sa manchette et le cueille d'un direct au menton. Ses trois compères s'en mêlent aussitôt. Les bouteilles vides dégringolent des étagères bancales et se brisent.

Méù, attiré par le vacarme, se précipite, saisit un bras de Slava d'une main et Toussaint de l'autre et nous pousse tous dans la rue.

— Allez régler ça ailleurs ! hurle-t-il.

Aucun des consommateurs bousculés au passage n'a réagi.

Ici, on ne voit rien, on n'entend rien, on ne dit rien.

À chacun sa vie. À chacun sa merde.

— Putain, c'est tous les soirs la même chose… grogne Méù en reprenant place derrière son comptoir.

— C'est comme ça dans tous les ports du monde, rétorque un capitaine de rafiot.

— Peut-être, mais ici…

Méù ne termine pas sa phrase. Visiblement, les bagarres sont fréquentes dans le quartier.

Nous nous retrouvons tous les six dans la rue Bouterie. Le mistral est tombé. La nuit est douce, illuminée çà et là de lumières criardes. Les filles de joie aguichent toujours le chaland, elles s'écartent à peine et n'ont pas un regard pour la baston. Elles ont l'habitude, elles aussi…

Un tirailleur sénégalais retrousse le rideau d'une logette pour regagner la rue en reboutonnant sa braguette, l'œil pétillant. Un des matelots que nous avons suivis sur la Canebière le remplace aussitôt dans la loge.

À deux contre quatre, nos chances sont minces. Slava réussit à éliminer un des nervis d'une manchette sur la pomme d'Adam. Un coup violent dans les côtes me propulse à terre. J'ai du mal à respirer. Les relents d'eaux usées me submergent.

La dernière image qui s'imprime dans ma rétine, avant de sombrer dans le trou noir, est celle d'une vieille pute, abominablement maquillée, penchée au-dessus de moi.

Une sorcière sans âge, en socquettes roses et chaussures vernies, parfumée à la poudre de riz et à la transpiration, vient m'ouvrir les portes de l'enfer…

VII

Samedi 22 avril

C'est sans doute parce que je me sens ballotté que je reprends peu à peu connaissance. Ma première perception est le parfum de cuir de la banquette arrière sur laquelle je me retrouve couché en chien de fusil. Un cuir neuf qui me rappelle un peu, en beaucoup plus select toutefois, les odeurs émanant des mégisseries qui ont poussé le long de la Moskova.

L'air vif qui fouette mon visage me réveille complètement. Je tente de me redresser mais une douleur violente sur le côté droit me cloue sur le siège.

Où suis-je ?

Qu'est-ce que je fais là ?

Je marmonne un truc qui ressemble à « Maman ».

J'ignore pourquoi j'articule ces deux syllabes chaque fois que je me sens perdu.

C'est idiot, je n'ai jamais connu ma mère.

J'ai le corps brisé, l'esprit en miettes, je ne suis plus rien… J'aurais besoin que ma mère me serre dans ses bras, me rassure. Faute d'avoir connu ces instants d'une sérénité béate, j'ai lu la douceur des mères dans les romans. J'ai imaginé leurs mots et leurs caresses. J'ai rêvé à la mienne chaque fois que j'ai eu besoin d'être rassuré ou consolé, mais j'ai toujours dû me débrouiller seul.

Ma mère est morte en me mettant au monde. C'est, en tout cas, ce que m'a affirmé ma tante Olga, la sœur de mon père, celle qui m'a élevé sans trop prendre soin de moi après la disparition de celui-ci. On ne remplace jamais une mère. J'ai surmonté les épreuves de la vie mais que de fois m'a-t-il fallu retenir mes larmes ou serrer mes dents. C'est sans doute cette solitude qui a forgé mon esprit rebelle.

Je répète machinalement « Maman… » en tentant de me redresser.

Le chauffeur a certainement entendu mon murmure mais il ne bronche pas.

Pourquoi ? J'aimerais tant qu'il se retourne, qu'il m'assure que tout va bien.

Je promène mes doigts sur mon uniforme. Il est sale, mes bottes sont crottées, ma vareuse est déchirée… Je parviens à relever suffisamment la tête pour discerner les alentours. Le paysage environnant ne m'est pas forcément familier mais que j'ai la vague impression de le connaître.

Je suis déjà passé par là, j'en suis persuadé.

Mais quand et pourquoi ?

Je ferme les yeux comme si cela pouvait m'aider à me concentrer et à réfléchir.

Voilà, j'y suis : c'est la route du littoral, celle que nous avons empruntée avec la brigade pour nous rendre au camp. Le jour qui se lève dévoile la silhouette du port et des quais. La brume submerge les trottoirs et donne des allures fantomatiques aux grappes d'ouvriers en bleu de chauffe, sans doute des dockers, qui s'y pressent.

Les images me reviennent les unes après les autres. Le camp… Le camp Mirabeau… Le détachement russe… Slava, mais aussi Iouri et Rotislav…

Je retrouve peu à peu mes esprits mais il m'est impossible de me redresser davantage, la lame d'un poignard me perce le flanc droit dès que je tente le moindre mouvement. La souffrance est trop forte… Je m'efforce de respirer lentement pour tenter d'effacer la douleur.

De ma banquette, je n'aperçois que la nuque du conducteur mutique.

— Bonjour. Où suis-je ? Qui êtes-vous ?

Je m'adresse à lui en français. En vain. Il ne semble pas me comprendre ou, plus vraisemblablement, ne souhaite pas me répondre. Pourquoi ?

Son attitude m'inquiète. Il poursuit sa course comme si je n'existais pas.

Où me conduit-il ?

Au camp ?

Sans doute.

Je l'espère…

Le véhicule, une superbe décapotable rouge, ralentit devant le portail mais ne s'arrête pas. Le chauffeur accélère et semble avoir modifié brusquement ses plans. Est-ce à cause des regards peu engageants des gardes en faction ? Que craint-il ?

Il stoppe une centaine de mètres plus loin, devant un troquet minable qui occupe l'angle entre le chemin du Littoral et la route étroite qui grimpe jusqu'au quartier de Saint-Louis.

Lorsque le conducteur descend pour m'ouvrir la portière, je suis tétanisé par ce que je découvre. Le visage du jeune homme est monstrueux : la mâchoire inférieure a été en partie emportée, seules deux incisives et une canine subsistent sur la gencive de la mâchoire supérieure tandis qu'une profonde crevasse taillade le profil gauche d'où l'œil a totalement disparu dans un cratère de chair violette.

— Excuchez-moi… dit-il en se retournant.

L'homme a lu l'épouvante dans mon regard. Il revient vers son siège, se baisse et ramasse un masque de cuir souple qu'il enfile sur son visage et lace sur sa nuque. Il doit avoir l'habitude.

— Il m'est imbossible de ponduire avec cet aggoudrement, prétexte-t-il.

Je parviens, avec son aide, à me glisser hors du véhicule. Il saisit mon avant-bras avec précaution afin de me soutenir. J'ai les jambes en coton. Je sens que je vais m'effondrer. J'ai envie de vomir. Il me maintient au prix d'un effort important. Son souffle est rauque, presque métallique.

Son parfum d'eau de Cologne m'emplit les narines et me rappelle celui de Militcha, une de mes dernières « fiancées » moscovites. Il a suffi d'une bouffée parfumée pour que les souvenirs des amours éphémères reviennent encombrer ma mémoire.

Je grimace.

Chaque pas est un supplice. Je dois avoir les côtes brisées.

— Anchoine… dit le monstre en tapotant sa poitrine de l'index.

J'ai compris. Je réponds en imitant son geste :

— Kolya.

Les présentations ont été brèves.

— Ferdun… ajoute-t-il en pointant son visage de l'index.

Nous ne communiquons que par simple mot. Antoine, parce que chaque syllabe prononcée doit être un calvaire ;

moi, car je ne suis pas très sûr de la qualité de mon français.

Ferdun... Verdun... J'ignore le sens de ce mot.

— *Vaïna*, complète Antoine.

Vaïna, la guerre en russe. *Vaïna i mir*, *Guerre et paix*.

Tolstoï.

Je connais.

Vaïna, la guerre.

Ce visage monstrueux est mon premier contact avec la guerre.

VIII

Antoine

Antoine Casterdy est né le 8 janvier 1894 à Marseille.

Guerre et Paix… *Tolstoï…*

Pour toi, mon cher Antoine, c'est une lecture d'une époque révolue. Avant d'aller au casse-pipe, tu étais un jeune homme curieux de tout, de peinture, de littérature – c'est pour cela que tu as lu Tolstoï –, de sport… De filles aussi.

Ah, les filles…

Avec ta gueule d'ange, la décapotable et l'argent de ton père, tu en as brisé des cœurs !

Mais ça, c'était avant.

Ta soif de vie et de découvertes a été pulvérisée le matin du 21 février 1916 dans le bois des Caures.

Le premier jour de la bataille de Verdun, les 56e et 59e bataillons de chasseurs à pied se sont retrouvés impuissants, écrasés par un déluge d'acier. Nul ne peut imaginer la guerre s'il ne l'a pas vécue. Le commandement avait, une fois de plus, sous-estimé les capacités des boches… Plus de mille cent morts, dont le lieutenant-colonel Driant. Des morts de la guerre, des corps démembrés, décapités, éventrés, pulvérisés… Une centaine de rescapés mais dans quel état !

Tu étais parmi eux.

Tu as survécu.

Survivre…

Cela en valait-il la peine ?

C'est une question que tu t'es posée bien avant de lire la stupéfaction et la terreur sur le visage de tes amis et de tes parents lorsque tu es rentré à Marseille, après quelques semaines de soins plutôt rudimentaires à l'hôpital de campagne. En saluant ton retour, tous – à part peut-être ta mère – semblaient penser ce qu'on ne dira jamais : « Mon pauvre vieux, il aurait mieux valu que tu crèves là-bas ! »

Tu envies ton frère Émilien, affecté à la 69e division d'infanterie, même s'il doit en baver sur le front. Son unité est engagée dans la Meuse où les boches ont lancé une offensive depuis le mois de mars du côté de Mort-Homme. Offensives, contre-offensives s'y succèdent inlassablement. Chaque mètre carré est arraché au prix de dizaines, de centaines de vies. C'est sûr qu'il ne doit pas rigoler tous les jours, le petit Émilien. Il a dû perdre cette candeur et cette spontanéité enfantine dont tu te moquais tant mais il peut toujours afficher son beau sourire sur son visage rondouillard, tandis que toi…

Depuis ton retour au pays, tu végètes dans la vaste bas-

tide familiale de Montolivet. Les chirurgiens militaires ont tenté de rééduquer ta mâchoire inférieure endommagée à l'aide du procédé du sac, une technique barbare qui consistait à t'ouvrir la bouche à l'aide d'un sac pendu à ta mâchoire. Une horreur ! Tu avais l'impression que les médecins se croyaient tout permis et considéraient les soldats comme de vulgaires cobayes parce que les blessures de cette guerre les avaient relégués à l'état de sous-hommes. Donc, ils remplissaient progressivement ce sac de cailloux, de charbon ou de graviers, en faisant varier les poids de deux cent cinquante grammes à trois kilos. Tu as subi ce calvaire deux mois durant. Mais ta mâchoire inférieure était bien trop abîmée, ils s'en sont aperçus plus tard…

Le seul résultat positif de cette épreuve est que tu peux désormais t'exprimer a minima.

A minima *parce qu'en fait, seule ta mère te comprend. Les autres ne peuvent pas, ou plutôt ne veulent pas… Ils ne font aucun effort, sans doute pour ne pas avoir à subir la moindre conversation en tête-à-tête avec un monstre.*

Pourtant, tu n'as pas perdu espoir.

Tu as confiance.

Confiance en ton père, chirurgien à l'Hôtel-Dieu.

Et il sait donc de quoi il parle, ton pater, lorsqu'il t'affirme mordicus que la chirurgie réparatrice progresse de jour en jour !

— Tu n'ignores pas que, malheureusement, ce sont toujours les guerres qui amènent les progrès techniques mais aussi médicaux, t'affirme-t-il.

Il a même cité Hippocrate : « La guerre est la seule véritable école du chirurgien. » Il a sûrement raison sur ce point. Mais ces progrès ne sont que de piètres contreparties aux dégâts que les conflits occasionnent.

— Bientôt, ce ne sera plus qu'un mauvais souvenir…

ajoute aussitôt ta mère.

Mais y croit-elle vraiment ?

Comment et avec quoi pourrait-on restituer une illusion d'apparence humaine à une face aussi amochée ?

Ton père t'a promis qu'il tenterait bientôt une greffe italienne et que cela marcherait.

Une greffe italienne…

Il n'a pas tenu à te détailler cette technique qui s'applique essentiellement aux pertes de substances tégumentaires peu étendues au niveau du nez et du menton. Inventée par un certain Tagliacozzi à la fin du XVIe siècle, la méthode a depuis été, bien entendu, notablement améliorée. Tu as compris que ce serait pénible. Ton père t'en a soigneusement dissimulé le procédé que tu as découvert dans un ouvrage de sa bibliothèque médicale personnelle : on immobilisera ton bras contre ton visage grâce à un dispositif métallique, il te faudra rester ainsi durant deux ou trois semaines, le temps de permettre au lambeau, détaché du bras et apposé sur la partie absente, d'assurer la vascularisation de la greffe.

Ce sera éprouvant, mais tu as du courage et puis, tu es prêt à tout pour retrouver un semblant d'existence dans cette société qui ne te considère plus que comme un fantôme hideux et inutile.

Car tu en as assez.

Les passants que tu croises sont effrayés. Ils détournent leurs regards, cherchent à t'éviter. Les gosses pleurent. Quant aux filles…

Tu vis comme un reclus, un maudit, un solitaire dans cette immense bastide qui t'apparaît désormais comme une prison lugubre et glaciale, même sous le soleil du printemps.

Est-ce que cela s'appelle vivre ?

Tu ne lis plus, ne rencontres plus personne et ne sors de chez toi que pour te rendre deux fois par semaine, au creux de la nuit, dans les quartiers chauds.

C'est ton père qui t'y a conduit pour la première fois. « Question d'hygiène » a-t-il affirmé à ta mère afin de justifier une proposition qui la choqua.

Ton père connaissait bien les bas quartiers, non pas qu'il y fréquentât les filles – quoique… – mais l'Hôtel-Dieu n'était qu'à deux pas de ces lieux de perdition. Aussi, il sélectionna à ton intention une maison des plus convenables sur le plan sanitaire, celle de madame Armand, tout en haut de la rue Reynarde.

Les filles y sont jeunes et jolies, propres et parfumées, rien à voir avec les sorcières édentées et puantes qui arpentent le trottoir de la rue Bouterie ! Depuis, tu te rends deux nuits par semaine, le mardi et le vendredi, dans ce bordel huppé. Tu empruntes la voiture de ton père que tu gares devant l'Hôtel-Dieu. Tu sors toujours très tard de chez toi, à la nuit tombée, lace ton masque de cuir sur ton visage ravagé avant d'arpenter les rues des bas quartiers.

Les souteneurs et les putes te connaissent bien. Pour eux, tu as la plus grande des qualités : tu payes rubis sur l'ongle et tu n'es pas radin !

Mado le sait bien. Mado bosse chez madame Armand depuis quatre ans. La petite paysanne de Roquevaire, venue mener la grande vie dans la cité phocéenne, y donne de la joie aux messieurs pour quelques dizaines de francs. Elle a pris l'habitude d'assouvir tous tes désirs. Tu es quand même un client très particulier ! Bien entendu, ton visage l'effraye mais tu sais te montrer doux et attentionné. Propre également. Si différent des autres, donc…

Elle n'a accepté d'avoir des rapports avec toi qu'à

condition de ne jamais se trouver face à ton visage, même dissimulé sous le masque en peau de chevreau qu'un cousin maroquinier t'a confectionné.

À chaque fois, sur le coup de onze heures du soir, juste avant que tu la rejoignes dans sa chambre du premier, elle recouvre systématiquement tous les miroirs de châles. Puis, lorsque tu arrives, elle s'assoit au bord du lit, dégrafe ton pantalon et te branle longuement sans jamais te regarder. Toi, tu t'en fiches, tu fermes les yeux et sens délicieusement monter en toi le désir brûlant. Ensuite elle s'agenouille au bord du matelas défoncé et t'offre son sexe en levrette. Elle sent la pression fébrile de tes mains sur ses hanches. Tu tentes de rentrer en elle d'un coup de reins mais le plus souvent tu te troubles et tu t'exaspères. Le maintien de l'érection est difficile, Mado est alors obligée de réactiver ton sexe défaillant. C'est parfois long, toujours pénible. Pour toi, et sans doute aussi pour elle.

Elle ferme les yeux lorsque, au bout de l'effort, tu parviens enfin à la pénétrer en ahanant. Elle simule l'orgasme. Ta respiration est rauque, matinée de sons étranges – glougloutements fétides de l'eau dans une tuyauterie obstruée, horribles gargouillis d'une expiration de phtisique. Tu concentres toutes tes énergies dans cette brève série de va-et-vient brutaux et maladroits avant de se retirer prestement pour te vider sur ses reins. Puis, tu t'affales, la face contre le matelas, en retenant tes larmes.

Pour toi, même baiser est difficile. Difficile aussi de ne jamais croiser le regard de la fille que tu prends…

En quittant Mado, tu poses deux billets de cent francs sur la commode.

C'est beaucoup.

Beaucoup plus que le prix habituel des passes, mais Mado mérite bien ça.

IX

Ce soir-là, c'est en quittant la maison de madame Armand pour récupérer son véhicule qu'Antoine Casterdy m'a aperçu, allongé sur le pavé. Une vieille pute de la rue Bouterie, une dénommée Rosa, tentait de me parler – ou peut-être bien de me soutirer mon portefeuille – mais j'étais abasourdi, complètement groggy, incapable de la moindre réaction.

— C'est un cosaque… souffla la matrone aux rares passants qui s'inquiétaient de mon sort.

Elle disait vrai. Antoine en eut la confirmation immédiate grâce à mon uniforme. La vareuse, les bottes et la casquette… Tout Marseille parlait du splendide défilé des soldats du tsar qui avait égayé les rues de la ville l'après-midi même.

La guerre avait apporté à Antoine quelques notions de médecine en l'obligeant à prodiguer les premiers soins à des camarades lourdement blessés dans les tranchées.

Avant que ce ne soit son tour…

On apprend vite dans un tel contexte.

Il m'ausculta sommairement. Je gémissais chaque fois qu'il tentait de me retourner pour me positionner sur le côté. Je dus lui paraître salement amoché. J'avais pris de sacrés coups de godasse dans les côtes mais j'étais costaud. Ma vie ne lui parut pas en danger. Alors, plutôt que de me conduire à l'Hôtel-Dieu et de devoir se justifier par d'interminables explications, il me banda sommairement le torse avec une longue taillole avant de me ramener à la caserne Mirabeau où toute la ville savait que notre brigade était stationnée.

Antoine éprouve de la compassion pour ces hommes venus de si loin. Il connaît déjà les qualificatifs dithyrambiques des journalistes assujettis qui salueront, dans la presse du lendemain, l'arrivée des renforts envoyés par le tsar : le religieux silence de la foule, les grappes humaines de généreux soldats sur le pont du *Latouche-Tréville*, les vivats qui les accueillirent dès leur descente du navire, l'enthousiasme des Marseillais, les pluies de fleurs multicolores…

Des mots.

De jolies phrases bien tournées qui n'ont d'autre objet que de dissimuler l'horreur à venir.

Des louanges trompeuses en accord total avec le bla-bla-bla officiel. Faut les écouter les discours de ces personnalités férues de rhétorique, de ces emphases qui produisent toujours leur effet et qui ne coûtent pas grand-chose… Entre gens du monde, élus et officiers bedonnants, on échange des éloges pétillants en entrechoquant les verres et en portant des toasts aux victoires futures pendant que la jeunesse agonise dans les tranchées.

Antoine sait bien que les faux culs et les beaux parleurs salueront avec grandiloquence ces milliers d'hommes venus de Russie. Ignorent-ils, ces journalistes, que la plupart d'entre eux crèveront et pourriront, les entrailles ouvertes et mêlées à la boue des champs de bataille du nord et de l'est de la France, dans une guerre qui n'est pas la leur et pour une victoire qui ne leur apportera rien ?

Combien d'entre eux retourneront en Russie ?

Et dans quel état ?

Antoine et sa physionomie monstrueuse, le rescapé du bois des Caures rentré dans ses foyers, voudrait hurler ces choses-là, dénoncer le mensonge bien-pensant. Mais qui l'écouterait ?

Qui est prêt à entendre la vérité ?

À accepter la vérité ?

Marseille est si loin du front…

À l'arrière, on se gave de grands mots – patriotisme, courage, héros, sacrifice, drapeau – et de l'hypocrisie d'une presse fallacieuse qui ne rapporte que des échos de prétendues victoires alors que là-haut, du côté de Verdun, seule la mort est victorieuse.

Et puis même si l'on consentait à tendre l'oreille pour l'écouter, on n'entendrait pas les mots d'Antoine tant sa voix est devenue inaudible, tant l'affreuse blessure déforme la moindre de ses syllabes…

Je lui demande :

— Slava ?

— Slava ? reprend-il.

Antoine ne comprend pas. Slava, ça veut dire quoi ? Est-ce un mot russe ? Est-ce un nom ou un prénom ?

— Che ne gonnait pas Slava… se contente-t-il de répondre.

Notre échange ne s'éternise pas. Antoine sait que nous

ne pourrons guère aller plus loin. Il griffonne un nom et une adresse sur un morceau de papier qu'il me tend.

— Chi du as pesoin de moi…

« Si tu as besoin de moi… »

Pourquoi diable aurais-je besoin de lui, de ce gars cabossé ?

Par politesse, je fourre le papier dans la poche de mon pantalon en me promettant de m'en débarrasser plus tard.

Antoine me tend deux billets de banque bleus, des billets de cinq francs, et m'indique d'un geste de la main un portillon sur le flanc ouest du mur d'enceinte du camp.

— Ché blus disgret… argumente-t-il.

Il ajoute quelques pièces de monnaie à son obole.

— Bour le gafé… explique-t-il en montrant l'estaminet du bord de route.

Puis il regagne d'un pas las sa Delahaye Type 32 à la carrosserie rutilante. J'ai rarement vu une aussi belle automobile. Il s'assoit au volant, fait un demi-tour sur place puis ôte prestement son masque de cuir. Je sens qu'il évite soigneusement de me dévoiler à nouveau son visage. Il disparaît dans la brume maritime du petit matin en me saluant d'un simple geste de la main. Dans une petite demi-heure, il retrouvera la solitude perpétuelle à laquelle il est désormais condamné.

Je suis la voiture des yeux avant d'entrer, en boitillant, dans le café. J'ai besoin d'avaler quelque chose de chaud.

La salle est obscure, imprégnée d'une odeur de tabac froid et de bois humide. On vient de saupoudrer le sol de sciure. Les tables sont occupées par des ouvriers qui discutent en s'excitant autour des cafés fumants. Ils me paraissent âgés, les jeunes doivent être au front. Il ne reste plus que des vieux, des femmes et des enfants.

Tous les regards se tournent aussitôt vers moi. On est

loin des vieux quartiers. Ici, les étrangers sont rares et pas forcément bienvenus, mais les échanges reprennent, encore plus vifs. Ils ne me prêtent aucune attention, ils n'ont que faire de moi.

Je comprends qu'on vient tout juste de les refuser à l'embauche, qu'ils se sont rabattus sur le café pour évacuer leur acrimonie en groupe.

Les quais ont besoin d'hommes dans la force de l'âge, pas de vieillards comme ceux-là.

— Y a plus que des estrangers qui travaillent ! Plus que des estrangers… se lamente l'un.

— C'est sûr que si on était des négros, ils nous auraient pris ! rétorque un autre.

— C'est une honte ! Y a moins de vingt pour cent de Français chez les dockers. Et encore, en comptant les Arabes ! Comme si les Arabes étaient Français…

— Quand même un peu, non ? Ils viennent des colonies.

— Ouais, mais ils sont pas Français pour autant ! Et puis, y a plein de babis et d'espingouins.

— C'est dégueulasse, tous ces estrangers qui viennent manger le pain des Français…

Les grognements de ces vieux aigris me donnent mal au crâne et je n'ai vraiment pas besoin de ça. Je m'accoude au comptoir, cela soulage un peu mes douleurs costales.

J'aperçois la flamme timide du gaz sous le percolateur.

— Café… je demande d'une voix éteinte.

« Café » est un vocable universel. Le patron opine du chef puis emplit un bol de liquide brûlant et odorant qu'il me tend. Je prends le temps d'apprécier le breuvage qui n'est guère qu'une lavasse mais qui a le don de me réchauffer le corps.

Par l'unique fenêtre aux vitres crasseuses, j'aperçois les

abords du camp situé de l'autre côté du chemin. Il est clôturé par une double rangée de fils barbelés. Des gardes patrouillent.

Rejoindre les autres sans me faire repérer ne sera pas une mince affaire…

Les dockers au rebut ont repris leurs conversations sur les méfaits de la main-d'œuvre étrangère, en avalant des bossus*. Certains regrettent le bon temps des pogroms anti-Italiens et aimeraient bien les remettre à l'ordre du jour. Et pas uniquement pour les babis !

Finalement, c'est un des vieux, sans doute lassé par la xénophobie rabâchée de ses amis, qui m'apostrophe après avoir remonté ses lunettes en vadrouille d'un geste de l'index :

— Oh, jeune, t'es drôlement amoché… Vous vous êtes bastonnés entre cosaques ?

Le ton est sarcastique mais je n'ai pas le cœur de le suivre sur ce chemin-là.

Je lui avoue simplement :

— C'est pas ça… C'est une virée dans les vieux quartiers qui a mal tourné.

— Ah, les vieux quartiers… C'est plus ce que c'était…

Le vieux commande un bossu, vient s'accouder auprès de moi pour jouer au papet, à l'ancêtre qui a vécu des évènements extraordinaires qu'il tient généreusement à faire partager aux jeunots en les pimentant, ici et là, de petites leçons de morale à deux balles.

L'œil gris du vieux scintille, il va s'en donner à cœur joie. C'est pas tous les jours qu'il a sous la main un novice, un client susceptible de gober de vieilles histoires moisies qui ne déclencheraient, au mieux, que les soupirs irrités de la part des gars du coin qui les ont entendues cent fois.

Et un Russe par-dessus le marché…

* Cafés allongés d'une rasade de marc ou de rhum.

Je l'écoute, ça me donne le temps de siroter un second ersatz de café et de reprendre mes esprits.

— Ces gars de Saint-Jean ont toujours été barjots…

— Tu dis ça parce que t'étais un collègue de Testasse ! l'interrompt l'un des dockers sans même lever les yeux.

— Sans doute, mais la guerre les a rendus dingues. Beaucoup de voyous ont dû partir au front, quelques-uns ont déserté et sont allés se planquer à dache… Et comme la nature a horreur du vide… Devine qui les a remplacés ?

Comment un Moscovite fraîchement débarqué pourrait-il lui répondre ? Et puis, je n'ai pas trop l'esprit aux devinettes. D'ailleurs, le vieux, qui n'attendait rien de moi, poursuit :

— Les Joyeux et les négros.

— Les Joyeux ?

Un des gars en bleu de Shanghai nous rejoint au comptoir pour répondre à ma question et prendre part à la discussion :

— Les Joyeux, ce sont les toqués du Bat d'Af qui vont s'en donner à cœur joie pour embrocher les boches, précise le nouveau venu. On les a débarqués à Marseille il y a quelques mois, et trois jours plus tard, ils sont descendus pour mettre le bordel dans les vieux quartiers…

— Bien entendu, les marlous ne se sont pas laissé faire. Il y a eu de sacrés affrontements, des morts par dizaines… ajoute le vieux.

— Quant aux négros, reprend le Shanghai sans que je lui demande rien, on les a fait venir par bateaux de Guinée et de Côte d'Ivoire pour jouer les épouvantails dans les tranchées. Quand tu les croises dans la rue, ils rigolent, ils ont l'air bonnard et naïf, mais ils ont vite pigé la combine des vieux quartiers. Ils ont mis la paluche sur quelques cafés et pas mal de damottes qui tapinent.

— La nature a horreur du vide, reprend l'homme au Shanghai.

— Ça, je l'ai déjà dit ! ronchonne le vieux. Et toi, tu t'es bastonné avec qui ? Les Corses, les Arabes ou les négros ?

Je raconte le peu de souvenirs qu'il me reste, c'est-à-dire pas grand-chose. C'est surtout le sort de Slava qui m'inquiète. Pourquoi le gars à la gueule cassée n'a-t-il pas également ramené Slava dans sa superbe automobile ?

Je leur fais part de mon appréhension. Après tout, ces gars ont peut-être une idée ou un conseil à me donner…

— Pas la peine de te ronger les sangs pour rien, affirme le vieux d'un ton péremptoire. Ton ami est clamsé ! À l'heure qu'il est, il doit reposer au fond du port, ficelé à une bordure de trottoir. Si ça se trouve, un fiéla lui a déjà bouffé les tripes ! ajoute-t-il avec un sourire qui dévoile ses gencives édentées.

Slava, mort ?

Si Slava a parcouru trente mille bornes, souffert du froid et de la chaleur, ce n'est quand même pas pour crever bêtement le lendemain de son arrivée !

Je me tais. Il est temps de fuir ce bouge et ces oiseaux de mauvais augure. Au camp, on a sans doute remarqué mon absence, je dois rentrer.

Je remarque le grand tableau accroché contre le mur sombre. Un homme barbu au port fier.

— Jaurès ? je demande au patron.

— Oui, c'est Jaurès. Tu connais ?

Un portrait de Jaurès. Je veux y voir un signe positif.

J'ai sacrément besoin de petits signes positifs !

— Un peu, je réponds.

Tu parles si je connais Jaurès ! J'ai lu ses articles et ses essais, surtout ses études socialistes et son analyse de notre révolution de 1905 qu'il a soutenue d'un cœur passionné.

Et je connais aussi son combat éperdu en faveur de la paix qui lui a coûté la vie.

— Avec lui, on a tout perdu… déplore le bistrotier.

Il n'a pas tort, mais c'est surtout le jugement de Jaurès sur l'avenir de mon pays qui m'a passionné. Il prétendait que la fin du tsarisme était proche et que la coalition de toutes les forces de travail et de pensée, de toutes les énergies révolutionnaires, ouvrières et paysannes avait ouvert, en 1905, la voie à la révolution européenne.

Jaurès a vu juste.

Jaurès en est mort.

Et moi, je partage totalement ses idées sur ce sujet.

Quand j'ouvre la porte du café pour regagner la rue, une bourrasque froide me surprend.

Au comptoir, le vieux commande un second bossu sous le regard hiératique de Jaurès.

Ça m'arrache un sourire.

C'est vrai que j'aime bien Jaurès…

X

Depuis qu'il sait que les soldats transportés par l'*Himalaya* ont été transférés, eux aussi, vers le camp Mirabeau, Iouri trépigne. Il n'a pas réussi à fermer l'œil de la nuit tant son excitation le dévore. Le jour n'est pas encore levé qu'il sillonne déjà fiévreusement les allées. Les grandes tentes blanches libèrent peu à peu leur flot de militaires en tenue. On sort pour s'attrouper autour des samovars. On boit du thé en dévorant de belles tranches de pain.

Sur le *Latouche-Tréville*, lors du trajet de Dairen à Marseille, Iouri a passé ses jours et ses nuits à explorer et sonder les milliers de gars entassés dans les cales. En vain…

Son manège n'a pas échappé aux autres. Kolya et Rotislav ont été rapidement persuadés que Iouri recherchait un homme. Slava, lui, s'en fichait, il ne pensait qu'à ses projets.

Un homme, mais pourquoi ?

Iouri ne s'est confié à personne. Chaque fois que Kolya a tenté d'en savoir davantage, il a gentiment mais fermement éludé le sujet.

Iouri cherche à repérer un gars du corps expéditionnaire. S'il ne l'a pas trouvé au sein du premier régiment, c'est qu'il appartient au deuxième. C'est logique... Aussi, le débarquement des milliers d'hommes de l'*Himalaya* va lui permettre de poursuivre et d'intensifier sa quête.

Iouri est un malin. Il trompe son monde en jouant les dilettantes, les mecs sympas. Mine de rien, il s'intéresse surtout aux gaillards et aux gauchers dans la foule de têtes nouvelles.

Et pour cause ! Un grand gaucher, c'est la caractéristique la plus immédiatement visible de l'assassin. Dès qu'il en aperçoit un, son cœur s'emballe, il entame aussitôt une discussion cordiale qui n'est pour lui qu'un interrogatoire déguisé.

Il n'a pas fait autant de kilomètres pour échouer.

Il va le dénicher, c'est certain.

Le dénicher, puis le tuer.

Évidemment, Iouri a profité des fréquents offices religieux pour dévisager chaque nouveau venu. Depuis son arrivée à Marseille, entre les messes et les balades, il a bien relevé plus d'une centaine de costauds, des gars de plus d'un mètre quatre-vingt-cinq. Souvent, il a cru enfin tenir son homme mais, à chaque fois, un infime détail a suffi à innocenter le présumé coupable. Une vingtaine de ces gaillards étaient gauchers mais, au travers des conversations qu'il réussit à entamer, il se rendit vite compte qu'aucun d'entre eux n'aurait été capable de trancher une miche de pain correctement !

Il faut dire que la plupart des mobilisés du premier régiment sont des ouvriers moscovites, des gars davantage versés dans la fabrication de la fonte, du tissu ou des huiles lourdes que dans la découpe du cochon !

Mais Iouri est pugnace.

Il continue inlassablement.

Une fois de plus, la balade matinale n'a rien donné. Il regagne la tente d'un pas las.

Rotislav s'affaire auprès du samovar et lui tend un verre de thé noir.

— Tu as aperçu Slava et Kolya ? s'inquiète-t-il.

— Slava ? Kolya ? Pourquoi ? Ils ne sont pas rentrés ?

Tout à sa quête obsessionnelle, Iouri ne s'est même pas rendu compte de l'absence de ses deux camarades.

— Ils sont descendus voir les filles hier soir… lui rappelle Rotislav.

— Les imbéciles ! Qu'est-ce qu'ils ont encore foutu !

Rotislav cache son anxiété sous une couche d'agressivité.

— Slava est un voyou, mais Kolya… Kolya est différent, non ? Tu crois qu'il leur est arrivé quelque chose ?

Iouri ne répond pas. Il tend son verre :

— Sers-moi donc encore un peu de thé.

Iouri avale la boisson chaude et âpre. Il ne tient pas en place et éprouve rapidement le besoin de marcher, de se vider la tête. Rien ne va. Le meurtrier qu'il poursuit depuis son départ de Moscou semble s'être évaporé et voilà que, maintenant, Kolya et Slava ont disparu.

Alors, il va arpenter une fois de plus les longues allées du camp. Tous les soldats sont sortis pour profiter des rayons du soleil matinal. Ils parlent du pays avec nostalgie. Beaucoup regrettent déjà le passé, même misérable, tant l'avenir leur paraît incertain.

Pour Iouri, vadrouiller, c'est aussi reprendre courage, faute de reprendre espoir. Voici quatre mois qu'il pourchasse cet homme. La première brigade compte onze mille soldats. Autant rechercher une aiguille dans une botte de foin ! D'autres que lui auraient abandonné. S'il lui arrive de douter, il lui suffit de reprendre machinalement sa marche. Son envie d'aboutir resurgit alors si vivement qu'il se persuade sans peine qu'il parviendra à ses fins.

Il avance lentement, observe chaque soldat qu'il croise. Ce vaurien se trouve forcément parmi eux. Il s'est embarqué, depuis Moscou, dans la même aventure qu'eux. Le temps presse. Il doit le coincer rapidement, avant leur engagement sur le front. Sa seule crainte est que les boches lui volent sa vengeance en abattant cet assassin sur le champ de bataille sans qu'il n'en sache rien. Alors, il sillonne à nouveau les allées, nonchalamment en apparence, demande du feu à l'un pour allumer une cigarette, pose une question banale à l'autre tout en épiant tous ceux qui bivouaquent devant les hautes tentes blanches.

Sûr qu'il va le dénicher, ce salaud, ce grand gaucher à la lame facile.

Le vent glacial de la veille est tombé. Le printemps explose dans la douceur, les parfums et les couleurs méditerranéennes.

Rotislav a gagné les hauteurs du camp. Il promène son regard sur les tapis de coquelicots et les massifs de genêts qui colonisent les champs verdoyants. Au nord, sur l'adret de la colline, on a posé quelques fermes basses aux toits de tuiles roses. Les bords des ruisseaux qui dévalent du quartier de Saint-Louis – un agglomérat de maisonnettes construites en briquettes tout là-haut sur la butte – regorgent d'iris en fin de floraison. Une haie de lilas borde la route qui longe le camp à l'ouest et exhale des parfums enivrants. Des massifs de soucis apportent la touche chaude d'un jaune orangé.

Rotislav aime bien l'harmonie paisible de ce paysage. Tout y est équilibré, les formes et les couleurs. Il sourit, allume une cigarette française tirée du paquet bleu qu'on lui a donné la veille et toussote. Il n'a guère l'habitude de ce tabac brun et fort. Il écrase le mégot et s'assoit en offrant son visage à la brise légère. Ce serait un temps idéal pour s'allonger sur l'herbe tendre, enlacé avec une fille... Un temps à faire des projets à deux...

Une fillc...

Irina...

Que fait-elle ? Que devient-elle ? Pense-t-elle à lui ?

Il a un peu honte de ses interrogations, lui qui ne pense guère à elle... C'est vrai qu'il l'oublie. D'ailleurs, il oublie tout : Irina, son frère Ilya, ses parents... La faute à cette satanée époque. La faute à ce conflit qu'il redoute et qui semble sournoisement effacer les souvenirs au fur et à mesure qu'il se rapproche.

C'est un peu comme si sa vie commençait – ou recommençait – aujourd'hui.

À quoi servira-t-elle, cette guerre ?

Il s'assoit au pied d'un pin d'Alep. Le soleil est encore bas lorsque Iouri, harassé par sa longue marche à nouveau stérile, le rejoint et prend place à ses côtés.

Pourquoi faut-il s'abrutir dans ces tueries alors que la nature est si belle ?

À travers les hautes silhouettes torturées des arbres noirs, on aperçoit le soleil émergeant des massifs collinaires qui cernent la ville. Il colore en rose les longs nuages vaporeux qui paraissent flotter sur la mer et souligne les ors de la basilique qui domine le port.

Rotislav confie à Iouri sa honte d'oublier tous ceux qui lui étaient chers trois mois plus tôt.

Iouri ne lui répond pas. Il n'encombre pas son esprit avec ces broutilles. Il ne s'est pas engagé pour défendre sa patrie, pour la gloire du tsar ou pour dézinguer du boche, mais uniquement par devoir.

Et ça, il ne peut pas le raconter à Rotislav. Ni à personne d'autre. Même pas à Kolya… D'ailleurs, où est-il celui-là ?

Qui pourrait le comprendre ?

Ils perçoivent, dans leur dos, les cris des femmes qui rentrent les troupeaux ou s'affairent dans les champs. Une fois les hommes partis au front, les mères, les épouses et les filles doivent assurer. Beaucoup de poilus ne reviendront pas et pour nombre d'entre elles, ces travaux pénibles dureront toute la vie.

Perclus de fatigue, bercé par la douceur de l'air et les inflexions des voix féminines qui résonnent au lointain comme une musique triste et lente, Iouri s'étend sur l'herbe rase. Il ne tarde pas à somnoler en gigotant.

Ses sommeils sont toujours brefs, fragiles et agités.

Rotislav s'allonge sur le dos, les yeux dans le ciel rougeoyant. Il se demande à quoi peut bien rêver son étrange camarade.

S'il savait…

S'il savait que chaque fois que Iouri ferme les yeux, il revoit le visage marmoréen de Talya émergeant des ténèbres de l'annexe sordide de la police du district de Babouchkinski.

De Talya qu'on lui a volée…

XI

Il est huit heures passées lorsque ces brutes me jettent au sol comme un vulgaire sac de linge sale. La face plaquée contre la terre poussiéreuse, je n'aperçois que le bout de leurs bottes. Mon corps est parcouru par une douleur lancinante, des pieds à la tête, d'une redoutable violence sur le côté droit.

Des filets de sang ruissellent sur mon dos.

— Et voilà votre ami ! ricanent les gardes-chiourmes.

Dimitri et Alekséï, qui partagent notre tente, rameutent aussitôt Iouri et Rotislav qui se sont isolés à l'ombre des pins d'Alep.

Rotislav accourt.

— Kolya ! hurle-t-il.

— Pourquoi ? Mais pourquoi ? s'écrie Iouri.

Les quatre hommes qui m'ont traîné jusqu'à la tente s'éloignent sans répondre. Dans l'armée russe, la brutalité est banalisée, elle est devenue un outil de commandement.

Fouetter les soldats, les humilier pour les inciter à l'obéissance aveugle, ça n'a rien de choquant pour Lokhvitski et ses pairs. Ils prétendent simplement qu'ils se contentent d'appliquer les instructions. Ce n'est pas faux. Le premier devoir d'un militaire n'est-il pas d'obéir sagement aux ordres venus d'en haut ? C'est l'oncle du tsar, le grand-duc Nicolas, un escogriffe détestable et hautain, qui a prescrit de remplacer, en temps de guerre, la salle de police et la prison par les châtiments corporels. Alors, ces messieurs galonnés obtempèrent et nous donnent du knout pour un oui, pour un non ! Et puis, obéir à de tels ordres ne permet-il pas de satisfaire le côté pervers de nombre d'entre eux ?

Mes amis se précipitent. Avec leur aide, je parviens péniblement à me relever. Sûr que je suis dans un triste état ! Mon uniforme est sale et déchiré. Le sang suinte sur mon dos lacéré. La faute à ce satané knout.

Rotislav me tend un verre de thé noir qui me brûle la gorge. Je réussis néanmoins à articuler deux ou trois phrases pour résumer ma nuit : la virée dans les bas quartiers a mal tourné (c'est le moins qu'on puisse dire !), des nervis m'y ont roué de coups et mon retour au camp, même par une porte dérobée, n'a pas échappé aux cerbères.

On connaît la sentence en pareil cas : le fouet.

Trente coups minimum…

Ils m'installent à l'intérieur de la tente, près du samovar.

— Il faudrait nettoyer ces plaies… remarque Dimitri en examinant mon dos.

— Je m'en occupe. Donnez-moi cinq minutes, répond Rotislav qui quitte aussitôt la tente.

— Tu vas où ?

— Je reviens dans cinq minutes, je t'ai dit…

Iouri me tend à nouveau un verre de thé noir très sucré.

Je me sens épuisé. Je voudrais m'allonger et dormir, comme si cela pouvait effacer mes douleurs.

– Et Slava ? Où est Slava ? s'inquiète-t-il en saisissant mon avant-bras. Pourquoi n'est-il pas rentré avec toi ?

Je lui réponds d'un simple hochement de tête, comme si ce mouvement dérisoire pouvait apporter la réponse à une telle question.

J'ajoute :

– J'en sais rien…

Ce n'est pas faux.

Mes souvenirs se brouillent. Les vieux quartiers, les rues grouillantes de monde, le café…

Je focalise mon esprit sur ce café qui a dû avoir son importance. Je finis par me souvenir de son nom, le Bar des Colonies. Et puis, il y a cette bague… La bague que Slava a piquée au vieux Glazov… Le vieux Glazov qu'il a tué à Moscou… Puis il y a eu cette bagarre… Une sacrée bagarre… Ils m'ont jeté à terre et tabassé… Ensuite, c'est le vide, le trou noir…

J'ai dû prendre des coups sur la tête… Oh, cette douleur qui vrille mes côtes…

Il me revient seulement en mémoire des odeurs et des images sans aucun rapport apparent entre elles : les abominables relents d'eaux usées, le goût du sang dans ma bouche, le parfum rassurant du cuir d'une banquette… Il y a aussi cette vision surréaliste des socquettes roses et des souliers vernis de la femme obèse qui se penchait sur moi et celle de l'horrible visage déchiqueté de l'homme qui m'a ramené.

La gueule cassée…

J'essaye de leur expliquer tout ça, ce doit être sacrément confus. Je sors un papier fripé de ma poche :

– Antoine Casterdy. Il y a même son adresse.

Iouri hausse les épaules :

— Et après ? Ça te sert à quoi ? Nous partons demain vers le nord, vers le camp d'entraînement. Nous ne reviendrons plus à Marseille.

J'ai un haut-le-cœur. Le camp d'entraînement ne sera qu'un prélude aux combats. Dans quelques jours, on nous enverra en première ligne. Au casse-pipe…

Je ne suis guère en état de supporter ça. Ni moralement, ni physiquement. Depuis que j'ai aperçu le visage inhumain d'Antoine, la guerre a perdu son caractère abstrait et lointain, son iconographie épique que colportaient les récits de nos aînés qui combattirent l'armée japonaise. Antoine m'en a donné un avant-goût épouvantable. Je sais que ce doit être pire. Je n'en ai eu qu'une illustration sordide mais partielle : il me manque encore le vacarme assourdissant des bombardements, la peur au ventre de ceux qui vont sortir de la tranchée pour offrir leur poitrine aux mitrailleuses, la puanteur des cadavres et des membres gangrenés qui doivent forcément accompagner une telle boucherie…

La guerre ne fabrique que des morts et des monstres. Avec mon corps ankylosé et perclus de douleurs, combien de temps pourrais-je survivre dans un pareil enfer ?

Rotislav interrompt ma réflexion. Il revient, un bol à la main.

— Je vais soigner tes blessures, m'affirme-t-il en souriant.

Soigner mes blessures ? Mais il n'est pas médecin, mon ami Rotislav, il travaillait en usine à Moscou !

— Qu'est-ce que t'as foutu là-dedans ? demande Iouri, suspicieux.

— Secret de famille, se contente-t-il de répondre. Aide-moi à lui enlever la blouse et à l'allonger sur le ventre.

Je le laisse faire. J'ai si mal que je suis prêt à tout croire et à tout subir. Je m'étends sur la paillasse. Rotislav essuie le sang séché avec un linge humide puis trempe les doigts dans sa mixture et m'en enduit doucement le dos. C'est apaisant.

— C'est quoi ? s'inquiète à nouveau Iouri.

— Un onguent à base de fleurs de soucis ramassées dans les champs et d'huile d'olive récupérée à la cuisine. L'adaptation d'une vieille recette familiale aux ingrédients du coin...

Les brûlures superficielles s'estompent. Reste la douleur sur le côté qui s'est un peu atténuée.

— Dans trois jours, t'auras plus rien. Tout sera cicatrisé ! affirme Rotislav tandis que je me relève pour m'asseoir sur la couche.

— J'espère bien qu'il n'aura plus rien ! tonne Volnov qui vient d'entrer dans la tente, une sacoche à la main. Dans deux jours, vous serez tous en entraînement intensif !

Le capitaine se retourne vers moi et explose :

— Mais qu'est-ce que t'as foutu, mon pauvre Kolya ? Et Slava ? Il est où, Slava ?

Le capitaine Volnov a la charge de notre compagnie. Je baisse la tête et comprends sa colère.

C'est un gars que j'aime bien et que je respecte. Nous avons pas mal discuté tous les deux à bord du navire qui nous a amenés à Marseille. Il a quarante-deux ans et déjà une belle expérience. Il a participé à la guerre contre le Japon et s'est illustré lors de la bataille meurtrière de Moukden, en 1905. Je crois que c'est là-bas qu'il a pris conscience de l'incompétence de certains officiers de l'armée impériale et de la nécessité de se rapprocher de la troupe. Volnov est toujours à notre écoute, contrairement aux autres officiers qui paraissent ne pouvoir s'affirmer que par le mépris.

— Trente coups ? Tu as pris trente coups ? me demande-t-il.

J'opine du chef. Trente coups, c'est le tarif.

— Et Slava ? insiste-t-il.

Je lui raconte notre virée, la bastonnade, mon retour.

Je lui dis que je regrette.

Il se tait, il réfléchit…

Sur la disparition de Slava, je ne sais pas grand-chose. Je lui confie que je suis inquiet.

— Je vais envoyer un lieutenant en ville. Il se renseignera auprès de la police, décide-t-il. Bon, je m'en vais… Et que je n'entende plus parler de vous !

Je m'en tire bien. Un autre que lui aurait ajouté trente nouveaux coups de knout.

Avant de sortir, il se retourne et ouvre sa sacoche.

— Ah, j'allais oublier…

Il en extrait une liasse de journaux qu'il me tend.

— On m'a remis ces quelques quotidiens. Puisque tu comprends le français, tu liras à tes amis les articles qui concernent notre arrivée à Marseille. Je crois que nous avons fait bonne impression… assure-t-il en réprimant un sourire.

Rotislav m'enduit à nouveau de son onguent avant de me bander le torse avec la longue et étroite bande de tissu, la taillole, qu'Antoine m'avait enroulée autour du torse.

— Ça va mieux ? me demande-t-il.

— Ça ira…

L'endolorissement est toujours présent mais il est supportable.

— Alors, tu nous les lis, ces journaux ? demande Dimitri.

— Bien sûr.

Je me cale contre le dossier du banc. Mon dos s'enflamme. Rotislav me tend à nouveau du thé. Il prend place à mes côtés, les autres se regroupent autour de nous, curieux de connaître l'appréciation des journalistes marseillais sur notre brigade.

— Vais faire un tour… Besoin de respirer… souffle Iouri, en guise d'excuse, avant de s'éclipser.

— Tu ne veux pas écouter Kolya ? l'interpelle Alekséï.

Il ne répond pas et quitte la tente. Je le sens toujours préoccupé.

Pourquoi ne m'a-t-il jamais expliqué ce qui l'obsède ?

Il recherche quoi ?

Ou plutôt qui ?

Nos regards se croisent.

— Il va où ? demande Dimitri à voix basse.

— Toujours pareil, on n'en sait rien… répond Rotislav. Il sort et rentre sans arrêt depuis qu'on nous a installés dans ce camp.

— Il ne t'a rien dit ?

— Rien du tout.

Manifestement, la prospection de Iouri n'a rien donné jusqu'ici. Tous ces mois de recherche sans résultat…

Où diantre trouve-t-il la force de continuer, de ne pas céder au découragement, voire au désespoir ?

Sa quête est-elle si importante que ça ?

— S'il nous parlait, on pourrait peut-être l'aider, non ?

Rotislav hausse les épaules :

— Sais pas, moi… lâche-t-il entre ses dents.

Il ressert du thé.

— Alors, tu nous les lis ces articles ? grogne Alekséï.

Volnov m'a remis cinq journaux, deux régionaux, *Le Petit Marseillais* et *Le Petit Provençal*, trois nationaux. Par lequel commencer ?

J'ouvre *Le Petit Provençal* et je lis à haute voix :

— « *Par rangs de six, les soldats impériaux débouchent de la rue de Rome. Ils ont une allure superbe, nos amis les Russes, bien pris dans leur uniforme couleur verdâtre, taillé en fin drap, la blouse également plissée en bas des reins, la casquette légèrement inclinée sur l'oreille, les bottes à mi-jambes, le fusil sur l'épaule et marquant le pas. Il y a là des hommes de haute taille, basanés par le grand air marin, boucanés par l'air glacé de Galicie.* »

— C'est bien. Continue ! me lance-t-on.

Rotislav me tend *L'Œuvre*. Le reportage figure en première page :

— « *Un dévouement sans limites, une obéissance aveugle, une patience inlassable : fidélité au tsar qui représente Dieu, fidélité au chef qui représente le tsar, fidélité à la consigne qui est la parole du tsar.* »

Les références au tsar et à Dieu m'irritent. Je replie le journal et enchaîne avec *Le Gaulois* daté de la veille.

— « *Une ovation particulièrement chaleureuse est faite à un enfant-soldat de treize ans, le petit Yvan qui, se trouvant depuis plusieurs mois déjà dans les tranchées russes, a voulu à toute force accompagner ses camarades en France.* »

— C'est bien pour Yvan. Faudra lui rapporter ça… Mais poursuis donc…

Je feuillette *L'Écho de Paris*, daté du 21 avril lui aussi.

— Ah, ça, ça devrait vous plaire… On parle de la remise des fusils…

Je traduis mot à mot :

— « *À chaque fusil passé par un petit Français à un grand Russe, il y a un échange de regards, un élan du cœur, comme si les deux hommes allaient s'embrasser. Mais chaque Russe, pour prendre son fusil, a dû s'arrêter un instant. Alors, pour aller rejoindre ses camarades, alignés par quatre un peu plus loin, il part en courant, baïonnette en avant, avec une fougue, des bonds joyeux, une élasticité qui me font regretter d'avoir dit quelquefois que nos alliés slaves avaient une allure un peu lourde.* »

— Une allure un peu lourde... Il est gonflé ce journaliste ! Et puis, il affabule, ça s'est pas vraiment passé comme ça...

Il a raison, ça ne s'est pas passé comme ça. Mais le journalisme de guerre obéit au pouvoir et se doit d'enjoliver les évènements, de les éclairer systématiquement d'une lumière positive.

En un mot, de mentir.

Oui, la guerre est le paradis des menteurs.

XII

Vendredi 14 juillet

En voyant la foule qui arpente les grands boulevards, les voitures qui se dandinent nonchalamment sur les Champs-Élysées en crachant une fumée grasse ou les boutiques aux vitrines accueillantes, comment peut-on imaginer que ce pays connaît le pire conflit qui ait jamais existé sur cette terre ? Qu'il sacrifie allègrement chaque jour des milliers de ses enfants alors qu'on danse, qu'on chante et qu'on boit tous les soirs dans les cabarets de sa capitale ?

Paris paraît loin, vraiment très loin de la guerre. Lorsqu'on revient du front, après avoir passé des semaines et des semaines dans les tranchées infernales, on se rend compte à quel point ce contraste est obscène. Pourtant, au bout de quelques heures d'immersion dans cette atmosphère frivole, l'envie de vomir disparaît. On en arriverait presque à se persuader que les images atroces de la première ligne ne sont que le fruit d'un cauchemar ténébreux, qu'elles n'ont jamais réellement existé, tant tout est ici désinvolte, aguichant, puéril.

Un rayon de soleil caresse le dôme doré des Invalides. J'ai relu ce matin, dans la pâle clarté du dortoir de la caserne où on nous a logés, les quelques phrases éparses hâtivement griffonnées sur mon carnet durant les deux semaines passées au front.

Deux semaines longues comme deux années…

À Paris, ces mots n'ont plus de sens, ils ne peuvent véritablement en trouver que sous la mitraille. Peut-être, ne les ai-je consignés qu'à mon intention, pour y accrocher mes souvenirs plus tard, lorsque le calme sera revenu, pour tenter de me remémorer l'inconcevable ?

Peut-être…

En attendant le rassemblement et la parade, chacun de ces mots jetés au crayon sur du papier jauni a réveillé en moi des images, des odeurs, des couleurs, des plaintes, des vacarmes et des souffrances. Sans doute, la rédaction de ces quelques notes n'est-elle que le prolongement logique de mon métier de journaliste au plus profond de la guerre.

Informer, témoigner…

Pour ne pas oublier.

Pour que d'autres sachent.

Mais comment pourront-ils comprendre ?

Pour la première fois de ma vie, je me suis rapidement retrouvé face à un obstacle insurmontable : ce que nous avons vécu, ce que nous risquons de vivre de nouveau, est indescriptible. Les mots pour le raconter n'existent dans aucune langue. Alors qui d'autre que nous pourrait interpréter ces fragments d'expressions sans queue ni tête ?

Je ne la connais pas par cœur, la diabolique complainte déclinée chaque soir, lorsque les tirs cessaient, sur les pages jaunies et cornées de mon carnet. Je n'en ai retenu que des bribes. C'est ce qu'il en restera. Les longues et belles tirades, soigneusement rédigées et agencées n'ont pas leur place ici. C'est comme si le récit de notre histoire avait été, lui aussi, déchiqueté par un shrapnel et qu'il n'en subsistait que des éclats accrochés aux barbelés.

Pluie continuelle... moral détestable... capitaine S. mort, la tête arrachée par un fragment d'obus... déluge torrentiel qui a noyé la tranchée... M. a pris une balle en pleine tête, mort une heure après... boue infecte... abris infestés de rats et de puces, sans air ni lumière... masques à gaz détériorés, encore beaucoup de morts par asphyxie aujourd'hui... reçu quelques bonnes nouvelles du front, mais ne nous ment-on pas ?... violente canonnade toute la nuit... Y. touché au ventre, a agonisé durant deux jours, a senti pourrir ses chairs et ses entrailles... calme plat, prélude à une offensive boche ?... que va-t-il se passer ? Le silence est encore plus difficile à supporter que le grondement des canons... les popes courent à droite et à gauche pour distribuer des absolutions, ils ne semblent prospérer que dans un environnement mortifère... la guerre, avec tous ces morts, n'est-elle pas une aubaine pour eux... ils n'ont jamais autant donné de bénédictions !

Rotislav et Iouri font partie du détachement envoyé à Paris pour le défilé. Il y a aussi Dimitri et Alekséï qui ne nous quittent plus depuis que nous avons partagé la même tente au camp Mirabeau. Je suis moins proche d'eux que de Rotislav et Iouri, sans doute parce que nous avons moins discuté. Dimitri, qui est plus âgé que nous, ne sait parler que de sa femme et des quatre gosses qui l'attendent en Russie. Quant à Alekséï, je crois que nous n'avons même pas échangé vingt mots avec lui, j'ignore s'il est introverti, timide ou dédaigneux. Mais ils sont loyaux et disponibles, ce sont de bons gars…

Ici, la fête nationale est célébrée le 14 juillet, l'anniversaire de la prise de la Bastille.

La Révolution française !

J'en ai tant rêvé…

À Moscou, c'est la lecture des écrivains et des poètes français qui m'a incité et encouragé à étudier leur langue. Pas facile, cette langue, mais quelle richesse et quelle force elle sait développer sous la plume de Victor Hugo ou de Charles Baudelaire !

Pour moi, depuis que j'ai découvert ses philosophes et ses romanciers, la France est le pays de la liberté, ma seconde patrie. S'il n'y avait pas cette foutue guerre, je pourrais clamer haut et fort que je suis heureux d'être ici !

J'aperçois au loin le petit homme dont le capitaine Volnov m'a parlé ce matin. Costume sombre, crâne dégarni, barbichette grisonnante… Il trottine, va de l'un à l'autre, se fend d'un mot compatissant, serre cordialement, voire affectueusement, une main tendue dans les siennes.

Le capitaine m'a affirmé que le président Poincaré allait distribuer des diplômes aux familles des soldats morts pour la Patrie.

— Toutes les familles ? lui ai-je demandé.

Ma question parut l'irriter.

— J'en sais rien ! Je vous répète ce qu'on m'a dit.

Je trouve cette attention pour le moins étrange. Les mœurs des Français me surprennent parfois : quelle sorte de diplôme leur président distribue-t-il ainsi ? Est-ce que toutes les familles de ces centaines de milliers de poilus tués depuis le mois d'août 1914 reçoivent systématiquement un parchemin ? Comme pour une réussite à leur certificat d'études primaires ?

Le petit homme à barbichette ferait mieux de passer son

temps à choisir des généraux plus avisés, plus soucieux de ne pas brader la vie de leurs hommes et de saigner le pays à blanc.

Pense-t-il à l'après-guerre, ce bon Poincaré ? Pense-t-il à ces centaines de milliers d'emplois laissés vacants par les ouvriers et les paysans morts pour la France ? J'ignore son niveau d'empathie mais, en cette époque où tous les dirigeants ne semblent mus que par le profit, le coût économique de l'après-conflit devrait l'inciter à contraindre ses généraux à ménager les troupes, non ?

Quoi qu'il en soit, ce n'est pas le tsar qui honorerait ainsi ses morts. Nous, nous pouvons crever la bouche ouverte, le petit père des peuples s'en fiche !

Je laisse errer mon regard au loin, au-delà de la Seine, sur les toits gris de la capitale et les hautes frondaisons verdoyantes.

Mes lectures de la matinée me reviennent à l'esprit.

Une mauvaise chose…

Je dois impérativement oublier mon satané journal, m'efforcer de focaliser mes pensées sur des sujets plus agréables, même accessoires, afin de m'extraire de la réalité poisseuse de nos premières semaines de combat.

Après Marseille, il y eut Mailly, un camp d'entraînement à la limite de l'Aube et de la Marne, donc pas très loin des champs de bataille. Nous y sommes arrivés le 7 mai afin de nous familiariser, trois semaines durant, avec la guerre de position.

Les temps modernes ont inventé un nouveau type d'affrontement. Terminées les grandes cavalcades héroïques, sabre au clair, des hussards d'antan. La guerre d'aujourd'hui nous transforme en cancrelats. On se terre des jours et des nuits dans le sol hâtivement creusé. On sacrifie un millier d'hommes en quelques heures pour gagner les dix mètres qu'on perdra le lendemain sous le feu des boches et au terme d'une retraite qui nous coûtera encore un millier d'hommes !

Tout cela serait risible si ça ne se soldait pas par la perte d'autant de vies de pauvres gars qui n'avaient rien demandé et qui seraient bien mieux chez eux, entre leur boulot à la ferme ou à l'usine, leurs femmes et leurs gosses, qu'enfouis anonymement dans l'argile boueuse des champs de betteraves dévastés.

À Mailly, nous avons conservé nos uniformes mais on nous a dotés d'un masque à gaz – le gaz asphyxiant est également une des merveilleuses inventions de la guerre contemporaine – et du casque de l'armée française, le casque Adrian, décoré pour l'occasion de l'aigle bicéphale de la Russie tsariste.

J'ai pensé que Slava aurait détesté Mailly car on nous a interdit les sorties. Pas de sorties, pas de distractions, pas de prostituées ! Les popes occupaient les temps de repos en nous assommant de prières mais les popes ne remplacent pas les filles, oh ça non !

Du coup, notre escapade dans les vieux quartiers de Marseille me paraissait bien loin. J'en gardais un souvenir à la fois amer et confus. Slava y avait perdu la vie, j'en étais certain. J'étais obsédé par sa disparition mais également par la flagellation humiliante – dont je conserve toujours les longues cicatrices dans le dos – qui a salué mon retour au camp Mirabeau. Mes compatriotes m'ont bastonné jusqu'au sang comme un sale délinquant !

Pas de sorties, donc, à Mailly. En contrepartie de cette proscription, l'état-major a décidé de créer un lupanar à l'intérieur du camp. Forcément, lorsqu'il n'y a pas de femmes, les gars tentent de se débrouiller entre eux. Des couples de soldats se sont formés… Pas besoin de vous faire un dessin, n'est-ce pas ? Pour le commandement, les BMC* sont surtout destinés à réduire les tentations de relations homosexuelles, de plus en plus nombreuses, qui affectent la troupe et nuisent à son efficacité.

Dès notre installation à Mailly, le capitaine Volnov m'a confié que le camp allait recevoir une nouvelle brigade en renfort, la troisième, constituée elle aussi de onze mille hommes, essentiellement des paysans issus de différentes unités des régions de Tcheliabinsk et Ekaterinbourg. Ces troupes devraient embarquer au cœur de l'été, certainement au mois d'août, à Arkhangelsk de manière à pouvoir naviguer sur une mer prise par les glaces en d'autres saisons. Elles débarqueront à Brest et non pas à Marseille. Leur voyage sera donc plus court que le nôtre. Tant mieux pour elles… Mailly devrait les accueillir en septembre afin qu'elles nous relèvent vers la mi-octobre.

Il nous faudra tenir bon jusque-là…

Le petit homme à la barbichette grisonnante prend enfin la parole. Un beau discours comme savent en faire tous ces messieurs dont la politique est le métier. Un phrasé clair et déterminé, avec juste ce qu'il faut de trémolos et d'allégations, d'émotion et d'autorité.

Je l'écoute d'une oreille distraite. Les politicards sont comme les journalistes, ils nous racontent des bobards tout en sachant y mettre la forme. L'important pour eux est de faire croire au bon populo de l'arrière que tout va bien, qu'on avance, qu'on va gagner, que les poilus ont un moral d'acier et que demain, ou après-demain au plus tard, on se retrouvera à Berlin…

On nous avait promis la victoire en deux mois. On nous

*Bordel militaire de campagne.

affirmait qu'on passerait Noël 1914 au chaud, à la maison. Un an et demi plus tard, nous sommes toujours englués dans cet interminable conflit dont nul ne peut envisager la fin.

De l'autre côté du Rhin, le Kaiser doit ressasser les mêmes stupides exhortations et raconter les mêmes mensonges à son peuple. Certainement pas le 14 juillet bien entendu, mais pour ces messieurs et leurs états-majors, les occasions de pontifier, briller et lever leur verre à la victoire future ne manquent pas tandis que nous nous étripons, au corps-à-corps avec d'aussi misérables hères que nous, pour des motifs qui ne nous concernent guère !

— Quand je pense que ça fait quatre jours que la guerre est finie… me souffle Rotislav, pince-sans-rire, tandis que Poincaré termine son allocution.

Je retiens un sourire. Cette guerre fait dire n'importe quoi… Les jours sont si horribles et les évènements si invraisemblables qu'on en arrive à se fier au premier hurluberlu venu. La fin de la guerre pour le 10 juillet 1916… Cette prédiction, née dans le cerveau dérangé d'un apprenti astrologue qui a accouplé quelques dates avec l'âge du capitaine, est parue le matin même dans le très sérieux *Figaro*. Je l'ai aussitôt rapportée à mes camarades, qui en ont bien ri. Décidément, à Paris on est très loin du front et les imbéciles en profitent pour faire feu de tout bois !

— Quatre jours que la guerre est finie… Et nous, on le sait même pas… soupire à nouveau Rotislav en prenant un air niais.

C'est vrai que mieux vaut en rire…

Iouri, lui, ne rit pas. Il fixe d'un regard de hyène un lieutenant de l'armée impériale qui donne des consignes au premier rang.

Curieusement, c'est la première fois que nous l'apercevons.

L'homme est mince, élégant et de haute taille.

XIII

Iouri

Iouri Chalvovitch Poslednov est né le 13 juin 1896 à Pouchkino.

Mon pauvre Iouri, c'est au mois de janvier précédent, le 16 exactement, que ta vie a basculé. Pourtant, tu ne t'en es jusqu'ici ouvert à personne, même pas à Kolya, Slava ou Rotislav, tes compagnons de voyage, ceux que tu considères comme tes seuls amis.

Sans doute parce que tu es un homme de la terre, un taiseux.

Sans doute également parce que tu ne peux faire confiance à personne, même pas à eux.

Et puis, ta quête est celle d'un solitaire. À quoi bon te confier alors que personne ne pourrait t'aider !

Alors, tu gardes tout ça pour toi. Tu le tritures toutes les nuits dans ton cerveau trop étroit pour un si grand tourment. Tu ne trouves plus le sommeil. Pire, tu glisses douce-

ment vers la folie. Tu le sens, tu le sais, mais qu'importe… Ton désir de justice – d'autres diraient de vengeance – est trop intense. Il risque même de te détruire. Oui, il te détruira si tu ne réagis pas. Mais qu'importe…

Depuis ce 16 janvier, il ne s'est pas passé une heure sans que tu penses à Talya.

Tu as espéré, en arrivant à Marseille, que la guerre pourrait te sauver de la démence, que sur le front, il faudrait bien penser à autre chose, aux combats et aux consignes, si tu voulais t'en sortir indemne.

Mais non, cet enfer de fer, de feu et de sang n'a jamais réussi à te détourner de Talya, à effacer son image.

L'hiver dernier, tu résidais encore dans la ferme de tes parents, dans les faubourgs de Pouchkino, la ville où tu étais né presque vingt ans auparavant. Tu les aidais à entretenir le minuscule domaine où poussaient le chou et la pomme de terre. C'étaient de piètres récoltes qui permettaient tout juste de ne pas crever de faim à condition de pouvoir se contenter de chtchi à tous les repas.

C'était une vie difficile, morne mais sans surprise.

Tous les jours se ressemblaient et cela te suffisait. Tu n'en demandais pas davantage… Ta vie était pareille à celle qu'avait menée ton père, ton grand-père avant lui, et tous tes aïeux. Ta vie plongeait ses racines dans la nuit des temps, il n'y avait donc aucune raison pour que cela change. Mieux, il ne fallait surtout pas que cela change tant le moindre chambardement inquiète et déconcerte ceux qui vivent près de la terre.

La misère, lorsqu'elle est répétée à l'infini, n'a-t-elle pas un côté rassurant ?

Ce 16 janvier 1916, tu pris la route de Moscou en chialant.

Une trentaine de verstes dans les bourrasques, sur des chemins presque impraticables. Un voyage rendu pénible par la tempête mais encore plus par son motif. À Moscou, ce fut encore pire. Les abondantes chutes de neige, qui paralysaient la ville depuis le début du mois, s'étaient muées en pluies verglaçantes. Les rues étaient devenues de véritables patinoires, tu faillis te casser la figure une demi-douzaine de fois avant d'arriver à l'annexe de la police de Babouchkinski.

C'était un bâtiment gris, austère et décrépit. Lorsque tu en poussas la lourde porte, il n'y avait qu'un jeune policier pour t'accueillir. Il avait l'air gêné, le regard fuyant. Il n'arrêtait pas de triturer les extrémités d'une moustache naissante. Son âge ne lui permettait sans doute pas de gérer convenablement des moments aussi délicats.

Ils avaient déposé le corps de Talya sur une longue table en bois de bouleau, au milieu de l'immense salle glaciale, et l'avaient recouvert d'un drap de coton blanc. La pièce était faiblement éclairée par la lumière chiche qui avait réussi à percer la crasse des vasistas. L'eau avait gelé dans les cuvettes.

Talya avait trois ans de moins que toi. Talya était ton étoile, presque ta gosse puisque tu avais toujours veillé sur elle. Tu lui avais appris les secrets des champs, des fleurs et des herbes.

Le policier retroussa le drap immaculé et dévoila le beau visage marmoréen, curieusement amorphe, de la jeune fille. Tu l'observas, tétanisé. Elle, si vive, si malicieuse, si pétillante… C'était un cauchemar, tu allais finir par te réveiller. La mort, c'était pour les vieux, les malades, les tristes et les déprimés, pas pour une jeune fille insouciante et espiègle !

Tu aurais voulu hurler. Tu en fus incapable.

La voix du policier devint lointaine, à peine distincte. Tu captas pourtant suffisamment de termes au passage pour entrevoir ce qui s'était passé : ta sœur avait été assassinée deux jours plus tôt, le 14 janvier 1916, dans la rue Midalnyi.

Talya…

Ta sestrouchka…

Elle avait quitté Pouchkino un an plus tôt « pour réussir dans la grande ville » avait-elle affirmé avec un zeste d'impertinence.

Réussir à Moscou…

Les filles ont parfois de ces idées !

Tu t'étais dressé contre ce projet même si tu pouvais la comprendre : elle en avait assez des moujiks, de leurs manières rustres, de leur saleté repoussante, de leur ivrognerie, de leur mysticisme ringard, de leur esprit étroit et de cette satanée chtchi à tous les repas…

Elle voulait vivre.

Vivre !

Et voilà qu'elle était morte…

Certes, elle n'avait pas forcément tort d'aller voir si le soleil n'était pas plus chaleureux ailleurs mais il y avait des choses qui ne se faisaient décemment pas. On ne désertait pas ainsi sa famille et son village.

Toi, tu pouvais comprendre ta sœur mais tes parents étaient trop vieux, trop enkystés dans cette société moyenâgeuse pour ça. Ils l'avaient maudite. Faut dire qu'à Pouchkino, on maudissait plus facilement les filles que les garçons…

Sans doute est-ce pour cela qu'elle n'avait plus donné de nouvelles, jusqu'à ce que la police frappe à votre porte au petit matin du 16 janvier.

La réaction de ton père te révolta. « Elle a voulu aller

à Moscou, qu'elle y reste. Ils en feront ce qu'ils voudront ! » grogna-t-il. Ta mère acquiesça, elle était d'accord – elle était d'ailleurs toujours d'accord avec lui – mais toi tu ne pouvais pas laisser ta sestrouchka là-bas, entre les mains d'inconnus qui l'enseveliraient n'importe où. Il fallait la ramener et l'enterrer dignement au pays.

Alors, tu empruntas une mule et une charrette à un voisin pour te rendre à Moscou et t'apprêtas à braver les averses de neige.

À Moscou, Talya n'avait trouvé qu'un job de serveuse chez un dénommé Piotr. Enfin, c'est ce qu'on t'avait pudiquement rapporté mais tu n'étais pas né de la dernière averse. Tous les hommes savaient bien qu'une serveuse dans ce type d'estaminet devait aller parfois très loin pour satisfaire le plaisir des consommateurs, histoire de leur soutirer aussi les quelques roubles qui permettaient de mieux supporter la misère.

Ce satané vendredi 14 janvier 1916, c'est en quittant le bar, seule, pour regagner sa chambre misérable qu'elle avait été agressée. Il n'y avait pas eu d'enquête.

— Vous savez, on est en guerre et on a des tas de choses à faire… Pas le temps d'approfondir ce genre d'affaires… avait déploré un jeune policier.

Il avait l'air vraiment désolé. Tu aimais répéter à qui voulait bien l'entendre que tu ne faisais pas de politique mais tu avais bien compris que la référence à cette satanée guerre n'était qu'un prétexte. La principale mission de la police du tsar n'était-elle pas de localiser, d'arrêter et de déporter systématiquement les opposants au régime plutôt que de rechercher les assassins des pauvres filles ?

— Elle est morte comment ? lui demandas-tu.

Tu avais besoin de précisions. Tu redoutais ce qu'il

allait te raconter mais tu voulais savoir, comme s'il était nécessaire de retourner le couteau dans la plaie pour en guérir plus aisément.

Le policier de garde avait pris soin de ne découvrir que la tête de la jeune fille. Il était mal à l'aise, son verbe était hésitant. Parfois, il balbutiait ses mots comme s'il désirait ne pas être compris. Pas assez cependant pour t'empêcher de deviner que Talya avait été égorgée et, pire, éviscérée.

Tu ne pus retenir un hurlement face à ces révélations. Est-ce ton désespoir qui rendit le policier plus disert ? Il t'expliqua que c'était certainement l'œuvre d'un dément ou d'un admirateur de ce tueur en série qui avait sévi à Londres près de trente ans plus tôt. Un gars surnommé Jack l'Éventreur dont tu n'avais jamais entendu parler mais qui paraissait exciter tous les esprits pervers à travers le monde. Le jeune policier avait à peu près ton âge, une vingtaine d'années, mais, pour souligner ses assertions, il se vanta de posséder une petite expérience des crimes et des cadavres mutilés. Il est vrai qu'on tuait beaucoup à Moscou. Souvent pour des riens.

Il crut bon de te confier à voix basse quelques-unes de ses certitudes :

– Je pense que ce crime est l'œuvre d'un gars qui s'y connaît.

– Qui s'y connaît ? Ça veut dire quoi ? t'inquiétas-tu.

– La blessure et l'éviscération sont franches et précises. Ce meurtre est l'œuvre d'un professionnel, assura-t-il d'un ton doctoral.

– D'un professionnel du crime ?

– Non, quand je dis professionnel, c'est par rapport au maniement du couteau…

Tu retins un tremblement. Tu voulais absolument savoir mais ne supportais guère ces détails. Parce qu'ils étaient insoutenables.

Tu dus prendre sur toi pour l'inviter à poursuivre.

— Vous pensez à qui ?

— À personne en particulier... Mais si je pouvais enquêter, je rechercherais un boucher, un chirurgien, un équarrisseur ou même un paysan qui a l'habitude de tuer et de vider le cochon.

Le policier observa une pause, comme pour te laisser le temps d'enregistrer son récit, avant de continuer :

— Il y a autre chose...

— Quoi donc ? demandas-tu avec une certaine irritation.

— J'ai étudié sommairement la plaie au cou. Elle a été mortelle. Selon moi, elle est l'œuvre d'un gaucher, un homme assez grand qui doit mesurer au moins vingt centimètres de plus que la victime.

— Donc un mètre quatre-vingt-cinq, estimas-tu.

Le policier soutint que la taille du meurtrier avait été confirmée par des clients de Piotr qui, alertés par les cris de la fille, l'auraient aperçu alors qu'il s'enfuyait.

— Ils se sont montrés unanimes sur ce point, ajouta-t-il.

C'est pour en savoir davantage que tu te rendis dans la rue Midalnyi. Il te fallait interroger Piotr et récupérer les affaires de Talya.

C'était une venelle sinistre aux trottoirs encombrés de congères, salis et maculés de boue. La salle du bar était sombre, le poêle à bois refoulait. Les consommateurs étaient laids et crasseux. Ils puaient le vin, le tabac et la transpiration. Tu serras très fort les poings dans les poches de ta veste. Ta sestrouchka, ta petite Talya, bossait dans cette taverne effrayante, indigne d'elle.

Piotr était un solide gaillard qui avait perdu son œil droit lors du siège de Port-Arthur, fin 1904. Il régnait sur le bouge où son bandeau de borgne et sa haute chapka constamment vissée sur son crâne intimidaient les nouveaux venus. Il t'accueillit cordialement comme un gars qui n'a rien à cacher. Il t'affirma qu'il aimait beaucoup Talya.

— C'était vraiment une fille bien, votre sœur, te confia-t-il avant de te raconter ce qu'il savait.

Ou plutôt ce qu'il voulait bien dire. Il avait l'air sincère.

Pour lui, il n'y avait aucun doute : le criminel était certainement un de ces militaires regroupés à la caserne Praskova.

— Si je le retrouve, je l'étrangle de mes mains ! grogna-t-il en te montrant ses énormes poings.

Tu le ramenas vers des éléments plus concrets. Tu espérais un témoignage, pas un accès de colère, même si celui-ci te parut sympathique.

— Ce soir-là, reprit Piotr, j'ai remarqué un gars qui s'est montré insistant avec Talya. J'ai même été obligé d'intervenir pour lui dire de cesser de l'importuner. Il a fait mine de s'en désintéresser mais il l'a sans doute suivie lorsqu'elle a quitté son service.

— Vous pouvez le décrire ?

Piotr n'hésita pas longtemps :

— Un gars plutôt costaud… Mais vous savez, c'était pas un habitué. Je ne l'avais vu que deux ou trois fois auparavant… Faut dire qu'avec la caserne, je vois passer tellement de monde…

— Il était gaucher ?

Ta question le surprit. Il réfléchit un instant.

— Gaucher ? Peut-être… Suis pas certain…

— Et la caserne ?

— La caserne Praskova ? Elle est tout près d'ici, à moins d'une demi-verste. C'est là que sont rassemblés les soldats qu'on va envoyer en France.

– Qu'est-ce qu'ils vont faire en France ?

– Qu'est-ce que peut bien faire un soldat ? La guerre, bien entendu… Se battre… En fait, j'en sais trop rien… reconnut Piotr avec un air dépité.

Manifestement, le patron du café n'en savait pas davantage. Lorsque tu l'as quitté, tu n'avais plus qu'une idée en tête : venger Talya.

Tu le retrouverais, ce fou. Et tu le tuerais.

Piotr t'a indiqué l'adresse de la chambre louée par Talya. Tu rassemblas ses affaires dans un maigre balluchon et repris la direction de l'annexe de la police de Babouchkinski. Il te fallait ramener le corps de ta sœur à Pouchkino.

Le retour au village fut long et pénible. La neige tomba sans discontinuer toute la soirée et une partie de la nuit. Elle recouvrit entièrement le cercueil en bois de bouleau arrimé sur la charrette. Assis à la place du cocher, tu chialas tout le long du parcours.

Tu t'es occupé, toi-même, des obsèques.

Ce fut un moment difficile. Il fallut creuser la terre gelée pour ensevelir Talya. Tes parents, malgré leur différend avec leur fille, assistèrent à la cérémonie qui eut lieu l'après-midi du 22 janvier. Ils ne montrèrent aucune émotion. Pire, ton père considéra que Dieu l'avait punie pour avoir quitté son village et ta mère l'approuva, estimant que la mort sa fille n'était qu'une juste sanction.

Toi, tu savais bien que Dieu n'y était pour rien, que ta vie serait désormais consacrée à identifier puis à tuer le meurtrier.

Tu compris aussi, ce jour-là, que tes parents étaient d'infâmes salauds.

Tu allais quitter ce village méprisable et tu ne chercherais plus jamais à les revoir.

Trois jours plus tard, le mardi 25 janvier, tu te rendis à Moscou et te présentas à la caserne Praskova. Tu n'avais plus rien à faire à Pouchkino.

L'assassin de ta sœur faisait partie de ce corps expéditionnaire que tu allais intégrer à ton tour afin de le démasquer. Tu satisfis à l'ensemble des critères de recrutement. Tu étonnas même les officiers par ta détermination et ta forte motivation à aller combattre en France. Aussi, ton engagement fut-il rapidement accepté.

Tu quittas donc Moscou au début février. Dès lors, tu n'eus de cesse que de retrouver celui qui t'avait enlevé Talya et qui se cachait au cœur du premier régiment.

La vengeance – ce qui, pour toi, ne correspondait qu'à cette justice que l'empire du tsar était bien incapable de rendre – ne valait-elle pas une guerre ?

XIV

Nous défilons des Invalides à la Concorde. Un des plus beaux itinéraires parisiens. Le général à cheval, le drapeau du régiment et la fanfare nous précèdent. Afin de souligner la belle unité internationale des forces démocratiques, nous avançons en compagnie des Anglais, des Écossais et des Belges.

C'est évidemment sur le pont Alexandre III et l'avenue qui a porté le nom de Nicolas II* que notre succès est le plus spectaculaire. Comment se fait-il qu'en France, ce pays qui a enfanté tant de philosophes et d'écrivains qui ont combattu pour la liberté, on ait pu donner les noms de deux de nos pires autocrates à un si beau pont et une si large avenue ?

La foule se presse tout au long du parcours. Elle nous acclame. Comme à Marseille.

Demain, les reportages dithyrambiques des quotidiens reprendront les certitudes du président Poincaré.

*Aujourd'hui avenue Winston Churchill.

Au camp Mirabeau, j'avais trouvé la lecture des articles relatant notre arrivée à Marseille exaspérante, aujourd'hui elle me paraît carrément obscène. Sans doute parce que je peux la rapprocher de ce que nous avons vécu en première ligne. J'ai lu récemment un article de *L'Illustration* qui en remettait une couche : « *L'âme naïve du peuple russe va s'associer, bientôt, dans les tranchées, à l'éternelle jeunesse de caractère des Français.* » Ces journalistes-là ne sont jamais montés au front pour mesurer combien « l'éternelle jeunesse de caractère » des poilus en a pris un coup depuis l'automne de 1914 ! Je dois aussi vous avouer que j'ai horreur de cette détestable manie qu'a la presse française de nous faire passer systématiquement pour des primates sans passé, sans histoire, sans culture… et certainement sans avenir.

Même si nous n'avons passé qu'une quinzaine de jours au front, j'ai l'impression que nous pataugeons dans la gadoue, le sang et la merde depuis des années, que le monde entier n'est plus qu'un vaste bourbier pilonné par les artilleries, amendé par les cadavres en décomposition, un cloaque où s'empêtre une jeunesse impuissante et résignée qui attend la mort inévitable, la balle qui lui percera le front ou l'obus qui la désintégrera.

Finalement, pour ceux qui parviennent à laisser ces sinistres réflexions de côté, ce défilé constitue une pause bienvenue. Il n'est pas désagréable de redécouvrir que hors de la guerre, il existe un autre monde comme celui des Champs-Élysées.

Au-delà des canotiers que l'on agite frénétiquement, des cris et des bravos qui montent des boulevards vers la cime des marronniers, j'intercepte parfois de la résignation dans les yeux de ceux du second ou du troisième rang. Il n'a pas fallu six mois à certains Français pour deviner que le conflit serait long et meurtrier, qu'on les a blousés en leur vendant une guerre éclair pour la défense de la patrie.

Je remarque de plus en plus de regards mouillés et de bandes de crêpe noir cousues sur les manches ou aux revers des vestons. Et il y a aussi les hordes de rescapés – façon de parler – rentrés à la maison pour cause d'invalidité, ceux qu'on ne montre pas car leur gueule cassée est le vrai visage de cette folie mais aussi, quelque part, celui de la défaite d'une société.

Alors que les accents martiaux de la musique rythment nos pas, j'ai une pensée pour ceux qui survivront brisés et défigurés, pour ces gars au cœur sincère et à l'aspect monstrueux. Sur les champs de bataille, nous en avons déjà ramassé des dizaines à la face labourée ou emportée par des shrapnels ou des éclats d'obus.

Tout cela me ramène immanquablement à Antoine, Antoine qui m'a certainement sauvé la vie.

Au fait, vous ai-je raconté que j'ai reçu de ses nouvelles au début du mois de juillet ?

Lorsqu'on m'a remis sa lettre, ma première réaction fut la surprise.

Bien entendu, je me souvenais d'Antoine Casterdy, ou plutôt de son visage informe, mais qu'avait-il à me dire ? Pourquoi m'écrivait-il ? Je ne connaissais pas vraiment ce garçon. Je ne l'avais entrevu que quelques instants à un moment où j'étais loin d'être au mieux de ma forme. Pourtant, il me parut alors évident que je resterais marqué à jamais par son empathie et, surtout, la découverte de son atroce blessure dans le petit matin brumeux.

Je ne sais pas comment il s'est débrouillé pour me retrouver et me faire parvenir ce courrier. J'imagine que, né du bon côté de la barrière, il dispose d'amis, de réseaux, de relations qui l'ont renseigné et ont facilité ses recherches. Il a noirci deux feuillets d'une écriture soignée qui respecte joliment les pleins et les déliés. Il me raconte sa ville, évoque la guerre en termes mesurés (censure oblige !), recopie des extraits d'articles élogieux qui ont salué notre arrivée à Marseille.

Il parle de tout et de rien.

De rien de vraiment important, en fait.

J'ai compris qu'il m'écrivait – et sans doute à beaucoup d'autres aussi – afin qu'on ne le réduise pas à une gueule cassée. Peut-être souhaite-t-il ainsi, au-delà de son apparence terrifiante, prouver par son verbe élégant et sa langue irréprochable qu'il possède encore une sensibilité et un raisonnement. Qu'il n'a rien perdu de son intelligence. Qu'il est vivant, quoi ! D'ailleurs, il m'avoue, à la fin de sa lettre, qu'il ne se sent véritablement à l'aise que dans la solitude et l'écriture.

Je lui ai répondu – c'était la moindre des politesses ! – en lui demandant d'excuser mon français hésitant. Je suis resté assez évasif dans mes propos. J'ai volontairement passé sous silence le désespoir qui nous étreint certains soirs et les énormes pertes que nous avons subies, afin que ma missive puisse passer sans encombre l'impitoyable censure militaire.

Je tiens à ce qu'Antoine reçoive ma lettre.

Peut-être y répondra-t-il ?

Je l'espère.

Nous descendons les Champs-Élysées.

La marche au pas cadencé présente un avantage : elle est mécanique, ne demande aucune attention particulière et permet de laisser vagabonder son esprit. Les semelles ferrées de nos bottes claquent sur le pavé de Paris.

Pourquoi faut-il que je pense à Antoine et à tous ces jeunes gens que la guerre a transformés en monstres ? Y a-t-il une vie pour eux ? Y aura-t-il une vie pour les femmes et les enfants de ceux qui ne reviendront pas ?

Aucune famille, même dans les coins les plus reculés du pays, n'est épargnée. Elles sont bien fanées les fleurs gentiment glissées dans les canons des fusils en août 14 ! Pour beaucoup de Français, la guerre ne se résume plus à des refrains revanchards ou à l'iconographie épique d'une Marianne vengeresse drapée de tricolore, elle rime désormais avec le deuil. Elle a troqué le bleu-blanc-rouge pour du noir à l'infini.

Beaucoup sont morts, mais il en reste encore.

À qui le tour demain ?

Rares sont les mères et les épouses qui peuvent dormir sur leurs deux oreilles dans les chaumières du pays. En ce qui me concerne, je n'ai plus la première et pas encore la seconde.

Ma mort ne fera pleurer personne, c'est ma seule satisfaction.

C'est à la fin du mois de juin que nous sommes montés au front, en Champagne. Avec Rotislav et Iouri, nous avons eu le privilège de voyager en camion, contrairement à beaucoup de nos camarades qui ont dû se taper le trajet à pied. Nous avons roulé sur des chemins de terre défoncés. Les véhicules brimbalaient, tanguaient en franchissant les trous et les ornières, dérapaient sur les coulées de boue.

Autour de nous, la plaine paraissait immense, terne et désolée sous un ciel blême. Où était passé l'été ? Des fulgurances, pareilles à ces éclairs de chaleur qui zèbrent le ciel du début d'automne, surgissaient parfois au-dessus de l'horizon, accompagnées de grondements assourdissants. L'artillerie lourde nous souhaitait la bienvenue.

Car la guerre était là, à portée de fusil. Nous en parlions depuis des mois, nous l'évoquions cavalièrement comme si elle devait rester à jamais irréelle. Nous y étions maintenant.

J'ai senti mon estomac se nouer.

L'artillerie déclencha un feu de barrage.

— Bienvenue en enfer, ironisa Rotislav.

Il avait raison, mieux valait en rire tant que nous en avions la force.

On avait assigné à notre unité la mission de relever en urgence une partie de la division française, commandée par le général Dumas. Il s'agissait de tenir une position entre le fort de la Pompelle et Aubérive, à l'est de Reims.

Rien de facile. Les boches occupaient une position dominante dans le secteur d'où ils nous tiraient comme des lapins. Malgré cela, le commandement s'entêtait : il fallait y aller quel que soit le prix à payer. Les boches n'étaient parfois qu'à quelques mètres, nous sentions leur présence. Nous profitions de la nuit pour creuser des tranchées ou nous déplacer pour remplir les missions de reconnaissance sur les positions adverses qu'on nous confiait chaque soir.

Au bout de trois ou quatre jours de ce face-à-face meurtrier, il me parut évident que le prix de la vie humaine avait subitement dégringolé dans la région ! Nos pertes furent si lourdes qu'on dut réserver un cimetière particulier pour recueillir les dépouilles des soldats de notre régiment. Autant dire que les popes s'en donnèrent à cœur joie autour des tombes fraîchement creusées…

Sur le front, toutes les journées se ressemblent. On attend… Puis, au coup de sifflet, on saute les parapets pour gagner les premières lignes et là, on se rend vite compte que la préparation de l'artillerie a, une fois de plus, été insuffisante. Mais c'est trop tard, faut y aller ! Alors on cherche une excavation. On se jette à terre. On rampe…

La première vague est fauchée par les mitrailleuses ennemies cachées dans des abris de béton armé. Il faut avancer. On continue. On bute sur les dépouilles. On se terre dans des trous d'obus emplis d'eau boueuse. Parfois, on en vient même à se dire qu'une balle en plein front serait une délivrance. Une balle en plein front pour une mort « propre », ça vaut quand même mieux qu'un éclat d'obus qui vous déchiquette, non ?

Lorsque le soir tombe, c'est un tout autre spectacle.

Parfois, la nuit s'illumine de gerbes de fusées. Celles des boches sont vertes et rouges, les nôtres blanches. Un vrai feu d'artifice. Une averse de spirales lumineuses enlumine alors un paysage d'apocalypse où quelques silhouettes tentent de regagner un abri sûr, piétinant les cadavres embourbés.

Parfois, l'obscurité est tenace, de gros nuages noirs dissimulent la timide clarté des étoiles avant qu'une déferlante d'acier ne défonce brusquement le relief pour le remodeler, déterrant des cadavres ensevelis depuis des semaines, enterrant les agonisants.

Et lorsqu'on est passé au travers, on attend.

On attend souvent.

On attend longtemps.

On allume une pipe ou une cigarette, on boit un thé noir, on échange des banalités ou on se tait, tétanisé par l'abjection irréelle des heures écoulées et la hantise des heures à venir.

On attend.

On attend jusqu'à ce que ça recommence…

Voici à quoi ressemblent nos journées sur le front.

Voici ce qu'elles seront à nouveau demain, une fois la parade parisienne terminée.

Voilà pourquoi je vomis la sottise de ces journaleux qui vantent « *l'éternelle jeunesse de caractère des Français* ».

XV

24 décembre

— Tu crois que le facteur passera ?

— Pourquoi, tu attends une lettre ?

Ma question n'est pas dénuée d'ironie. Nous recevons si rarement de courrier !

— Non, c'est histoire de discuter... prétexte Rotislav en haussant les épaules.

Discuter... Qu'avons-nous d'autre à faire, à l'abri des murs épais de cette fortification que les boches bombardent continuellement depuis plus de deux ans ?

La nuit est tombée.

« La nuit de Noël » nous a indiqué un lieutenant français avec un sourire un peu triste.

Drôle de nuit de Noël...

Enfin, c'est surtout Noël pour les Français et les boches parce que le nôtre sera célébré plus tard. Je dis célébrer plutôt que fêter car les circonstances commandent. Et puis, avec tous ces popes qui nous collent aux basques, on peut être certains que les offices religieux l'emporteront sur les agapes !

On perçoit le grondement sourd des canons des bâtiments fluviaux de la Marine nationale, amarrés sur le canal entre Sept-Saulx et Courmelois, qui répondent aux tirs d'artillerie boches.

Le fort tient bon.

Le capitaine Volnov m'a raconté que la Pompelle était désarmée au début du conflit. Les boches s'en étaient emparés sans difficulté le 4 septembre 1914. Elle avait été reconquise vingt jours plus tard par le 138e régiment d'infanterie, sur la lancée de l'offensive victorieuse de la Marne. Depuis les troupes se succèdent pour défendre l'ultime rempart protégeant la ville de Reims.

— Faut tenir bon, les gars. Si le fort de la Pompelle tombe, Reims sera prise sans difficulté par les boches ! nous a affirmé Volnov lorsque nous nous sommes installés ici.

Le capitaine aime s'adresser à sa troupe dans un langage familier, contrairement à la plupart des autres officiers qui utilisent un verbe alambiqué et mâtiné d'arrogance pour bien marquer leur distance avec la piétaille.

J'aime bien Volnov. C'est un humaniste. Il m'a confié qu'il avait trois gosses, une fille et deux garçons. Sa famille l'attend à Iaroslav, une ville située à près de trois cents kilomètres au nord-est de Moscou, au confluent de la Volga et de la Kotorosl. Comme nous tous, Volnov n'était pas né pour faire la guerre mais il a été pris dans la tourmente…

Je ne connais Reims que de nom.

Reims, c'est la grande ville du coin, sans cesse pilonnée

par les obus ennemis. Sa cathédrale gothique a été déchiquetée en septembre 1914. Elle est devenue l'incarnation de la barbarie. Les Allemands y ont gagné le surnom de boches. Tous les écrivains et intellectuels français y sont allés de leur plume. Même ce bon Anatole France, dont l'anticléricalisme est bien connu, a condamné le crime, ajoutant que « le nom allemand est devenu exécrable à tout l'univers pensant ». C'est dire le symbole que représente Reims aux yeux du monde. C'est dire également l'importance stratégique de notre mission : tant que notre fort tiendra, les soldats du Kaiser n'y pénétreront pas !

Moi, je sais aussi que Reims est la ville du champagne parce qu'on m'a raconté qu'on sert une cuvée spéciale de Roederer à la cour de Russie pendant que les moujiks crèvent de faim et de froid dans leurs sordides cabanes en bois. Ça se résume finalement à peu de chose, la grandeur de la Russie tsariste : danser dans les salons de la Tauride et boire du Roederer à la cour…

Nous partageons la défense du fort avec des compagnies françaises et les chambrées de la casemate avec des poilus. Faut dire qu'ici, ça grouille de monde. Nous devons être au moins mille cinq cents. En ce qui nous concerne, nous n'en avons plus pour très longtemps : le capitaine m'a révélé ce matin que nous devrions être relevés vers mi-janvier, dans une grosse quinzaine.

D'ici là, faut tenir bon, encaisser sagement les obus, faire le dos rond, repousser les éventuelles offensives…

Le 24 décembre n'est apparemment pas un jour ordinaire. Je devine les poilus fébriles. Ils attendent la distribution des lettres et des colis, souvent des victuailles envoyées par leurs familles du fin fond de la France pour fêter Noël. Une façon de rappeler qu'on ne les oublie pas et de les soutenir, à l'occasion de cette fête religieuse qu'ils passeront loin des leurs.

Sur le front, on a bien besoin de ces petites attentions pour pouvoir tenir le coup.

Pour nous, il n'est évidemment pas question de paquets ou de cadeaux. Même les lettres nous arrivent au compte-gouttes. Ce n'est pas que nos familles soient indifférentes à notre sort mais la Russie, c'est loin, vraiment très loin...

Au dehors, les tirs diminuent sensiblement.

Les Français m'ont parlé des trêves qui ont marqué les Noëls précédents, ceux de 1914 et 1915. Ils m'ont raconté que les gars des deux camps avaient, à cette occasion, entonné ensemble « Il est né le divin enfant » et *« Stille Nacht, heilige Nacht »*. Ils auraient même partagé la gnole et le schnaps. Les tirs avaient cessé toute la sainte journée mais le lendemain, ça avait recommencé de plus belle. Pas de cadeaux ! On se battait à nouveau au corps à corps. On étripait ceux avec qui on avait trinqué quelques heures plus tôt !

Aurons-nous une trêve cette année encore ? Je l'espère.

Il est près de minuit, et toujours pas de facteur. Il y a de l'angoisse et de l'énervement chez les poilus qui passent le temps en vidant des verres de rouge.

Ici on boit beaucoup.

Sur tout le front, on boit trop.

— « Le Courrier » est là ! hurle soudain un caporal français.

« Le Courrier », c'est le surnom du militaire chargé de la distribution des lettres. Son boulot est simple : il récupère les sacs postaux à l'arrière puis grimpe comme il peut jusqu'aux lignes de front pour la distribution. Il a deux sacs pleins sur ses épaules, quelques lettres et beaucoup d'envois de nourriture ou de friandises. Je rejoins le groupe de soldats qui s'affairent autour de lui, impatients de récupérer leur dû. Ce n'est pas que j'attende du courrier mais je suis le seul Russe à comprendre le français et j'aime bien entendre « Le Courrier » rapporter les nouvelles de l'arrière. Avec lui, c'est souvent drôle car il possède une belle dose d'humour noir mâtinée d'un accent du Sud-Ouest à couper au couteau. Ensuite, je raconte ses histoires à mes amis, ça nous fait passer un moment…

Il n'y a évidemment pas de courrier en provenance de Russie. Le nouvel arrivé me tend pourtant une lettre.

— C'est pour toi, le Russkoff. Elle vient de France… tient-il à préciser.

C'est bien à moi qu'elle est adressée. Je reconnais l'écriture. Une lettre d'Antoine, la troisième que je reçois. J'ai hâte de la lire mais ce sera pour plus tard, je la glisse dans ma vareuse.

Je m'attarde un peu car « Le Courrier », hilare, raconte avec force gesticulations son périple de la soirée. Une histoire assez extraordinaire.

Pensez donc : ce gars récupère ses deux sacs, s'égare dans la nuit et dans ce paysage sans cesse bouleversé par les bombardements pour se retrouver… derrière les lignes ennemies où il est capturé ! Il entend l'officier boche brailler des ordres à ses soldats. Avec tout ce qu'on raconte sur ces barbares, il pense qu'il va y passer aussi sec. C'est sûr qu'ils vont le fusiller… et une nuit de Noël en plus ! Il a les larmes aux yeux rien qu'en le relatant…

Pourtant, les deux soldats qui viennent vers lui l'aident seulement à revêtir son manteau, deux autres lui remettent les sacs sur les épaules et le conduisent, à travers les barbelés, jusque sur l'autre versant de la colline, chez les Français.

Est-ce la vérité ? « Le Courrier », comme tous les affabulateurs venus du Sud, ne tient-il pas à créer sa légende ?

Peu importe, l'épisode m'a diverti et je regagne ma chambrée pour le rapporter aux autres.

J'y retrouve Iouri et Rotislav que deux poilus initient, à grand-peine, au jeu de la manille. Il y en a aussi quelques autres qui fument et discutent. Dimitri et Alekséï partagent une bouteille de gnôle avec Ivan, un caporal. Ivan est accompagné d'un Français, Jean, avec lequel il a quelques difficultés à échanger à cause de la barrière de la langue. À sa demande, je joue les interprètes après leur avoir raconté l'aventure du « Courrier » qui les fait sourire.

Au dehors, l'intensité des tirs de canon diminue avant de cesser.

— Le début de la trêve… relève Rotislav.

Nous fêterons le Noël des Français avec un repas notablement amélioré. Iouri a cuisiné des carpes pêchées dans le canal… à la grenade, Rotislav a dégotté du vin et de la gnôle, Ivan est allé acheter des pots de confiture de mirabelles au moulin d'en bas, Jean est venu nous faire partager le pot de miel qu'il vient tout juste de recevoir. Du miel de son pays. Du Sud de la France.

Les rires et les plaisanteries sont de mise dans l'atmosphère enfumée par les brûle-gueule et les cigarettes russes au papier épais.

Le calme règne sur la zone.

La trêve de Noël.

On n'ira pas chanter « Il est né le divin enfant » avec les boches, on restera au chaud. On boit du vin après avoir trinqué. On s'esclaffe pour un rien. *Carpe diem…* On vit l'instant présent en sachant que l'enfer recommencera bientôt.

J'interroge Jean. J'aime bien savoir comment vivent les Français.

Jean appartient à la 6e compagnie du 2e bataillon du 140e régiment, affectée à la signalisation optique et positionnée de l'autre côté du canal, dans le secteur de Champfleury.

C'est Ivan qui justifie sa présence parmi nous :

— Jean a reçu l'ordre de nous rejoindre au fort. Je l'accompagne souvent au poste de signalisation où, grâce à une lanterne, il envoie des messages en morse aux batteries d'artillerie qui se trouvent de l'autre côté du canal.

Malgré la barrière de la langue, Ivan et Jean ont déjà pas mal communiqué par photos interposées. Il suffit parfois de sortir de son portefeuille des clichés de sa famille pour nouer le contact. La langue importe peu, l'essentiel n'est-il pas de regarder dans la même direction ?

Jean nous montre le portrait d'une jeune fille. Sa fiancée. Il en est fier. Je traduis ses propos au fur et à mesure de son récit. Mon apport n'est pas inutile, Ivan croyait que la fille sur la photo était… sa sœur.

— Elle se prénomme Élise… Il l'a rencontrée il y a un an et demi et compte bien l'épouser une fois la guerre terminée.

On pense tous à ça, à la fin de la guerre. Épouser une gentille fille, avoir des gosses, une vie simple et mourir de vieillesse, ou même de la grippe, dans son lit…

On élabore des projets comme pour se persuader qu'on survivra, qu'on sortira de cette hécatombe debout sur nos deux jambes, en bonne santé.

Pas comme Antoine…

Pourtant, même si nous nous en tirons, je suis inquiet : ce que nous vivons ici, ce que nous subissons, nous transforme profondément. Comment réagira notre cerveau sous le trop-plein d'images traumatisantes ? Tout ce que l'on voit, même sans forcément le noter, ne jaillira-t-il pas plus tard de notre mémoire comme un torrent d'eau sale ? Une fois la paix revenue, restera-t-il encore en nous des bribes d'humanité ?

Jean est originaire de Manosque, un gros village un peu au-dessus de Marseille, au cœur de la Provence. Il travaille dans une banque, apparemment sans grand enthousiasme.

— Faut bien gagner de quoi casser la croûte… prétexte-t-il comme pour s'excuser d'occuper un poste si peu exaltant.

Il se passionne surtout pour l'antiquité et l'écriture. Nous avons ce dernier point en commun. Les gens qui écrivent me fascinent.

Je l'interroge et traduis immédiatement ses propos pour les autres.

— Il a commencé un roman il y a cinq ans. Il s'intitule *Angélique* mais il n'est pas terminé. Peut-être qu'après la guerre, il…

— Il y a cinq ans ? Mais il a quel âge aujourd'hui ? me coupe Rotislav.

Je traduis la réponse du Français :

— Vingt et un ans.

Il a donc commencé l'écriture de son roman à seize ans. Pas mal… Jean me parle de son pays. Il porte en lui l'amour de cette terre sauvage et rude. Nous goûtons son miel ensoleillé qui fond sur la langue et enrobe nos palais d'une douceur surprenante et bienvenue.

— Un miel de lavande… explique-t-il.

Rotislav sert sa gnôle. Elle est bien meilleure que celle dont on nous abreuve largement avant de nous envoyer à l'abattoir. La mort est-elle moins pénible lorsqu'on la reçoit bourré ?

— C'est de la prune, affirme Ivan en faisant claquer sa langue.

Je les laisse finir la bouteille et m'éclipse discrètement. J'ai hâte de lire mon ami Antoine.

C'est sa troisième lettre. J'en ai reçu une, début juillet – celle dont je vous ai déjà parlé – et une autre en octobre. Nos échanges épistolaires, même s'ils sont rares, ont créé une curieuse relation entre nous. Dans ces journées où plus rien d'intéressant n'existe, on s'attache à tout, on accorde de l'importance au moindre évènement. C'est sans doute un effet pervers de cette époque déraisonnable faite de solitude, de souffrance et de deuil.

J'aime bien les longues lettres et le style d'Antoine. Il s'exprime clairement dans un français sobre, dénué d'emphase et de digressions pseudo-philosophiques. Il formule intelligiblement, et bien mieux qu'avec sa parole confisquée, ce qu'il pense et ce qu'il ressent.

Il m'apprend qu'il a repris la lecture de l'*Iliade* et de l'*Odyssée* – c'est une bonne chose – et aborde son état mental avec une certaine dérision. « Je ne suis plus qu'un être virtuel » s'amuse-t-il à écrire avant de vilipender à demi-mot et avec beaucoup de malice la stupidité de la guerre. La censure, de plus en plus impitoyable, cible le pacifisme, assimilé au défaitisme. Il convient donc de le lire entre les lignes, c'est parfois difficile pour moi qui suis loin d'être expert en langue française !

Il me donne des nouvelles de Marseille et de sa famille. Son frère est au front. Sa mère se morfond, prise comme dans un étau entre un fils en danger de mort et un autre, rescapé au visage repoussant. Elle prie, comme si le Seigneur qu'elle implore – mais qui permet cette saloperie de guerre – pouvait l'entendre ! « Si seulement j'avais eu des filles » se lamente-t-elle chaque matin, au grand dam d'Antoine. Son père est plus réaliste. La chirurgie faciale progresse de jour en jour, il va tenter une nouvelle greffe. Un nouveau protocole qui laisse Antoine perplexe : « Ce sera long et pénible, d'autant plus que les précédentes tentatives n'ont rien donné de positif. Sans doute suis-je trop salement amoché ! » déplore-t-il.

Trop salement amoché…

Est-ce pour cela qu'il me confesse voir arriver Noël avec appréhension ?

Il redoute la grande fête religieuse, riche de traditions provençales. Il y aura toute la famille à Montolivet. Des oncles, des tantes, des cousins, des enfants, beaucoup d'enfants…

Trop d'enfants.

Une maison bruissant des rires et des jeux de ces gosses spontanés qui fuiront, hurleront ou pleureront en découvrant le monstre. Il ne veut pas leur imposer son infirmité, même avec un masque.

« Le masque n'est pas une solution… » conclut-il avant de me souhaiter de bien me porter.

XVI

Jeudi 12 avril 1917

Rotislav accourt vers nous en brandissant la lettre qu'il vient de recevoir de son frère Ilya :

– Nicolas le sanglant est tombé ! hurle-t-il.

Iouri se relève d'un bond pour lui arracher la missive des mains. Iouri doute de tout, il paraît de plus en plus se détacher du monde réel. À plusieurs reprises, je l'ai vu prendre des risques insensés lors des assauts. C'est un miracle s'il a échappé aux rafales boches.

Je crois que son esprit s'égare car voici plus d'un an qu'il recherche inlassablement l'assassin de sa sœur. Il a sillonné toutes les tranchées, parcouru tous les campements de l'arrière… En vain.

Le jeune policier de la morgue de Babouchkinski lui aurait-il menti ? Iouri en est persuadé. D'ailleurs, tout le monde ment, tout le monde lui ment.

Il déplie et lisse la lettre de la main. Nous nous regroupons autour de lui.

Rotislav l'interpelle fièrement :

— Lis-leur, Iouri, lis-leur ce que mon frère raconte sur Nicolas le sanglant !

Nicolas le sanglant... Ce brave Rotislav semble enfin avoir perdu son atonie originelle et son sens de la mesure. Deviendrait-il révolutionnaire, lui qui connaît bien mieux les cantiques que les chants des rebelles, lui qui m'a toujours paru plutôt conservateur et imperméable aux idées nouvelles ? Bien entendu, on évolue au gré des évènements mais on ne se défait pas du jour au lendemain d'une éducation collée à la soutane des popes... N'est-ce pas plutôt parce que la lettre émane de son frère qu'il lui emprunte le vocabulaire des révoltés ?

Mais après tout, tant mieux si une missive peut lui ouvrir l'esprit...

Il relance Iouri et le presse :

— Alors, tu la lis cette lettre !

Iouri entreprend la lecture. Il passe les formules de politesse affectueuse entre frères et les nouvelles de la famille, le petit-neveu qui vient de naître, la cousine Olga qui va se marier, la maladie du père qui s'aggrave...

Il s'éclaircit la voix pour lire le texte d'Ilya Govgaline :

— *« Le soleil vient de se lever sur notre Russie. Ici, nous nous réjouissons, nos cœurs sont en liesse. Rotislav, mon frère, nous la tenons enfin cette liberté tant attendue et personne ne nous la volera comme on a volé celle que nos aînés espéraient en 1905. Nous sommes délivrés de Nicolas le sanglant et de ses bourreaux. »*

Il reprend sa respiration. Tous les regards, braqués sur lui, sont attentifs.

Ainsi, la rumeur se confirme...

Il y a quelques jours, j'ai entendu des soldats français évoquer à demi-mot la chute du régime tsariste. Ils m'affirmaient avoir lu ça dans les journaux. Pourtant, chaque fois que nous avons questionné un de nos officiers à ce sujet, ce fut toujours la même réponse : « Tout va pour le mieux dans notre sainte Russie. » Lorsqu'on évoquait les articles plutôt critiques de la presse française, ils rétorquaient aussitôt d'un ton hautain : « Ces journalistes n'ont rien à dire, alors ils inventent une révolution très loin, en Russie, pour remplir leurs colonnes. » C'est sûr que les évènements de Petrograd ne doivent pas enchanter nos gradés. Sans doute est-ce pour cela qu'ils ont tout fait pour nous les cacher.

On attend la suite avec impatience.

— *« Nicolas a abdiqué**, poursuit Iouri. *Nous sommes maintenant des citoyens libres. Ah ! mon frère adoré, si tu savais la joie qui court dans les rues ici ! Nous avons presque oublié que cette épouvantable guerre dure depuis trois ans déjà et que nous ne comptons plus les morts et les mutilés. Ici, chacun se sent renaître comme dans un monde nouveau. Oh ! Comme nous étions opprimés et las ! »*

On s'étreint. Curieusement, Iouri tempère l'enthousiasme ambiant et joue le rabat-joie de service :

— Qui nous dit que tout ça est vrai ?

— Mon frère ne mentirait pas ! hurle Rotislav.

J'ajoute :

— Si ce n'était pas vrai, la lettre ne serait jamais parvenue à Rotislav. La censure, ça existe, non ? Je vais m'adresser au capitaine Volnov. Le capitaine doit être au courant…

— Tu crois qu'on va rentrer ? s'inquiète Rotislav.

Rentrer à Moscou…

Pourquoi pas ?

*Le tsar abdique le 15 mars 1917, dans le calendrier grégorien alors que la révolution a débuté le 23 février (8 mars dans le calendrier grégorien).

Doit-on participer à la prochaine offensive qui, on le prétend, va décider du sort de la guerre ?

La dernière donc…

Sera-t-elle déterminante ?

Certainement pas plus que les précédentes. Des milliers de jeunes y perdront la vie. Comme dans toutes celles qui se sont succédé depuis l'automne de 1914.

Mais il convient de ne pas s'enflammer. Compte tenu de l'imminence de l'engagement, l'urgence est de connaître les directives du Gouvernement provisoire. Depuis le 6 avril, l'artillerie française pilonne sans interruption les lignes boches pour préparer l'assaut. Dans cette optique, nos brigades ont été affectées au 7e corps d'armée du général Bazelaire, en supplément des trois divisions d'infanterie.

Après deux années et demie de guerre sans issue, Robert Nivelle est le nouveau commandant en chef de l'armée française. Il a remplacé Joffre en décembre 1916. Joffre, ce stratège prétentieux et bedonnant d'un autre temps, le responsable des hécatombes de 1914 (300 000 morts), des offensives manquées de l'Artois et de la Champagne en 1915 (200 000 morts) et de la boucherie de Verdun en 1916 (160 000 morts), le général qui faisait fusiller les soldats blessés sur leur brancard au prétexte qu'ils rechignaient à remonter en première ligne.

Pas cher payé pour ce tenant de la guerre à outrance, auréolé de ses seules victoires passées, lors de guerres coloniales contre des indigènes sans défense.

Pas cher payé, d'autant plus qu'il a été élevé à la dignité de maréchal de France – ce qui n'avait plus été accordé depuis Napoléon ! – au mois de décembre dernier. Il mourra tranquillement dans son lit, celui qui a sacrifié des centaines de milliers de jeunes soldats pour une ligne de front qui n'a pas bougé…

Dès son arrivée, Nivelle promet à ses poilus un retour à la maison pour le printemps.

— C'est une opération de grande envergure qui percera les défenses boches. C'est l'affaire de vingt-quatre ou quarant-huit heures, assure-t-il.

Ça rappelle aux moins crédules l'affirmation de Joffre en août 14 : « Je tordrai les boches avant deux mois ! » On sait ce qu'il advint, mais on veut croire Nivelle parce qu'on veut se persuader que ce carnage finira bientôt. Nous avons tellement souffert que nous sommes prêts à croire n'importe quel imbécile qui nous promettrait la paix pour demain !

Alors, pourquoi pas ?

Nivelle a choisi d'attaquer sur le Chemin des Dames, dans le département de l'Aisne. Nous serons de la partie. En première ligne, évidemment… L'an dernier, nous avons réussi à tenir le délicat secteur de Suippes-Auberive. Nous y avons prouvé notre efficacité et notre courage. Normal que Nivelle ait besoin de nous.

D'ailleurs, Nivelle a besoin de beaucoup de monde. De tout le monde, même…

À partir du 11 mars, nous avons suivi plusieurs semaines d'instruction au camp de Ville-en-Tardenois afin de préparer l'offensive. Pour nous, ce sera dans le secteur de Courcy.

Notre PC vient d'être transféré au Saut-De-Loup à Saint-Thierry, à seulement deux kilomètres de la ligne de front. L'artillerie boche nous harcèle. Sans avoir encore vraiment combattu, nos pertes sont relativement importantes : plusieurs dizaines d'hommes par jour.

Dès qu'il m'aperçoit venir vers lui, l'enveloppe postée à Moscou à la main, le capitaine Volnov anticipe ma demande :

— Rotislav a reçu sa lettre, n'est-ce pas ? Et bien entendu, il vous l'a communiquée ? s'enquiert-il, passablement excité.

Volnov est donc au courant. Comme je le subodorais, c'est grâce à lui que la lettre d'Ilya est parvenue à son frère.

— Affirmatif, mon capitaine.

Contrairement à ses collègues de la vieille école, Volnov a toujours été respectueux de ses hommes.

— Bien, reprend le capitaine. Nous avons reçu des ordres de Petrograd à vous communiquer. Je vais faire sonner le rassemblement. Vous saurez tout dans quelques minutes.

Tous convergent vers l'esplanade du camp qui est rapidement submergée par une vaste marée d'uniformes couleur réséda. Nous sommes plusieurs milliers à attendre, curieux et vaguement inquiets pour la plupart. Quelle est la part de vérité dans les rumeurs qui circulent sans cesse depuis quelques semaines ?

Il se chuchote que le tsar a été renversé, qu'un gigantesque cri d'espérance a parcouru la Russie, que s'y mêlent les voix de tout un peuple, des miséreux et des humiliés. Que tous y hurlent leurs souffrances et leurs rêves…

Ilya aurait donc dit vrai…

Enfiévré par l'information, je chuchote à l'oreille de Rotislav :

— Là-bas, ils doivent vivre des instants vraiment mémorables…

C'est le capitaine Volnov qui se détache de la rangée d'officiers pour prendre la parole. On l'a choisi pour sa voix de stentor mais aussi parce qu'il est respecté par tous.

Il chausse ses lunettes rondes à monture d'acier et lit, avec un brin de solennité, le communiqué que vient de lui faire parvenir le Gouvernement provisoire* :

*Mis en place suite à la révolution du 23 février 1917 (soit le 8 mars 1917 dans le calendrier grégorien, la Russie utilisait alors le calendrier Julien).

— « *La prospérité de la Russie, tout son avenir, tout son bonheur, dépendent de notre victoire sur l'ennemi. Or la victoire est impossible sans un gouvernement fort de l'obéissance volontaire de tout son peuple. Les officiers doivent non seulement s'occuper des soins à donner aux hommes sous leurs ordres, mais encore les respecter car, comme eux, ils sont citoyens de la Grande Russie. Les soldats doivent, eux aussi, non seulement obéir aveuglément, sans murmure, aux officiers, mais encore apprécier leurs soins cordiaux, ce qui a toujours fait la force de notre armée.* »

Je suis déçu. Le Gouvernement provisoire nous invite à obéir aux officiers de l'ancien régime et à continuer à nous faire massacrer gentiment, sans élever la voix ! Ne seraitelle qu'un coup d'épée dans l'eau, cette révolte qui ne mérite guère le qualificatif de révolution ?

Tandis que le deuxième régiment attend sagement la suite, un grondement sourd parcourt les rangs du premier régiment. Nous espérions bien davantage…

Volnov éteint le grognement qui court d'un geste de la main, puis rajuste ses lunettes afin de poursuivre.

— Je vais maintenant vous donner lecture du prikaze numéro 1 du premier mars 1917. Il est stipulé que ce texte doit être lu dans toutes les compagnies, bataillons, régiments, équipages, batteries et autres services armés et auxiliaires afin que tous les soldats qui portent notre uniforme en soient informés. Ce prikaze du soviet des députés ouvriers et soldats de Petrograd transforme profondément les rapports entre les soldats et les officiers dans l'ensemble de notre armée. Il s'adresse à la garnison de la région de Petrograd mais également à tous les soldats de la garde, de l'armée, de l'artillerie et de la flotte, aux fins d'exécution immédiate et rigoureuse, et aux ouvriers de Petrograd, à titre d'information. *« Le Soviet de députés ouvriers et soldats décide… »*

Il toussote, éclaircit à nouveau sa voix pour énoncer d'une voix forte les huit points du prikaze.

— *« Point numéro un. Dans toutes les compagnies, dans les bataillons, régiments, batteries, escadrons et administrations militaires de toute sorte, et à bord des bâtiments de la flotte de guerre, on choisira immédiatement, par voie d'élection, un comité de représentants parmi les simples soldats des unités militaires ci-dessus indiquées. »*

Des élections dans la brigade, des militaires qui doivent obéir au soviet de députés ouvriers et soldats… Nous redoublons d'attention. Contrairement au premier communiqué, nous découvrons un souffle nouveau.

— *« …Point cinq. Les armes de tout genre telles que : fusils, mitrailleuses, automobiles blindées, doivent se trouver à la disposition et sous le contrôle des comités de compagnie et de bataillon, et ne seront en aucun cas délivrées aux officiers, même s'ils en faisaient sommation… Point six. Dans le rang et pendant le service, les soldats doivent observer la plus stricte discipline militaire ; mais en dehors du service et du rang, dans leur vie politique, civique et privée, les soldats ne sauraient être lésés dans les droits dont jouissent tous les citoyens. Notamment le garde-à-vous au passage d'un supérieur et le salut militaire obligatoire sont abolis hors service… Point sept. De même les formules décernées aux officiers, telles Votre Excellence, Votre Noblesse, sont supprimées et remplacées par : monsieur le général, monsieur le colonel. Point huit. Les mauvais traitements de gradés de toute sorte à l'égard des soldats, et notamment le tutoiement, sont interdits. »*

Le capitaine Volnov marque un temps d'arrêt. Il paraît assez satisfait par la tournure prise par les évènements. Je croise le regard de Rotislav. Il m'adresse un clin d'œil et semble d'accord avec moi : la révolution est bel et bien en marche. Terminés le knout, les coups de verge et les humiliations.

Rotislav est désormais des nôtres.

Les soldats russes, asservis par une discipline de fer, rabaissés par la suffisance prétentieuse des officiers aristocrates, vont briser leur joug, proclamer leur liberté et imposer la paix à leurs maîtres, à leurs bourreaux.

Pour sa part, Iouri, qui paraissait pressé de lire la lettre d'Ilya, ne me semble plus très concerné par ces annonces. Il est absent. A-t-il seulement entendu le capitaine ?

Depuis quelques jours, il a beaucoup changé. En mal. Je l'ai souvent trouvé apathique, démotivé, désintéressé. Il est devenu nerveux, agressif, facilement irritable. Amaigri, il ne trouve plus le sommeil. Il boit beaucoup. Ses obsessions le dévorent.

— Kolya, je les ai tous observés, tous ceux du premier et du deuxième régiment… Peut-être que le jeune policier de Moscou s'est trompé… Peut-être que cet assassin n'est ni gaucher, ni très grand… Pourtant, je sens qu'il est là, pas très loin, quelque part parmi nous… m'a-t-il affirmé il y a deux jours.

Je crains que Iouri ne perde peu à peu la raison…

Derrière le capitaine Volnov, la plupart des officiers font la gueule.

Insupportable, cette égalité de tous, du général à la piétaille ! Tous ces galonnés ne sont désormais plus que des « messieurs » et non plus des « Excellences » ! Plus de tutoiement. Les vieux officiers se raidissent, fiers dans leurs uniformes décorés de l'ordre impérial et militaire de Saint-Georges. Mais ce sont des militaires : il leur faut se résoudre à obéir sagement, puis faire le dos rond jusqu'à ce que Nicolas reprenne les choses en main. Comme en décembre 1905.

Le capitaine termine :

— « *En cas d'infraction au présent ordre ou de malentendus entre officiers et soldats, ces derniers sont tenus de les porter à la connaissance des comités de compagnie.* »

Volnov ôte ses lunettes, les replie et les glisse dans une poche sous sa vareuse.

Les regards sont graves. Pour nous, c'est un début de victoire. Il n'y a aucune effusion même si chacun a conscience que s'ouvre une ère nouvelle, une mutation qui ne nous dispensera pourtant pas de participer à l'offensive du Chemin des Dames.

Et pour beaucoup d'entre nous, sans doute, d'y mourir.

XVII

Rotislav

Rotislav Radomirovitch Govgaline est né le 2 décembre 1895 à Karaulovo.

Tu venais tout juste d'avoir vingt ans lorsque tu as reçu l'ordre de rejoindre la caserne Praskova où on t'a affecté au premier régiment d'infanterie de la première brigade. Au petit matin du 3 février, tu t'es retrouvé avec les autres, sur le quai de la gare de Moscou. Destination la France. Avec la guerre au bout du voyage. L'aventure, quoi...

Rien ne te prédestinait à ça. Tu es né sur les bords de la Volga au sein d'une famille de tâcherons, des ouvriers agricoles qui n'avaient pas assez d'heures dans la journée pour s'éreinter au travail, prier Dieu et révérer le petit père du peuple, le tsar Nicolas II. Tu as grandi dans une ambiance de dévotion confite, à l'ombre des popes, sous les visages douloureux des icônes dorées, immergé dans la langueur nostalgique des chants orthodoxes, des parfums d'encens et des relents de poisson pourri qui émanaient de l'usine proche.

Tu traînas ton enfance dans un paysage déprimant, sur les berges humides de ce trop large fleuve aux eaux vert-de-gris qui s'écoulait lentement, comme un vomissement de la terre, et incitait davantage au suicide qu'au voyage.

Quand l'adolescence vint titiller ton corps, tu n'éprouvas qu'un besoin : partir loin de cette monotonie cafardeuse, voir autre chose. C'était une saine réaction. Partir, parce que tu imaginais que loin de Karaulovo la vie était plus intense, plus drôle, plus colorée. On se dit que c'est toujours mieux ailleurs, du moins le croit-on et s'accroche-t-on à cet espoir lorsqu'on s'ennuie chez soi. Et cet ailleurs, pour toi, avait un nom, Moscou, cette belle et grande cité où ton frère Ilya s'était installé cinq ans plus tôt.

Ilya bossait dans une tréfilerie de la rue Voskecenkryi, au sud de la ville. Il logeait tout près de son usine, dans une cabane humide au confort plus que sommaire qu'il avait lui-même plantée sur les bords de la Moskova.

Tu le rejoignis à la fin de l'année 1913.

Tu allais alors vers tes dix-huit ans.

Ilya te fit rapidement embaucher dans son atelier. Il ne te fallut que trois semaines pour être persuadé que l'enfer, si soigneusement décrit par les popes dans leurs admonestations, existait aussi sur terre et devait ressembler aux hauts fourneaux de Litteynaïa, ton usine. Le travail était pénible. On chauffait les métaux à plus de mille deux cents degrés. On passait de longues journées à griller dans cette fournaise, près des gigantesques godets où se déversait l'alliage en fusion. Mais cette atmosphère épuisante te permit de découvrir un autre monde, bien loin des mornes lan-

gueurs de Karaulovo, un monde d'hommes et de fraternité.

La plupart des ouvriers, résolument progressistes, se montraient très critiques envers le tsar et la religion. Beaucoup d'entre eux avaient participé à l'insurrection armée de décembre 1905. S'ils regrettaient amèrement son échec, ils comptaient bien exploiter l'expérience acquise à cette occasion. Tu les écoutais sans toujours les comprendre. Le manque de repères dû à une enfance bigote te rendait méfiant : il y avait dans cette ville trop d'intellectuels autoproclamés, de faux prophètes, de vrais visionnaires, de misérables, d'aristocrates et de mendiants.

Qui croire ?

Comment faire le tri ?

Prier Dieu était plus confortable.

Moscou t'offrit un nouvel univers : les rues grouillaient de monde, le soir, les cafés étaient bondés et joyeusement bruyants, il y avait d'interminables discussions enflammées, des cris, des ouvriers qui buvaient, de la musique, des militaires en uniforme, des jeunes gens et des jeunes filles qui aimaient rire malgré la rigueur de la vie et la misère qui leur collait aux basques.

Ici, on vivait !

Cette ville t'étonna et t'enivra tant elle scintillait de lumières, regorgeait d'églises et de cathédrales aux dômes dorés, de cafés, de boutiques et d'ateliers. Seuls les lieux Saints te parurent propres et bien entretenus. Ici aussi, comme à Karaulovo, comme dans tout l'empire certainement, les popes faisaient la pluie et le beau temps.

Au bout de quelques semaines, Moscou, plus encore que ta campagne lointaine, t'apparut comme une cité à deux vitesses : il y avait ceux, peu nombreux, qui détenaient le pouvoir, l'argent, les beaux hôtels particuliers, et puis les autres… L'immense majorité des autres, cette plèbe dont tu faisais partie et qui semblait ne devoir exister que pour servir les nantis. Qui était condamnée à accepter toutes les brimades dans l'espoir qu'en retour, une maigre obole récompenserait sa soumission. On ne paraissait avoir d'autres choix que de boire jusqu'à l'ivresse pour oublier ou prier jusqu'à la contrition en attendant la délivrance de la mort.

Tes parents avaient choisi la seconde option, prier. Et les popes étaient là, geôliers assujettis à une Église attentive à la foi de ce petit peuple qu'elle maintenait hardiment sous son joug et laissait à dessein s'user dans la misère et patauger dans l'ignorance la plus crasse pour son salut. Le paradis promis n'était-il pas au bout de la souffrance ?

En Russie, ce modèle de société durait depuis une éternité et semblait devoir se perpétuer jusqu'à la fin des temps.

Au contact de la modernité moscovite, tu t'éloignas peu à peu de la masure familiale. Tu ne retournas plus qu'épisodiquement à Karaulovo. « Trop loin, trop cher ! » prétextais-tu hypocritement… Mais il y avait autre chose : tu voulais réagir, briser la résignation ambiante qui avait étouffé ton enfance.

Tu en voulais à tes parents. Si tu te trouvais à Moscou si désemparé, si étranger à tout ce qui s'y faisait ou s'y disait, si tu t'estimais incapable de discerner le vrai du faux, le bon du mauvais, l'illusionniste de l'altruiste, n'était-ce pas entièrement leur faute ? Tu te sentais enchaîné au fatalisme slave, cadenassé dans les résilles de pensées toutes faites, de conventions et de peurs ancestrales. Il te fallait briser cet asservissement aux exigences et principes inculqués par ta famille depuis la nuit des temps.

Cela ne pouvait se réaliser que très loin du décor de ton enfance.

Vu de Moscou, ce que tu avais vécu jusqu'alors n'avait plus beaucoup de sens.

Au bout de quelques mois, tu en vins à estimer que les ouvriers de Litteynaïa n'avaient pas tous les torts. Qu'ils pourraient certes s'insurger avec moins de violence mais qu'ils possédaient de sérieuses raisons de donner libre cours à leur fureur. Tu leur prêtas dès lors une oreille plus attentive, sans toutefois les rejoindre dans l'action. Tu ne parvenais pas à franchir le fossé qui vous séparait, sans doute parce que tu avais conservé au plus profond de toi le scepticisme inné des enfants de la terre.

Durant l'été 1914, tu rencontras Irina. Ton premier véritable amour. Alors, bien plus que les discours des disciples de Kropotkine, c'est le regard clair de cette déesse aux cheveux blonds comme les blés qui occupa tes pensées. Irina était la fille aînée d'Ivan, un employé de la tréfilerie, un ami de ton frère.

Irina t'aimait.

Vous vous aimiez.

Un an plus tard, vous vous êtes fiancés. Dès lors, votre avenir était tout tracé : il ressemblerait à la vie des autres ouvriers, un labeur quotidien agrémenté d'un maigre confort. L'usine pour le mari, des gosses pour l'épouse. Un job difficile et mal payé qui donnait tout juste de quoi vivre, petitement certes, mais ne t'avait-on pas répété des années durant que l'argent ne faisait pas le bonheur, que le paradis n'était pas de ce monde ?

L'ordre d'incorporation te parvint le jour de tes vingt ans, le 2 décembre 1915. Tu fus prié de te présenter sans tarder à la caserne Praskova. Le mariage serait donc pour plus tard, après la fin des hostilités.

Quand ?

« Bientôt, sans doute… » te rassura Ilya.

Le tsar affirmait que la guerre serait courte, que la paix ne tarderait pas. Les Français disaient la même chose, les Allemands aussi… Tous mentaient. Personne ne pouvait raisonnablement estimer la durée de ce conflit qui donnait des insomnies à Irina. Toi, tu ne pensais pas trop à ça, tu avais d'autres préoccupations : un long voyage à venir, la découverte de la France mais aussi de la guerre…

Ça faisait quand même beaucoup pour un gars de vingt ans !

C'est dans le chemin de fer que tu fis la connaissance de Kolya, Iouri et Slava, trois gars de ta compagnie. Ils possédaient chacun une expérience différente de la vie. Tu te sentais bien avec eux, ils étaient pour toi comme de grands frères. Tu les écoutais, tu ne parlais guère… Tu ne les as plus quittés. Tu as passé des jours et des nuits, traversé les épreuves du voyage interminable et du combat des tranchées en leur compagnie.

Tu les aimais bien, ils étaient si différents des moujiks de Karaulovo. C'est par eux, par leur vécu, que tu as pris peu à peu la mesure de la réalité du monde…

Dans le Transsibérien, lors de la distribution de corvées, on t'intégra à l'équipe chargée de récupérer du bois pour alimenter la chaudière de la locomotive. Ce n'était pas un job compliqué : le convoi s'arrêtait fréquemment et vous descendiez des wagons afin de récolter au plus vite des fagots, des troncs ou des branches d'arbres morts le long de la voie.

Marseille… Voici presque un an que vous y avez accosté. Depuis, tu ne quittes plus Kolya. Si tu t'es toujours senti en sécurité avec tes trois amis, Slava a disparu et

Iouri semble vivre sur une autre planète, se mure dans le silence, en proie à des obsessions mystérieuses.

Il reste donc Kolya…

Tu lui voues une admiration sans bornes. Kolya semble tout connaître de ce vaste monde, il a une explication pour chaque chose et donne un sens au moindre des actes de l'existence.

Tu te rends compte qu'il t'a permis, rétrospectivement, de mieux comprendre le quotidien des ouvriers à l'usine et les raisons de leurs revendications. Kolya sait prendre le temps de parler avec passion mais aussi simplicité des romanciers et des philosophes qu'il admire. En particulier de Bakounine, Proudhon et Kropotkine, un trio de démons selon tes parents. Ses récits t'ont donné envie de lire, toi qui n'avais jamais ouvert un bouquin…

Pourtant Kolya est bien différent de toi. C'est un anar, un gars fort éloigné des croyances de ton enfance.

Mais que subsiste-t-il de l'enfance, de ton enfance religieuse, après ces effroyables semaines passées dans l'abomination des tranchées ?

Si Dieu existait, au nom de quoi permettrait-il cela ?

Depuis un an, tous les principes inculqués dans tes jeunes années sont remis en question. Qu'importe, cela ne te déstabilise pas. Kolya sait si bien te faire partager ses espoirs et son enthousiasme. Tes années russes se situaient dans une autre galaxie…

Aujourd'hui, même Irina te semble lointaine.

Irina…

Existe-t-elle seulement ?

N'est-elle pas un de ces fantômes éclos dans le feu de tes rêves et de tes délires, dans les profondeurs de ces nuits, lorsque, abruti par la gnôle et le grondement incessant des canons, tu dérives, le corps lourd, pour t'ensevelir dans un sommeil noir ?

XVIII

Dimanche 15 avril

Nous avons pris position face à Courcy et à la butte de Brimont, les objectifs qui nous ont été assignés.

L'assaut est imminent.

À 18 heures, un groupe de soldats emmené par Rotislav m'interpelle :

— On vient de discuter de l'offensive entre nous. On n'est plus d'accord pour se faire trouer la peau… Kolya, cette guerre n'est pas la nôtre… On veut rentrer à la maison…

Pour moi, la réponse à ce problème est simple : c'est au soviet qui vient de se former, conformément à la décision du Gouvernement provisoire, et à personne d'autre de décider. Nous échangeons nos points de vue. Je comprends leur souhait, nous avons eu suffisamment de morts pour pas grand-chose…

Ils attendent que je propose une solution.

Je leur soumets mon idée :

— On va réunir le soviet… C'est lui qui dira si on attaque ou pas… Si on veut réussir cette révolution, il nous faut faire preuve d'un minimum de discipline, non ?

Rotislav est d'accord. Je n'ose lui confier que, pour moi, poursuivre le combat pose un peu le même dilemme que lors de mon engagement.

Faut-il y aller ou pas ?

D'une part, cette guerre lamine notre jeunesse pour de bien piètres résultats sur le terrain. D'autre part, le Gouvernement provisoire issu de cette révolution que nous espérions tant nous demande de poursuivre le combat jusqu'à la victoire.

Alors, y aller ou pas ?

Nous sommes d'accord sur au moins une chose : notre soviet se réunira dans la cave du château de Saint-Thierry pour prendre une décision. Je suis sur le point de m'y rendre lorsque Iouri saisit mon avant-bras et m'apostrophe :

— Kolya, pourquoi m'as-tu fait croire que tu étais droitier alors que je sais bien que tu es gaucher ?

Je reste interloqué. Manifestement, il a bu. Beaucoup. La faute à ce commandement qui nous fournit des tonneaux de vin rouge et de gnôle sous prétexte que l'alcool nous désinhibe et nous aide à attaquer. Il a l'haleine chargée, le regard vitreux, le geste agressif. Son état mental s'est notablement dégradé. Qu'a-t-il encore inventé ?

Je maîtrise ma colère. Surtout, ne pas entrer dans son jeu…

Je m'efforce de lui répondre calmement :

— Iouri, tu vois bien que je ne suis pas gaucher. Nous nous connaissons depuis suffisamment longtemps pour que tu en sois persuadé, non ?

— Non, Kolya. Tu es gaucher. Comme tous les autres… bougonne-t-il.

Il n'en démord pas. Sa main droite tremble légèrement.

Rotislav, attiré par notre échange, m'a rejoint.

— Il m'a affirmé la même chose, l'interrompt-il en ne s'adressant qu'à moi.

Cela ne fait qu'aggraver la colère de Iouri :

— Bien sûr que je sais que vous êtes gauchers tous les deux ! explose-t-il. Vous mentez tous. Je n'ai pas trouvé le salaud qui a tué ma *sestrouchka* parce que je n'ai rien compris…

— Qu'est-ce que tu n'as pas compris ?

— Je n'ai pas compris que vous êtes tous des assassins. Ses assassins !

Je tente de le tranquilliser, de le ramener à la raison. La guerre et ses atrocités ont complètement détruit sa logique. Jusqu'à présent il divaguait gentiment mais je pressens qu'il risque de devenir dangereux.

Voici que nous avons maintenant sa folie à gérer, comme si le débat sur la poursuite du combat et l'imminence de l'assaut ne suffisaient pas !

Les soldats s'entassent dans la cave. Iouri ne nous a pas accompagnés, il a disparu. Il doit errer dans le camp, peut-être agresse-t-il tous ceux qu'il rencontre en marmonnant des paroles incompréhensibles. J'espère que cette balade dans le froid le calmera un peu…

La pièce est bondée, beaucoup tiennent à s'exprimer. La chute du tsar semble avoir libéré la parole. Les discussions sont interminables. L'apprentissage de la démocratie est toujours difficile, surtout pour les populations qui ont toujours vécu sous le joug d'un tyran sans jamais pouvoir s'expliquer.

On mélange tout. On s'égare. Je dois sans cesse les ramener sur le sujet.

Attaquer ou pas ?

Les avis divergent. Je les laisse extérioriser, vider leur sac, avant de développer mes propres arguments :

— Le peuple russe s'est enfin révolté, le tsar a été renversé… C'est bien ce que vous vouliez, non ?

Ils grognent en opinant du chef. Bien sûr que c'est ce qu'ils voulaient !

— Le soulèvement tant attendu est devenu une réalité. Aujourd'hui, nous devons l'aider, le servir, faire bloc avec lui. Et le servir, c'est obéir au Gouvernement provisoire et au Soviet de Petrograd !

Obéir… Un verbe paradoxal dans la bouche d'un libertaire ! Je dois faire un effort pour le prononcer tant il m'écorche les lèvres. Pourtant, n'est-ce pas à ce prix que la révolution, la vraie, pourra éclore ?

Affaiblir l'élan révolutionnaire, ne serait-ce pas permettre aux partisans de l'empire et du tsar de reprendre les rênes du pays ?

Je suis conscient de la lourde responsabilité qui pèse sur mes épaules. La plupart des camarades m'écoutent avec attention. J'ai toujours été clair avec eux et ils ont confiance en moi. Je sais – et ils le savent aussi – qu'il y aura encore des morts et de la souffrance, que l'optimisme béat et criminel de Nivelle n'est qu'un leurre.

— Bien entendu, je préférerais, comme vous sans doute, me trouver à Petrograd, là où se prennent les décisions pour l'avenir de notre pays… Tout cela viendra plus tard… En attendant, ne perdons pas de vue que la parole du soviet est la vérité révolutionnaire !

Oui, ils m'écoutent.

Après trois heures de discussion, on vote à main levée.

Ils suivent mon analyse.

On attaque !

C'est décidé à une courte majorité, mais c'est décidé.

La nuit sera courte car l'heure H est fixée à six heures du matin. On règle nos montres. Le compte à rebours a débuté. Iouri a fini par sombrer dans un sommeil d'ivrogne.

J'ai allumé mon brûle-gueule. J'apprécie la chaleur âpre du tabac gris dans la nuit glacée. Rotislav me rejoint. Il allume une cigarette et râle en remontant le col de sa vareuse. Lui non plus ne trouve pas le sommeil.

— Il fait un temps dégueulasse ! Il flotte encore… marmonne-t-il.

De la pluie mêlée à de la neige fondue… Un temps sibérien.

La nuit inhospitalière, glaciale, noire et sans étoiles, s'embrase soudain sous les tirs d'artillerie. C'est ainsi depuis sept jours mais j'ai la nette impression que nos canons accélèrent la cadence en prévision de l'assaut imminent.

Tout est prêt.

Je ne parviens pas à m'endormir, me tourne et me retourne sur ma couche. Iouri a vomi et râle auprès de moi. Je ne m'assoupis qu'au petit matin. C'est le clairon qui nous réveille. Nous avalons une lavasse chaude accompagnée de tranches de pain. Pas question de crever le ventre creux !

Le jour tarde à se lever. Il sera blême, polaire et brumeux. Un vrai temps de merde !

— Moi qui ai toujours rêvé de mourir sous le soleil, plaisante Rotislav.

Face à la mort que nous côtoyons chaque jour, nous dissimulons notre peur sous les railleries et les facéties. Les heures à venir seront d'une effroyable violence.

Je réponds sur le même ton :

— Tu aurais préféré la Côte d'Azur, non ?

Ma remarque lui arrache un sourire.

La Côte d'azur…

Le paradis des aristocrates et des grands bourgeois russes, des gars qui doivent se la couler douce et que la révolution, même si elle aboutit, ne gênera guère. Ils y ont planqué assez de fric pour y vivre confortablement jusqu'à la fin de leur vie.

Je me souviens qu'un des articles des *Nouvelles russes* prétendait qu'on en aurait recensé plus de six cents rien qu'à Nice à la déclaration de la guerre. Ils y sont si nombreux qu'une superbe cathédrale orthodoxe y a été inaugurée en 1914 afin qu'ils puissent prier le Dieu des riches sans être importunés par le peuple en hardes de Petrograd !

XIX

Nous attendons sous la pluie glacée, la baïonnette au canon et la peur au ventre. Voici presque un an que nous sommes en France. Une éternité lorsque chaque heure amène son lot de tragédies et de désolation.

Que notre arrivée à Marseille sous un ciel limpide et une pluie de fleurs me semble lointaine…

Mais il ne faut plus penser à ça. Ni à Marseille, ni à Moscou.

Surtout ne plus penser aux moments de bonheur.

Ne plus penser du tout, en fait…

6 heures.

Au coup de sifflet, la première vague s'élance hors de la tranchée. Il pleut maintenant à verse, le sol est glissant. La campagne, qui n'est plus qu'un champ de boue, s'enflamme soudain. L'artillerie se déchaîne. Les mitrailleuses boches crachent leurs éclairs mortels – cinq cents balles à la minute ! – qui fauchent une grande partie des nôtres.

On nous envoie à l'abattoir.

Une fois de plus, ils ont sous-estimé la force de feu des boches !

Ceux qui ont réussi à passer entre les balles tentent de s'abriter sous les décombres ou se précipitent dans les trous d'obus gorgés d'eau. Entre les crépitements des rafales de MG 08, on entend gémir les blessés aux chairs déchiquetées par les shrapnels. Certains hurlent de douleur. Beaucoup se sont tus. Définitivement. Le terrain, sans cesse remodelé par les bombardements, a pris des aspects lunaires et engloutit les cadavres.

Les jours précédents, on a tiré la bagatelle de cinq millions d'obus – dont un million et demi de gros calibre – afin de fragiliser les lignes ennemies. *A priori*, si j'en juge par les tirs nourris qui nous accueillent, cette stratégie n'a pas été très efficace. Pire, la récente accélération de la cadence des canonnades a dû mettre en alerte les boches qui ont certainement renforcé leurs positions.

Ce qui doit être la dernière bataille de la guerre débute sur un front de près de quarante kilomètres. Les boches tiennent les crêtes. Pour les déloger, voire seulement les atteindre, il faut gravir des pentes abruptes à découvert, sous leur feu. C'est suicidaire. Une tactique démente. Cela ressemble à une gigantesque partie de tirs aux pigeons où nous jouons… les pigeons. Nous constituons des cibles idéales sur ce terrain fangeux et glissant. Nous dérapons et nous déplaçons trop lentement pour leur échapper.

Les hommes tombent comme des mouches.

C'est un jeu de massacre.

Et on continue !

Le capitaine Volnov jaillit de la tranchée à la tête de la deuxième vague. Iouri, Rotislav, Dimitri et les autres le suivent.

Avec ceux de la troisième, nous nous préparons. Ça va bientôt être à nous d'y aller…

Volnov est un bon officier, un des rares qui sachent montrer l'exemple. Il entraîne son groupe vers les lignes ennemies. Je devine les silhouettes empruntées qui dérapent sur le sol boueux, butent sur des corps inertes, se relèvent, reprennent leur course maladroite…

Sous la lueur froide des fusées éclairantes, j'aperçois Volnov qui fléchit soudain, comme une marionnette de tissu aux fils brisés. L'éclat d'obus qui lui a perforé le casque a emporté une partie de sa nuque. Dimitri se jette à terre, auprès de lui, certainement pour le secourir, mais il ne s'attarde pas. Il n'y a plus rien à faire pour le capitaine. Dimitri poursuit sa progression, il tente de se frayer un chemin entre les cadavres et les agonisants de la première vague.

Le capitaine n'a pas souffert. Je pense à sa femme et à ses gosses qui l'attendront en vain à Iaroslav. Ils étaient sa raison de vivre. Il m'a souvent parlé d'eux, de son souhait de rester auprès d'eux, avec eux, de ne plus jamais les quitter une fois la guerre finie. Je me rends compte que je ne connais même pas leurs prénoms… Si je m'en sors, j'irai leur rendre visite, leur dire combien leur époux et père a été brave. Finalement, je suis heureux d'être célibataire, de ne pas avoir une famille à charge au pays.

Rotislav ne s'est rendu compte de rien, j'ai perdu sa trace, sa silhouette s'est diluée dans la nuit. En revanche, je parviens à repérer Iouri. Il est resté en arrière. Inexplicablement, il a stoppé son élan à dix mètres à peine de notre tranchée.

La peur ?

Non, je ne pense pas.

Il pose un genou à terre.

Que fait-il ? À quoi joue-t-il ?

Il cale son Lebel contre son épaule.

J'anticipe son geste de déséquilibré. Je hurle :

— Iouri, non !!!

Peine perdue dans le vacarme assourdissant de l'assaut. Même s'il m'entend, il ne s'arrêtera pas. Il ouvre le feu.

Je m'époumone à nouveau :

— Iouri, non !!!

Il recharge son fusil et tire à nouveau. Une fois, deux fois, trois fois… Ce ne sont pas les boches qui sont dans sa ligne de mire mais nos gars, ceux des première et deuxième vagues. Je devine le beuglement qui accompagne chacune de ses pressions sur la détente : « De la part de Talya ! ».

Comme je le craignais, la démence a fini par le rattraper. Son obsession de voir en chacun de nous le meurtrier potentiel de sa sœur et ses paroles de la veille me reviennent à l'esprit. « Vous êtes tous des assassins ! » crachait-il d'un ton acerbe.

Il n'a pas réussi à découvrir le criminel, alors il s'en prend à nous. Pour lui, nous sommes tous gauchers, tous grands, tous habitués à fréquenter l'estaminet de Piotr. Tous coupables.

Il ne m'entend pas, je dois donc y aller. Au moment où je vais bondir de la tranchée pour tenter de stopper sa folie meurtrière, je le vois s'effondrer. Lentement. Il laisse tomber son fusil dans une flaque d'eau boueuse, replie ses bras sur son torse et se recroqueville. Une vision au ralenti.

Le capitaine Tchéransly qui commande la quatrième compagnie vient de résoudre une fois pour toutes le problème Iouri. Il l'a abattu comme un chien, par-derrière. La balle dans le dos a dû lui percer le cœur.

Nouveau coup de sifflet.

C'est mon tour.

Je me rue vers l'inatteignable objectif avec ceux de la troisième vague, des larmes plein les yeux. Volnov et Iouri sont morts sous mes yeux, Rotislav s'est évaporé dans la nuit, Dieu sait où… Pourtant ce n'est pas le moment de craquer ou de s'attendrir.

Je dérape sur la terre détrempée. Alekséï me relève. J'essuie mes mains sur mon pantalon, je suis couvert de boue. Nous rejoignons ceux de la deuxième vague, stoppés par le tir nourri des mitrailleuses boches. Rotislav est-il avec eux ? Je ne l'aperçois pas. Une suée glacée coule dans mon dos à la pensée que c'est peut-être Iouri qui l'a descendu. Iouri, son ami… La densité des mitraillages m'empêche de laisser divaguer mon esprit, je n'ai plus qu'une idée en tête, me mettre à l'abri, survivre.

Survivre pour fuir cet enfer, témoigner de ce que nous avons vécu et regagner la Russie.

Des shrapnels explosent à une cinquantaine de mètres. Je m'allonge dans la boue. J'entends les hurlements de ceux qui ont eu le corps lacéré par les billes d'acier. Impossible de les secourir sous ce feu nourri.

Notre mouvement est rapidement bloqué. Impossible de franchir le canal à cause des artilleurs et des mitrailleurs qui tiennent la verrerie, sur la rive opposée.

Nous passons, en rampant ou en sautillant de trou d'obus en trou d'obus, afin de nous replier vers les rues de Courcy où nous serons davantage à l'abri.

Le capitaine Tchéransly nous regroupe et nous assigne un nouvel objectif : nettoyer le village.

Nous progressons maison par maison. Je retiens mon souffle chaque fois que nous poussons une porte. Les boches, retranchés dans les caves, résistent et n'hésitent pas à tirer sur nos blessés. Nous devons les déloger un à un, à coups de grenades, ou les affronter à la baïonnette. Nous combattons au corps à corps.

Nous sommes devenus des animaux. Il n'existe plus rien d'humain en nous.

Question de survie.

Survivre…

Le troisième jour de l'offensive, le jeudi 19 avril donc, ce qui reste de nos troupes – qu'ils appellent pompeusement la Première brigade russe spéciale – réussit enfin à stabiliser ses positions en résistant aux tirs en provenance de la verrerie et aux contre-attaques du bois Soulain. Nous pouvons maintenant avancer. Lentement mais sûrement. Nous parvenons même à nous emparer du fortin.

Une victoire.

Mais à quel prix !

Outre Courcy, ou plutôt ce qu'il subsiste des ruines incendiées de ce qui fut un village, nous nous emparons de la côte 108 sur les bords du canal de la Marne, du mont Spin et du village de Sapigneul.

D'autres succès.

Nous ramenons même un millier de prisonniers boches. Ils sont aussi sales, amochés et fourbus que nous. Un millier de gueux déguisés en soldats. Désespérés, épuisés, le regard vide. Des hommes comme nous, qui ne croient plus en rien, qui en ont marre…

Ils nous ressemblent tant, nos prisonniers…

Seuls les uniformes permettent de nous distinguer. Et encore… Nous sommes tous maculés de boue des pieds à la tête. Ils avancent d'un pas hésitant, désespérés, beaucoup claudiquent. Ils en ont laissé autant que nous sur le carreau.

Le voici donc, cet ennemi, ce barbare, ce boche, ce teuton… Celui vers lequel on a pris soin de focaliser nos haines depuis des décennies afin de nous introniser acteurs de ce carnage.

Je les observe. Je ne découvre que de pauvres gars qui ont abandonné leurs femmes et leurs gosses dans des villages et des villes ouvrières de l'autre côté du Rhin, des gars qui ont vu crever leurs camarades comme j'ai vu mourir tant des nôtres…

Un millier d'hommes. Un millier de damnés de la terre comme les qualifie cette *Internationale* que j'ai tant chantée. Un millier de nos frères qui ont eu le tort de naître dans un autre pays, de parler une autre langue et de croire, comme nous, aux exhortations nationalistes de quelques revanchards qui instillaient dans les esprits l'exécration de l'autre.

Les camarades des tranchées d'en face vivent la même tragédie que nous. Ce sont des hommes, non des monstres. Je ne les appellerai jamais plus boches mais Allemands car ils ne sont que les otages du militarisme et de l'impérialisme du Kaiser comme nous fûmes ceux du tsar. Il nous faut annihiler toute nouvelle tentative meurtrière d'où qu'elle émane et inventer, tous ensemble, la paix.

Car c'est la paix qu'il nous faut désormais !

La bonne nouvelle du jour, c'est que j'ai retrouvé Rotislav. Il a été légèrement blessé au bras et porte un bandage. Une simple éraflure. Rien de grave… Quand il m'a demandé comment était mort Iouri, je lui ai affirmé que c'était en combattant les armes à la main, qu'il avait paru avoir retrouvé sa lucidité et son courage avant d'être malencontreusement fauché par une mitrailleuse allemande. Comme tant d'autres.

Un beau mensonge ne vaut-il pas mieux qu'une méchante vérité ?

Lors de la prise d'armes, au lendemain des combats, le

général Palytzine, commandant des troupes russes en France, et le général Lokhvitski, commandant la division russe, distribuent généreusement les médailles.

Les première et troisième brigades sont citées à l'ordre de l'armée pour leurs succès. Pour ma part, je reçois des mains de Palytzine la médaille de la Croix Saint-Georges 4e degré, la médaille d'argent de Saint-Stanislas et les insignes de sergent. La plupart de mes hommes sont également décorés. Faut dire que ça ne coûte pas cher, les médailles…

En revanche, nos maigres victoires ont eu un prix exorbitant, le prix du sang. En trois jours, sur les dix-neuf mille des nôtres engagés, près de cinq mille deux cents ont été mis hors de combat, tués, disparus ou blessés, la plupart grièvement. Il se murmure que certains officiers auraient été tués par leurs hommes mais il n'en sera jamais fait état tant il est important, pour l'état-major, d'afficher notre belle unité et notre efficacité au combat.

Il n'est guère étonnant que, compte tenu de ce contexte, personne n'ait demandé de comptes au capitaine Tchéransly, celui qui a abattu Iouri. À part moi, quelqu'un s'en est-il seulement rendu compte ? Le capitaine parade fièrement, la poitrine amplement décorée, à la tête de sa compagnie, comme si de rien n'était.

Peut-être, à sa place, en aurais-je fait autant…

L'échec de l'offensive a été consommé en vingt-quatre heures. Nivelle, aveuglé par ses rêves de gloire, s'est entêté. Les conseils de ses collaborateurs, qui ont tenté de nuancer son optimisme imbécile et criminel, sont restés lettre morte. Partout sur tout le front, c'est un échec cuisant.

Un fleuve de sang s'étend désormais du Chemin des Dames à la plaine champenoise.

Notre brigade, à bout de forces, est relevée le 19.

Courcy sera-t-il notre ultime fait d'armes ?

Je n'en sais rien. On nous conduit à l'arrière pour panser nos plaies, vers les camps de Neufchâteau dans les Vosges et de Baye dans la Marne. Je ne me fais guère d'illusions, il s'agit, une fois encore, de faire les comptes, de fusionner nos unités afin de reconstituer les compagnies décimées, de nous faire reprendre quelques forces avant de nous renvoyer à la boucherie.

Ce lundi 16 avril, lorsque nous nous lancions à l'assaut des positions allemandes, nous ignorions que notre destin se jouait à des milliers de kilomètres de là.

C'est en effet ce jour-là qu'un wagon plombé, venu de Suisse et acheminé sous la bienveillance de l'empire allemand, arriva en Russie et délivra son passager.

L'homme qui en descendit se nommait Vladimir Ilitch Oulianov.

XX

Dimanche 13 mai

Voici plusieurs jours qu'il fait beau. Ce serait un vrai temps de printemps si le paysage de la région n'était pas ravagé. Ici, plus rien n'existe. Le sol et les forêts environnantes ont été broyés par les éclats de millions d'obus. Les villages ont disparu. Ici, la terre restera stérile longtemps après la fin des combats, car si les guerres finissent un jour, leurs cicatrices perdurent longtemps, très longtemps. Certaines ne se referment jamais.

Depuis ma plus tendre enfance, j'ai toujours adoré le printemps. C'est le signe d'une renaissance perpétuelle : les arbres reverdissent, les fleurs éclosent dans les massifs, tout vibre, tout ressucite après le long et implacable hiver russe, la vie bourgeonne de toutes parts.

Ici, il n'y a plus rien de tout cela. Les rayons d'un soleil timide, à peine rosi, ne soulignent que les reliefs érodés d'un paysage lunaire, uniformément gris, une gigantesque nécropole où reposent des milliers de jeunes gens morts sans sépulture, où les relents des gaz asphyxiants imprègnent toujours l'atmosphère, où plus aucune touffe d'herbe ne repoussera.

Le jour se lève à peine. Un ciel clair, un air cristallin. Je n'ose dire un temps agréable car le canon qui gronde au loin confirme l'omniprésence du massacre. Nous sommes à l'arrière mais le carnage continue à quelques kilomètres du campement.

L'artillerie française pilonne de façon incessante les lignes ennemies entre Saint-Quentin et l'Oise mais aussi le Chemin des Dames. On nous a rapporté que le combat à la grenade se poursuit du côté de la ferme d'Hurtebise, que les troupes du Kaiser viennent de lancer deux contre-attaques dans le secteur de Moronvilliers mais qu'on va les contenir.

— Ça va durer encore longtemps ? s'inquiète Rotislav.

J'aimerais lui répondre que tout va bientôt rentrer dans l'ordre mais je n'y crois plus. Sans doute devrais-je m'excuser d'avoir autant insisté auprès de mes hommes pour les inciter à obéir au Gouvernement provisoire et les convaincre, quinze jours plus tôt, de poursuivre le combat. J'aurais dû comprendre que la guerre n'a jamais tué la guerre, qu'au contraire, elle engendre immanquablement des soifs de revanche, d'autres guerres et que cela n'en finira jamais.

Ma responsabilité est lourde, très lourde. Elle perturbe mes nuits car des milliers des nôtres sont restés sur le tapis et ne regagneront jamais leur Russie natale.

Mais je me tais.

Je suis las, dépité, dégoûté par la vie bestiale qui est désormais la nôtre et qui nous permet de normaliser les pires atrocités. À force de fréquenter la mort, l'horreur, le sang, la pourriture et la souffrance, à force de piétiner la boue pestilentielle gorgée de chairs et d'entrailles putréfiées, de découvrir nos camarades mutilés ou hachés par des obus, nous avons intégré la barbarie et la monstruosité dans notre quotidien.

Nous sommes devenus insensibles, prêts à tout supporter, prêts à justifier les pires excès.

Ces derniers mois ont été atroces. Nous avons perdu nos habitudes d'hommes civilisés. Parler, penser, écrire… tout est devenu difficile, ou plutôt superflu.

D'ailleurs, j'ai arrêté la rédaction de mes notes quotidiennes.

Écrire, ça servirait à quoi ?

Comment exprimer sur le papier, avec des mots, ses états d'âme, cette horrible impression d'être broyé par l'Histoire, ce pénible pressentiment qu'il ne pourra subsister aucune trace de ce que nous vivons parce que ce que nous vivons est indescriptible… Il ne sert à rien de témoigner lorsqu'il n'existe aucun vocabulaire pour cela. Comment pourrons-nous nous remémorer ce qui est inconcevable ?

Une aussi interminable tuerie…

Cette guerre ne finira-t-elle pas faute de combattants ?

Le découragement peut-il mener à la paix ?

Ce n'est certes pas ma citation à l'ordre de l'Armée, après l'offensive meurtrière du mois dernier, qui pourrait m'apaiser. Je me souviens avec dégoût du cérémonial ampoulé et de ses belles phrases hypocrites…

Cinq lignes pour cinq mille morts.

C'est pas cher payé, non ?

Et ça continue…

Le bruit court que le général français, Nivelle, cet abruti sanguinaire qui affirmait gagner la guerre en deux jours, a été relevé de ses fonctions et que son remplaçant va être nommé incessamment. Un autre général pour une autre stratégie… Et au bout du compte, il y aura à nouveau des dizaines et des dizaines de milliers de morts.

Pourquoi ?

Et même si nous sortons vainqueurs de ce massacre, que nous apportera la victoire ?

Je ne vois dans la désastreuse offensive de Nivelle qu'un côté positif : les soldats ont enfin pris conscience de l'hécatombe. Ils ne veulent plus de ce conflit et semblent déterminés à en finir. On ne meurt plus par héroïsme, par esprit de sacrifice, pour un drapeau ou pour la plus grande gloire de la patrie, on meurt parce qu'on nous y oblige !

Dans notre régiment, j'ai lu une méfiance nouvelle dans le regard des officiers. Depuis que la révolution de Petrograd a redonné de l'espoir aux sans-grade, ces messieurs observent la piétaille avec circonspection. Pourtant, ils n'ont pas renoncé à reprendre leurs troupes en main. Pour la plupart d'entre eux, il suffit de patienter gentiment ; lorsque la populace – ils préfèrent cette terminologie à celle de « peuple » – aura fini de jeter sa gourme, l'encadrement militaire retrouvera ses prérogatives. Les dernières informations en provenance de Petrograd ne vont-elles pas dans ce sens ? En mars, Staline a lancé un appel à la discipline militaire et Kropotkine a renchéri…

Du côté de l'état-major allié, on craint sans doute la contamination. Non sans raison : nous risquons de refiler le virus de la révolution aux troupes françaises !

Bientôt, on nous éloignera du front, c'est devenu une certitude.

— Dis, tu crois que ça va durer encore longtemps ? répète Rotislav.

— Non, finis-je par répondre. Les choses vont changer…

— Changer comment ?

— Je ne sais pas encore mais plus rien ne pourra plus jamais être comme avant…

Oui, la situation va rapidement évoluer, j'en suis persuadé. Le bruit court que le général Palytzine, l'attaché militaire russe en France, va venir nous inspecter. Ce sera l'occasion de manifester ouvertement notre détermination.

Depuis que nous sommes cantonnés à Baye, les réunions informelles des soviets se succèdent, les soldats s'expriment sans détours. Bien entendu, c'est parfois confus, toutes les idées ne sont pas bonnes, certaines sont même d'une stupidité affligeante, mais c'est déjà un frémissement de démocratie.

Ce séjour à l'arrière a permis à nos soviets de s'organiser selon les consignes du gouvernement de Petrograd. Pour la première fois, les hommes du rang siègent à parité avec les officiers qui n'apprécient guère, mais la première qualité d'un militaire – et d'un gradé en particulier – n'est-elle pas l'obéissance ? Alors, ces messieurs galonnés obtempèrent, bon gré mal gré. Nombre d'entre eux regrettent le tsar déchu et tentent de s'accrocher à quelques-uns de leurs privilèges caducs, le temps de laisser passer l'orage. Face à l'aveuglement des quelques cadres rétifs, les soldats refusent d'obéir, décrètent l'abolition des châtiments corporels et élisent de nouveaux officiers.

Dans ce climat effervescent, nous discutons des heures entières. L'offensive meurtrière de Courcy a ravivé notre colère. Nous avons rédigé et diffusé des tracts et même créé un journal, *Natchalo**, dans lequel je retrouve mes reflexes de

**Le Début*.

journaliste pour accuser ouvertement les gouvernements tsariste et français d'avoir conclu un marché obscène. Un marché digne des plus beaux jours de l'esclavage.

Comment qualifier autrement ce troc d'hommes contre des fusils !

Au fil de nos échanges, j'ai la conviction qu'un fossé se creuse au sein même de notre brigade. D'un côté, les ouvriers moscovites n'ont qu'un souhait : rentrer en Russie pour prendre une part active à la révolution, pour en accélérer la dynamique et assurer son succès en soutenant Lénine et ses amis. D'un autre, les paysans sont plutôt loyalistes, voire nettement conservateurs. Partisans de Kerenski, ils désirent également retourner dans leurs villages, non pas pour participer au soulèvement populaire mais, plus pragmatiquement, pour récupérer des terres. Les premières mesures de la réforme agraire du nouveau gouvernement ont décrété le partage des terres et ces soldats d'origine rurale craignent d'arriver trop tard pour avoir leur part du gâteau.

Nous nous sentons tous inutiles sur le front, nous serions plus efficaces dans nos villes et nos villages. La revendication principale et unanime de nos soviets porte naturellement sur l'exigence du retour au pays.

Et je suis entièrement d'accord.

Nous avons chargé une délégation d'avertir le général que nous tenons à célébrer la fête du Travail ce 1er mai.

Évidemment, cela a fortement contrarié Lokhvitski qui nous a demandé de remettre cette célébration à plus tard. Pour nous tous, la décision de célébrer la fête du travail un autre jour que le 1er mai, le 1er mai de notre calendrier s'entend, est inacceptable.

Il nous a confirmé également la venue de l'attaché militaire qui doit lire un ordre du Gouvernement provisoire devant l'ensemble de la troupe, rassemblée mais sans armes.

Sans doute vient-il pour nous désarmer…

C'est ce que propage la rumeur.

XXI

Lundi 14 mai*

Nos compagnies se sont rassemblées avec leur équipement complet, y compris les armes, contrairement aux directives du commandement. Pourtant, nous avons conscience d'obéir au Gouvernement provisoire en appliquant strictement les décisions prises par notre soviet.

Dimitri m'a montré, juste avant le rassemblement, une lettre de son épouse qui nous a un peu contrariés. Natalya lui rapporte des appels à la poursuite des combats émanant de quelques hommes politiques influents ainsi que les revendications des ouvriers de son usine pour une diminution du temps de travail.

Au pays, on semble méconnaître et mésestimer les sacrifices des soldats.

— C'est vrai que les ouvriers et les paysans mènent une existence difficile, mais ils ont le culot de se plaindre de

*Le 14 mai correspond en fait au 1er mai du calendrier russe.

travailler plus de huit heures par jour ! déplore-t-il.

Tandis que nous passons 24 heures sur 24 dans les tranchées, quel que soit le temps, sous le feu des Allemands, les ouvriers se lamentent… Quant aux bourgeois et aux koulaks, ces embusqués de l'arrière n'ont d'autre but que d'accumuler les profits.

— Comment peut-on admettre qu'on puisse parler de la guerre alors qu'on n'y participe pas ? Qu'on puisse nous critiquer alors qu'on est installé confortablement, loin du front ?

— Ce droit de juger n'appartient qu'à nous. À nous seuls ! renchérit Dimitri.

Mais l'heure n'est pas aux polémiques. J'éteins la discussion dans l'œuf :

— On parlera de tout ça plus tard…

Nous avons convenu de défiler avec des drapeaux rouges et des bannières qu'on vient tout juste de confectionner. Les inscriptions en caractères cyrilliques – *Vive la Russie libre ! Vive le socialisme !* – ou en français – *Liberté* – sont sans ambiguïté.

Le cortège s'organise. On se met en place en rangs par huit.

La discipline sera une des forces de la révolution.

Tous attendent mon ordre.

— On y va !

Dès les premiers pas, on entonne *La Marseillaise,* ou plutôt *La Marseillaise des Travailleurs*, une marche qui reprend la partition de *La Marseillaise* mais avec des paroles russes écrites quarante ans plus tôt par Piotr Lavrovitch Lavrov.

« Dénonçons l'ancien monde !
Enlevons sa poussière de nos pieds !
Nous n'avons pas besoin des idoles d'or,
Nous détestons les palais du Tsar… »

Le Gouvernement provisoire l'a choisie pour être l'hymne de la révolution, l'hymne de la nouvelle Russie.

À quelques centaines de mètres de nous, apparaissent les généraux Palytzine et Lokhvitski, raides sur leurs montures. Ils attendent sans doute le salut de la troupe. Ignorent-ils que depuis le prikaze numéro 1, les soldats ne saluent plus et n'obéissent plus comme avant ?

J'aperçois Lokhvitski qui s'adresse à un des nôtres. Je n'entends que la réponse :

— Monsieur, cela ne se fait plus !

Le fantassin exhibe un texte imprimé :

— C'est écrit là-dessus, affirme-t-il.

— Pouvez-vous me montrer cet écrit ? demande le général.

L'autre rétorque :

— Non, monsieur. Il n'en est pas question !

Palytzine vient se placer devant Lokhvitski, face au soldat récalcitrant, comme par défi. Un grondement sourd parcourt alors la troupe. Pour tous, le superbe cheval blanc de l'attaché militaire russe n'est qu'un signe ostentatoire. Les bonnes vieilles habitudes ont décidément la vie dure ! Pour nous, c'est devenu intolérable.

Palytzine a-t-il perçu cette hostilité et ce rejet unanime ?

Est-ce ce qui le conduit à faire profil bas ?

— Messieurs les soldats, permettez-moi de vous lire l'ordre que j'ai apporté, annonce-t-il d'une voix assurée.

L'emploi du « messieurs » prouve que le gradé a intégré les principes du prikaze numéro 1.

C'est déjà ça.

Nous l'écouterons donc. Il débute sa lecture devant la troupe au repos. En fait, il ne fait que reprendre les articles que l'infortuné Volnov nous a lus un mois plus tôt, avant la désastreuse offensive sur Courcy.

Rotislav l'interrompt :

— Monsieur, nous connaissons cet ordre depuis longtemps. Il est inutile de nous le lire ! Il y en a marre de vous voir amuser la galerie !

Je suis surpris. Agréablement. Rotislav, si timoré jusqu'ici, s'est enfin réveillé. Il a gagné en assurance. C'est une bonne chose, nous aurons besoin de gars comme lui.

Palytzine est surpris, lui aussi, pour une tout autre raison : jamais il n'aurait toléré une telle insubordination quinze jours plus tôt. Mais il y a les ordres de cet infâme gouvernement qui oblige les officiers à s'humilier devant la troupe. La partie sera plus ardue que prévu, aussi va-t-il se montrer diplomate : plutôt que de sermonner les hommes, il va faire appel à leur sens du devoir.

Nouvelle erreur. Ça ne passe pas davantage. Il est interrompu, conspué même, et doit se retirer précipitamment de la tribune pour céder la parole aux apprentis orateurs issus du rang. Les généraux ont perdu toute autorité, les soldats ne se gênent plus pour critiquer ouvertement les décisions qui ont conduit à l'hécatombe. Si certains se contentent d'exprimer leurs besoins, de présenter des doléances parfois très accessoires, d'autres libèrent ce qu'ils ont sur le cœur depuis des mois, dans d'interminables logorrhées.

C'est souvent violent, voire injurieux, parfois stupide et sans intérêt.

À l'issue des discours, on agite à nouveau frénétiquement les drapeaux rouges. On défile en désordre, on chante à tue-tête des hymnes révolutionnaires jusque sous les fenêtres des châteaux de Baye et de Montfort.

Je me joins aux délégués du soviet, enhardis par ces débordements, pour réquisitionner la voiture de l'état-major, celle du général Palytzine. Nous l'ornons d'un fanion rouge et noir, des grappes de représentants du soviet s'accrochent aux portières. C'est dans cet étrange équipage que nous sillonnons la région.

Les troupes françaises cantonnées sur le secteur nous observent, amusées, sans pouvoir nous rejoindre. Chez eux, il n'y a eu ni révolution ni soviets, il y a des généraux qui commandent, des généraux qui sacrifient leurs troupes, des généraux qui n'hésitent pas à faire fusiller les indisciplinés. Pourtant, les regards que les poilus nous adressent ne trompent pas : ils en ont assez eux aussi. Deux cent cinquante mille des leurs ont payé de leur vie la frénésie bornée et meurtrière de Nivelle.

Il se chuchote que le climat se dégrade sensiblement au sein de leurs unités, que certaines d'entre elles sont sur le point de se mutiner et même que certains officiers auraient été liquidés par leurs hommes.

Rumeur ou pas, la fracture entre les officiers et la troupe semble bel et bien consommée.

Définitivement.

Et cela n'affecte pas seulement les armées alliées. Du côté des unités du Kaiser, ça doit être la même chose, voire même pire depuis que le blocus naval de la Royal Navy empêche tout ravitaillement. De l'autre côté du Rhin, la population crève de faim. Les Allemands souffrent au moins autant que nous de cette saloperie de guerre.

En ce qui nous concerne, plus aucun général ne nous donnera d'ordre.

Je sais maintenant que nous ne remonterons plus au front.

Fini le casse-pipe !

Malgré tout, notre avenir reste dramatiquement incertain…

XXII

Mardi 26 juin

C'est le chemin de fer qui nous amène jusqu'à la gare de La Courtine, sur le plateau de Millevaches. Même si les wagons de troisième classe ne valent pas ceux de l'Orient-Express question luxe, les banquettes en bois sont quand même plus confortables que les horribles téplouchkas du Transsibérien.

Il fait chaud, le trajet a été très long, très pénible. Je l'ai effectué en compagnie de Rotislav, bien entendu, mais aussi de Dimitri et Alekséï. Nous en avons profité pour discuter longuement de l'évolution de la situation. De la nôtre, mais aussi de celle du gouvernement de Petrograd. Si Rotislav semble maintenant acquis aux idées progressistes et s'est rallié à la révolution, ce n'est pas encore vraiment le cas pour les deux autres… Ça viendra. Il faut du temps pour ouvrir les esprits.

Tous les soldats de la première brigade sont là, rassemblés dans ce trou perdu, cette cambrousse loin du front. Bonjour, la France profonde. Celle des villages ruraux, des collines et des champs. Nous nous installons dans des bâtiments en dur. La troisième brigade du général Maruchevski doit venir nous rejoindre dans quelques jours. Elle logera dans les grandes tentes coniques qui ont été dressées en enfilade dans l'autre partie de ce camp débarrassé, depuis la mi-juin, de ses prisonniers allemands.

C'est donc une prison ?

Pas officiellement. Les Français ont eu la délicatesse d'arracher les barbelés qui le ceinturaient mais La Courtine possède bien la structure et la logistique d'un camp de prisonniers.

En fait, le cantonnement avait été initialement conçu pour servir de champ de manœuvre susceptible d'accueillir 12 000 hommes et 1 200 chevaux. Il est donc très vaste : près de six mille hectares répartis sur neuf communes !

La décision de nous écarter du théâtre des opérations a été prise au tout début du mois, le 1er juin exactement, par le ministre de la Guerre Paul Painlevé. À un moment où les unités françaises étaient rongées par les mutineries, les refus d'obéissance et les marques croissantes d'indiscipline, il lui avait paru urgent de nous isoler tant notre rébellion était contagieuse. Il se murmure que des dizaines de poilus auraient été condamnées à mort par leurs officiers et fusillés par leurs propres frères d'armes et que chez les Anglais et les Italiens, la répression aurait été encore plus féroce.

Des rumeurs ?

Sans doute un peu plus que cela…

Serions-nous des assassins parce que nous menaçons de tuer la guerre ?

Painlevé a donc décidé d'expédier les survivants des troupes de son cher allié russe – 16 000 soldats, 300 officiers et 1 700 chevaux – au fin fond de la Creuse.

Pour être isolés, c'est sûr que nous sommes isolés !

Avant de nous consigner dans ce camp, ces braves gens avaient envisagé toutes les solutions possibles : nous transporter à Salonique, nous renvoyer en Russie, nous mater une bonne fois pour toutes.

Ils ont apparemment choisi la troisième.

Ce repli – cet exil, devrais-je dire –, n'a pourtant pas altéré notre détermination. Bien au contraire, l'attitude de nos officiers n'a fait que l'amplifier depuis qu'ils taxent volontiers de bolcheviks tous ceux qui n'obtempèrent pas à leurs ordres. Ils espèrent sans doute disqualifier ainsi les partisans de Lénine dans l'esprit du reste de la troupe mais c'est bien mal nous connaître : au lieu de se sentir humiliés, les soldats s'intéressent aux idées et aux slogans de ce parti honni, comme eux, de l'état-major. Ils se rendent vite compte que ce Lénine est le seul à approuver le besoin de cette paix que nous réclamons inlassablement, qu'il est celui qui, à Petrograd, est le plus proche d'eux. Aussi, les hommes se rallient-ils, les uns après les autres, à ses idées et ses projets.

Le fossé entre la troupe et les galonnés s'est encore creusé lorsque le commandement et les ministres socialistes se sont accordés sur la double nécessité d'un retour de la discipline et de la préparation d'une grande offensive.

À Petrograd, on remet au pas l'armée et la société. Pire, on risque de saborder la révolution en tournant résolument le dos à l'indispensable conclusion de la paix.

Notre refus d'obéir aux officiers étant irrévocable, les gradés ont choisi de déserter leur mess de La Courtine pour loger en dehors du camp. Ces messieurs ont perdu de leur superbe, ils cherchent à nous éviter. Quand on les croise dans les rues du village, ils rasent les murs ; certains arracheraient même les insignes de leur grade afin de passer inaperçus ! Les quelques officiers français attachés à nos régiments, déclarés eux aussi indésirables par nos soviets, les ont rejoints hors du camp.

Quant à notre attitude vis-à-vis de nos compatriotes embusqués de l'arrière, elle a notablement évolué depuis qu'on nous a éclairés sur le rôle respectif des travailleurs et des bourgeois. Nous avions trop vite généralisé en mélangeant tout ce petit monde. Nous réservons désormais notre hostilité aux seuls bourgeois, à tous ces jusqu'au-boutistes qui préconisent la guerre à outrance, à ceux qui se gavent pendant que nous crevons. Même si leurs réactions nous irritent parfois, les travailleurs sont des victimes, des exploités, comme nous.

À l'antagonisme front-arrière qui fleurissait il y a quelques jours se substitue peu à peu un conflit résolument social.

Nous accueillons les gars de la troisième brigade le 5 juillet. À peine sont-ils installés dans les tentes coniques que nous les convions à un grand meeting sous forme d'assemblée générale. Nous tenons à leur faire partager nos idées, à les inviter à nous rejoindre.

Nous passons la soirée à débattre.

Depuis la manifestation du 1er mai à Baye, je n'ai plus qu'un objectif en tête : retourner au pays. Je prends la parole pour tenter de rallier les nouveaux arrivants à notre cause :

— Notre place est en Russie, pas ici où nous sommes devenus des parias. Nous devons nous unir et, si par hasard on nous l'ordonne, refuser de remonter sur le front. La Russie a besoin de nous. Nous devons combattre aux côtés de notre peuple orphelin et laborieux. Notre devoir est d'amplifier la Révolution !

Ils m'écoutent sans rien dire, se concertent du regard. Je les sens dubitatifs. Que pensent-ils vraiment ? Ce sont des hommes de la terre, des pragmatiques et des taciturnes. Ils attendent sans doute des engagements concrets plutôt que de grands et beaux discours.

Je poursuis :

— Je vous propose que le comité de soldats mette aux voix le retour au pays.

On échange jusqu'au milieu de la nuit. La proclamation finalement adoptée rend compte de nos deux exigences essentielles : la fin des mauvais traitements, votée à l'unanimité, et le rapatriement, un sujet plus délicat car les motivations sont assez différentes. Pourtant, le retour au pays aurait dû être la revendication prioritaire des nouveaux arrivés... Mais ils n'ont pas confiance en nous. Ce sont des paysans plutôt loyalistes. Les bolcheviks les effrayent. Leurs officiers, dont le seul objectif est de nous diviser, ont bien senti cette réticence, ils les interpellent et les somment de leur obéir.

Finalement, ceux de la troisième brigade votent contre ma proposition.

Le fossé se creuse encore trois jours plus tard, le 8 juillet, lorsque sur l'injonction du général Zankévitch, représentant le Gouvernement provisoire, l'ensemble des officiers, six mille hommes de la troisième brigade et cinq cents réfractaires de la nôtre quittent le camp. Ces loyalistes s'installent au nord de La Courtine, à Felletin et Aubusson. Parallèlement, cinq cents hommes de la troisième brigade ont préféré rester avec nous.

Dans le camp, nous sommes maintenant dix mille trois cents hommes en rébellion ouverte, armés et sans autres officiers que ceux que nous nous sommes librement choisis. Depuis notre passage dans la Marne et la création du premier soviet, notre premier régiment n'a plus de chef nommé par une hiérarchie.

Nous vivons une première expérience de l'autogestion.

Baltaïs, un sous-officier, est élu président du tout nouveau soviet de La Courtine et organise aussitôt une résistance qu'il souhaite passive. Il entame des pourparlers et s'embourbe dans des semaines de palabres.

C'est épuisant.

Baltaïs répète à tous ceux qu'il rencontre notre volonté de rentrer au pays. Sans la moindre avancée positive en retour. Il monte à Paris, parlemente…

Ça n'en finit pas…

Zankévitch, exaspéré par la longueur de ces négociations, nous ordonne de lui remettre nos armes et nos munitions.

Nous refusons. Quelques-uns des nôtres, craignant la répression à venir, parviennent à quitter le camp, à l'insu des sentinelles mises en place par le soviet, pour rejoindre les loyalistes à Felletin.

Nos positions respectives sont devenues inconciliables. L'épreuve de force me semble inévitable même si la douceur de l'été permet de relativiser le caractère éminemment dramatique de la situation. Les jours s'écoulent paisiblement dans la torpeur de juillet, comme si cette indolence devait s'éterniser. La vie s'organise peu à peu dans le camp où l'on se balade le Lebel en bandoulière, où l'on joue de la balalaïka, où l'on fait bouillir l'eau pour le thé dans les samovars, où l'on boit – beaucoup et autre chose que du thé ! – et où l'on discute… On ergote des heures entières. Sans doute parce qu'il n'y a pas grand-chose d'autre à faire.

Cette perte de temps m'exaspère. Combien de jours cela va-t-il encore durer ?

C'est d'autant plus rageant que les choses avancent à Petrograd. Et pas dans le bon sens. Nous avons appris que la crise économique s'amplifie, que les réformes tardent, que la poursuite de la guerre décidée par le Gouvernement provisoire est impopulaire, que le peuple grogne et s'impatiente, que les fidèles du tsar reprennent du poil de la bête et sont à l'affût…

Et pendant ce temps-là, nous, on discutaille…

— On discute trop ! je lance à Rotislav.

— Et ?

— Prépare donc du thé. Je dois aller voir Baltaïs. Ensuite, je t'expliquerai.

XXIII

Kolya

Kolya Nikolaïevitch Notchev est né le 23 mai 1894 à Moscou.

Mon pauvre Kolya, si au moins tu étais resté en Russie ! Tu participerais à la révolution au lieu de te morfondre dans ce coin de France profonde, marqué à jamais par tout ce que tu as vu et vécu durant ces seize derniers mois, loin de ton pays et des hommes qui forgent son avenir.

Quel besoin avais-tu de venir te battre, de porter les armes, toi le pacifiste ?

Avec ta philosophie et tes lectures clairement anarchisantes, tu as longuement hésité.

Fallait-il y aller ou pas ?

C'était là la question.

Chaque belligérant mobilisait ses intellectuels et ses

journalistes pour prêcher la haine de l'autre, l'obéissance aveugle à ses généraux, à son drapeau, à son hymne national et vanter la grandeur d'un sacrifice pour la patrie.

Quelle patrie ?

Tu n'étais pas dupe : les histrions et les larbins de la bourgeoisie se déchaînaient pour faire croire au petit peuple que le conflit allait être rapide et victorieux, que l'ennemi était l'autre, celui qui était différent.

Une recette millénaire…

Tu espérais un monde sans frontières, un monde sans nations et sans drapeaux, un monde de fraternité. Tu ne pouvais donc décemment pas participer à cette guerre !

Et puis, il y a eu ce courant des « défensistes », ce groupe d'anarchistes favorables à l'intervention, des penseurs que tu avais lus et écoutés. C'étaient tes maîtres. Leur prise de position t'a logiquement incité à réexaminer la tienne : une victoire du Kaiser ne tuerait-elle pas dans l'œuf tout développement des idées libertaires ainsi que l'espoir d'une société fédéraliste européenne ? Alors, tu devais y aller. Aller jusqu'au bout… Combattre l'Empire allemand, l'agresseur, le symbole du militarisme et de l'autoritarisme.

Tu as vécu la décision du tsar d'envoyer des troupes russes en France comme une opportunité. Alors, tu t'es porté volontaire pour combattre sur le sol de la patrie des droits de l'homme, de la Révolution de 1789, de Hugo, de Proudhon et de la Commune…

Aujourd'hui, tu le regrettes tant tu éprouves de difficultés à savoir et comprendre ce qui se passe effectivement en Russie. Les journaux cachent – dans le meilleur des cas édulcorent – les faits. Tu les trouves franchement irrespectueux vis-à-vis de tous les jeunes combattants qui crèvent pour que ces imbéciles puissent continuer à écrire leurs petits mensonges à deux sous.

Car toi, Kolya Nikolaïevitch Notchev, tu as toujours eu une haute idée du rôle de la presse.

N'est-ce pas la raison pour laquelle tu as voulu très tôt en faire ton métier ?

Tu prétends souvent que plutôt que de perdre leur temps en hâbleries stupides, les journalistes devraient expliquer et éclairer les évènements, modeler et moduler ce qui est objectivement observable. Plutôt que de s'en tenir aux faits en les racontant d'une façon académique et détachée, les plus avertis d'entre eux feraient mieux de les enrichir de leur vision du monde, de leur culture, voire de leur enthousiasme ou de leur défiance.

C'est ce qui t'intéresse au premier chef dans ce métier. Tu t'es toujours battu pour éclairer les faits à la lumière de ton humanisme et de tes connaissances.

En Russie, les libertés publiques ont toujours été inexistantes, l'Okhrana surveillait scrupuleusement tous les opposants et les éliminait sans aucune forme de procès. Tu as rapidement compris que ce despotisme aveugle ne durerait pas. Même Jaurès l'avait prédit…

Les régimes autocrates, tel celui de Nicolas II, n'ont qu'un souhait : maintenir le peuple dans l'ignorance, le gaver de fausses croyances artificiellement entretenues par une foule de gourous quasi-officiels de toutes espèces, prêtres et laïques, jusqu'à ce que ces convictions se muent en une sorte de monotonie mentale et morale qui étouffe le bon sens naturel. Tu ne pleureras pas Nicolas II, un pantin qui aurait prêté à rire s'il n'avait pas maintenu son peuple dans une misère et une humiliation permanentes. Le Moyen Âge et la société féodale ont gangrené l'empire durant des siècles. Même si la révolution réussit, il faudra du temps, beaucoup de temps, pour briser les sales habitudes. Toi, tu crains toujours un retournement de situation.

Rien n'est encore gagné...

1905... Tu as longuement écouté tes aînés te raconter le dimanche rouge de Saint-Pétersbourg et l'insurrection moscovite du mois de décembre qui fut fatale à ton père. La cruauté et le sadisme du pouvoir impérial face à une population désarmée n'ont jamais failli.

C'est le 21 décembre 1905 que ton père a été tué par les soldats du tsar dans le quartier de Presnia. Il y eut ce jour-là des centaines de manifestants qui perdirent leur vie mais un seul avait de l'importance à tes yeux, ton père. Tu avais dix ans à l'époque, tu ne gardes de sa mort qu'un souvenir flou. Ta mère était décédée bien plus tôt, en te mettant au monde.

Il ne te restait alors plus rien à quoi te raccrocher.

Ta tante Olga, une sœur de ton père, te recueillit, davantage par devoir que par empathie. Cette femme austère ne t'aimait pas. Tu sentis très vite qu'elle n'avait rien à faire de toi, tu ne devins que son petit bonhomme à tout faire, son laquais, son esclave domestique... En 1909, tu la quittas sans un mot – qu'aurais-tu pu lui dire ? – pour vivre ta vie. Dès lors, tu effaças de ta mémoire tes quinze premières années pour n'en retenir que la mort – que tu voulais héroïque – de ton père.

Kolya, tu répètes à juste titre à tous tes camarades du premier régiment qu'il convient de tirer les enseignements du passé. La grève générale d'octobre 1905 avait arraché quelques réformes sur lesquelles Nicolas II est bien vite revenu. Avec le recul, 1905 apparaît comme la répétition générale de ce qu'il advint au mois de février dernier.

Tous tes amis ont tiré les leçons de l'échec d'il y a onze ans : si le peuple russe avait réagi, il s'était montré trop naïf, trop inorganisé et trop désuni pour pouvoir inquiéter la machine à broyer de l'autocrate prétentieux. Le peuple a mûri. Il s'agit donc de consolider les récents acquis pour réussir ce qui est aujourd'hui en place.

À dire vrai, tu n'avais rien compris… À l'époque, tu étais trop jeune. Et Saint-Pétersbourg, la ville où se déroulèrent la plupart de ces évènements, était bien loin de Moscou. Depuis, tu t'es forgé des certitudes en sillonnant le pays et en écoutant patiemment les acteurs de la révolution avortée. En prenant un caractère épique, certainement éloigné de la réalité, leurs récits ont stimulé ton imagination, mais tu t'es rapidement attaché à des éléments plus pragmatiques.

Les populations ont sacrément besoin d'être informées, éduquées et organisées pour parvenir à réussir une révolution. C'est dans ce domaine que tu voulus, dès l'adolescence, apporter ta pierre à l'édifice. Tu compris très tôt que lorsque l'idiotie et la bêtise deviennent la norme, le sens critique s'émousse et de nouveaux despotes sortent de leur tanière à l'appel de la rue : ils ne s'emparent pas du pouvoir, on leur offre !

Deux professions te paraissaient utiles pour aider à atteindre cet objectif, celles d'enseignant et de journaliste. Tu as préféré la seconde qui te permettait de toucher beaucoup plus de monde et d'être plus rapidement efficace.

En 1913, tu n'avais que dix-neuf ans lorsque tu intégras la rédaction de Boudilnik*. *Tu aimais bien ce journal, son esprit frondeur, son souci permanent de pourfendre l'injustice.*

**Le Réveille-Matin.*

Tu avais pris l'initiative de déposer à son siège deux articles particulièrement acides, ridiculisant l'un, le faste obscène des cérémonies tsaristes, l'autre, l'antisémitisme d'État.

Deux peintures au vitriol.

Tu avais le style pour ça !

Tu réussis ainsi à éveiller la curiosité du rédacteur en chef qui accepta de te confier quelques papiers de moindre importance à la suite desquels tu fus adoubé au sein de son équipe.

Je peux imaginer quelle fut ta joie de rejoindre cet hebdomadaire satirique moscovite dont le ton convenait à merveille à ta vivacité d'esprit. Sûr que tu te trouvais enfin dans ton élément ! Mais ce ne fut certes pas un parcours facile : l'enthousiasme et les convictions ne suffisent pas pour réussir dans un métier aux lourdes contraintes. Il te fallut apprendre à livrer ta copie dans les délais, à respecter le nombre de lignes convenu, à proposer sans cesse des thèmes pertinents et bien dans l'air du temps, à travailler ton style afin d'avoir une rédaction claire et compréhensible par tous…

Et tout cela pour six kopecks la ligne !

Une misère… Mais qu'importait, tu étais journaliste !

Si feu Anton Tchekhov – qui signait jadis ses articles sous le pseudonyme d'Antocha Tchékonté – ne fréquentait plus la rédaction, tu y croisas tout de même quelques personnages prestigieux tels l'architecte Franz Schechtel ou le chroniqueur Vladimir Guiliarovski. Ces intellectuels, bien plus âgés que toi – ils avaient tous allégrement dépassé la cinquantaine –, t'apprirent le métier et t'aidèrent à affûter ton esprit libertaire.

Un an plus tard, ils t'offrirent également de collaborer à une autre revue moscovite prestigieuse, Les Nouvelles russes, *qui s'enorgueillissait d'avoir publié des textes de l'auteur de* La Cerisaie. *Deux salaires valent mieux qu'un seul, surtout lorsqu'ils sont extraordinairement bas... Tu étais donc doublement heureux !*

Et puis, tu avais l'impression de marcher dans les traces d'Anton Pavlovitch Tchekhov. Ton seul regret était de ne pas l'avoir connu, il avait quitté ce monde dix ans plus tôt...

Aujourd'hui, ton obsession est de retourner en Russie.

Le projet d'une nouvelle offensive militaire en Galicie exaspère le peuple qui avait placé tous ses espoirs dans ce Gouvernement provisoire. À Petrograd, c'est la paix qu'on réclame depuis des mois ! La Russie a déjà perdu un million et demi de soldats et compte cinq millions de blessés. Chaque jour, cinq trains bourrés de blessés arrivent encore à Petrograd et à Moscou.

Tu dois rentrer au plus vite pour rendre à la révolution ses idéaux, en faire la révolution dont vous avez toujours rêvé, celle que personne n'a jamais pu achever. Tu songes à un pays sans gouvernement, animé par des soviets d'ouvriers, de paysans, de soldats, une démocratie directe dans laquelle le peuple ne serait représenté que par des commissaires à tout moment révocables.

L'utopie ne peut suffire, c'est vrai, mais elle enfièvre chacune de tes actions.

À Petrograd, ta tâche ne sera pas aisée. Les socialistes réformistes de Kerenski et les bolcheviks de Lénine s'affrontent journellement, à la grande satisfaction des partisans du tsar et de l'Église. La contre-révolution bourgeonne un peu partout dans le pays.

Aujourd'hui, personne ne peut savoir comment la situation évoluera...

XXIV

Jeudi 26 juillet

Il a fait épouvantablement chaud tout au long de la journée. Une chaleur lourde, implacable, empoussiérée par les moissons et sans le moindre souffle d'air. L'été, dans les terres intérieures, est souvent intenable. Heureusement que le soir apporte une légère brise bienvenue sur ce plateau de granit.

Je viens m'asseoir près de Rotislav qui s'affaire face au samovar. Boire du thé est devenu une de nos principales occupations. Nous nous méfions un peu de l'alcool dont nous avons pu observer les ravages sur nos camarades.

Je bourre mon brûle-gueule de tabac gris et prends mon temps pour l'allumer.

Cette vie inactive m'est devenue insupportable. Cette attente est interminable, aussi j'ai pris une décision que je compte soumettre à mon ami.

— Ça fait un mois aujourd'hui que nous sommes ici… dis-je entre deux bouffées.

Rotislav lève les yeux vers moi. Il me connaît bien et ne répond pas. Il attend une proposition de ma part.

— Et nous, nous ne faisons rien… ajouté-je. Rien que parloter, discutailler, palabrer, rabâcher des évidences… Tu sais que Baltaïs a été arrêté hier ?

— Oui, on m'a dit ça… Je sais aussi que Baltaïs est un faible, qu'il manque d'autorité. C'est d'ailleurs toi qui me l'as dit… me répond-il, agacé.

— Sans doute… Mais crois-tu que Globa sera plus efficace ?

— Pourquoi forcément Globa ? Pourquoi ne te présentes-tu pas, toi ?

Il pense que je me dérobe.

A-t-il raison ?

Devrais-je prendre des responsabilités ici plutôt que d'envisager de regagner le pays ?

Après tout, je ne suis peut-être qu'un sale individualiste…

— C'est pas mon truc… J'ai trop besoin de liberté… Être membre d'un soviet est une chose, le diriger en est une autre ! Globa ne te convient pas ?

Même si rien n'est encore décidé ni voté par le soviet, chacun sait ici que c'est cet Ukrainien radical et francophone, Afanasie Globa, qui paraît être le mieux placé pour succéder à Baltaïs.

— Tu sais, moi…

Rotislav hausse les épaules. Pour lui, Globa ou un autre… Même si j'ai l'impression que sa personnalité s'est affirmée ces dernières semaines, il reste influençable. Je crois qu'il m'aime bien. C'est donc à moi de veiller sur lui et de favoriser sa prise de conscience.

Rotislav saisit la théière placée sur le piédestal du samovar et verse un peu de thé noir – un thé très fort – dans deux tasses. Il m'en tend une et ajoute un peu d'eau chaude dans la seconde, la sienne, afin de diluer l'infusion.

— Dès que nous aurons largué les amarres, je ferai de toi un vrai révolutionnaire !

Rotislav me regarde avec des yeux ronds.

— Tu peux préciser ?

J'avale une gorgée de thé.

— Bien sûr. Je vais t'expliquer ce que nous allons faire. Nous n'allons pas moisir ici un jour de plus. Baltaïs, Globa ou un autre, qu'importe… ça va encore ergoter jusqu'à ce que Zankévitch et les Français en aient marre et nous sortent d'ici à grands coups de canons et de fusils. Ils ne sont plus à quelques morts près…

L'ultimatum lancé par le représentant du gouvernement expire le 3 août, dans une semaine. Contrairement à la plupart des camarades, je suis persuadé que sera le dernier.

L'état-major et le représentant du Gouvernement provisoire ne peuvent plus se permettre de laisser perdurer notre bastion de mutins dans un pays en guerre. En outre, ils voient d'un assez mauvais œil le coup de main que nous donnons depuis quelques jours aux paysans du coin pour les fenaisons. Cela nous a permis de nouer des relations de bon voisinage avec la population, de nous intégrer dans le paysage.

Notre bolchevisme contagieux ne risque-t-il pas de faire des ravages dans la campagne française également ? C'est une situation certainement inadmissible. Sûr qu'ils n'hésiteront pas à utiliser la force pour nous déloger.

— On ne va pas rester là, à attendre sagement de savoir si Zankévitch va daigner nous accorder un nouveau délai ou donner l'assaut. On va se tirer avant de se faire massacrer…

Il me regarde avec des yeux ronds.

— Se tirer où ? se contente-t-il de me demander.

— En Russie !

Rotislav pose sa tasse et s'excite avec de grands gestes.

— Mais tu es fou, Kolya ! Tu sais où on se trouve ? On est à des milliers de kilomètres de Moscou ! crache-t-il avec des accents de colère.

Je ne peux que sourire devant tant de naïveté. Ça l'énerve. Je me redresse et prends des allures de matamore en lui tapotant la poitrine de l'index :

— Comment peux-tu imaginer un seul instant que ton ami Kolya Nikolaïevitch Notchev, célèbre journaliste au *Boudilnik*, puisse te proposer de rallier notre beau pays à partir de ce coin perdu de la Creuse sans y avoir longuement songé, sans avoir minutieusement pesé tous les éléments, le pour et le contre, sans avoir préparé un itinéraire ?

Mon ton léger et ironique le désarme.

— Tu as un plan ?

— Sûr… Et j'y ai mûrement réfléchi. Tu as toujours tes petites économies ?

— Évidemment !

Nos petites économies…

Oh, ce n'est certes pas une fortune mais l'intendance française, redoutant sans doute de nous fournir un motif supplémentaire d'insubordination, a décidé de nous verser régulièrement une triple solde. 1 200 francs pour un général, 540 francs pour un capitaine, 420 francs pour un lieutenant, 7,50 francs pour un 2e classe, plus une prime de cherté de la vie de 15 francs par mois pour un 2e classe.

La plupart boivent cet argent dans les bistrots de La Courtine. Avec Rotislav, nous avons décidé de mettre ce pécule de côté. « Pour le jour où… » avais-je ajouté sans jamais lui préciser quel était mon projet. D'ailleurs, en avais-je seulement un ?

— Le jour est venu… ajouté-je mystérieusement.

— Alors, on y va ! me répond-il en esquissant un sourire. Tu en as parlé à d'autres ?

— Pas directement. J'ai sondé Dimitri et Alekséï. Je les aime bien tous les deux, mais ils ne m'ont pas paru très motivés. Ils préfèrent attendre…

— Attendre quoi ?

— Ils espèrent que ça va s'arranger, que le Gouvernement provisoire exigera notre retour. C'est idiot… À Petrograd, ils n'en ont rien à faire de nous, ils ne veulent pas s'encombrer de gars qui montrent de la sympathie pour les bolcheviks. Ils ont d'autres préoccupations.

Je rallume mon brûle-gueule qui s'est éteint. Rotislav ne me paraît qu'à moitié rassuré. Qu'importe… L'urgence est de fuir avant qu'on ne nous soumette par un déluge de feu et de fer.

Je le convaincrai pleinement durant le trajet jusqu'à Marseille.

MARSEILLE 1917
ROTISLAV

XXV

Mercredi 1er août 1917

Le trajet en tortillard depuis Clermont-Ferrand et Lyon a été interminable. Kolya en a profité pour parfaire mon éducation politique. Il me rabâche que la Russie de demain aura besoin d'hommes cultivés, familiers de la politique et de l'histoire sociale du pays. Ce n'est pas faux…

Mais moi, qu'est-ce que je viens faire là-dedans ?

Avec les lacunes que j'ai accumulées dans tous les domaines, comment pourrais-je être un des acteurs de cette aventure ?

Pourtant, il croit en moi. Il me répète que j'ai le potentiel pour réussir. Je l'écoute sans répondre, sans lui dire qu'il se trompe certainement. Je crois que mon unique atout, c'est de l'admirer et de tout faire pour ne pas le décevoir.

L'enseignement est plus facile lorsque l'élève vénère le maître, non ?

Kolya connaît tout. Il a énormément lu, il s'est forgé un idéal révolutionnaire avec les philosophes et les anarchistes. Pendant que je traînais lamentablement mon ennui à droite et à gauche dans les bas quartiers et les cafés de Moscou, lui lisait et étudiait.

Comment pourrais-je rattraper ces années perdues ?

Kolya m'avait déjà beaucoup parlé depuis notre départ de Moscou, un an et demi plus tôt. Dans le train, sur le bateau, lors de nos périodes de répit en arrière du front. J'ai bu chacune de ses paroles, tenté de retenir chacune de ses analyses, persuadé que cela allait me rendre meilleur.

À notre arrivée à Lyon, il a acheté des journaux près de la gare, les a lus et me les a commentés lors de notre voyage jusqu'à Marseille. Depuis l'épisode de La Courtine, je sens qu'il se radicalise.

Il est longuement revenu sur cette guerre qu'il avait vue venir avec effroi.

— Rotislav, cette guerre n'est pas la nôtre, m'a-t-il affirmé. Ce n'est qu'un conflit intrafamilial : le roi d'Angleterre, George V, le tsar Nicolas II et l'empereur d'Allemagne Guillaume II sont tous cousins. C'est le même sang, le sang des oppresseurs, qui coule dans leurs veines. Ils jouent à la guéguerre comme ils joueraient au croquet ou au polo dans le parc de leur château, sans se préoccuper un instant des malheurs qu'ils engendrent. Que leur importent les vies de ces milliers d'hommes, leurs serfs et leurs esclaves… Et puis, s'il n'y avait que ça…

Il a laissé sa phrase en suspens. Je l'ai relancé :

— Il y a quoi d'autre ?

— Le fric. La guerre rapporte de l'argent, beaucoup d'argent, à certains. Sais-tu que chaque fois qu'émergent des rumeurs de paix, la bourse baisse ?

Je connaissais les raisons qui avaient décidé Kolya à s'engager. Lors du trajet de Dairen à Marseille, j'avais lu l'espoir dans son regard lorsqu'il évoquait la France, terre porteuse de toutes ses illusions. Depuis, Nivelle avait prouvé que le pays de la Révolution de 1789 n'engendrait pas que des génies bienveillants et des acteurs du progrès social. Certains de ses fils étaient de sacrés salauds !

— Pour nous, l'important aujourd'hui, poursuivit-il, c'est d'arriver rapidement à Petrograd. Il ne faut plus regarder en arrière. Nous n'oublierons jamais ce que nous avons vécu, cela doit nourrir notre combat et non nos larmes. Rotislav, mon ami, nous avons un rôle à jouer dans cette révolution qui sera confisquée par la bourgeoisie si nous restons passifs.

Je n'étais pas totalement convaincu mais je l'écoutais, comme toujours, en hochant la tête en signe d'assentiment. Une seule chose m'inquiétait chez lui : son besoin de rejoindre la Russie tournait à l'obsession ! Après avoir perdu Slava et son désir forcené de refaire sa vie à Marseille, Iouri et son idée fixe de venger sa sœur, je me suis promis de modérer la préoccupation de mon ami, de lui faire comprendre qu'il ne devait pas focaliser son esprit sur un seul sujet.

Pour nous, tout a commencé une semaine plus tôt à La Courtine. Le jeudi 26 juillet exactement.

Après le rata du soir, nous nous sommes isolés loin des baraquements pour discuter en fumant des cigarettes. Les autres nettoyaient et huilaient machinalement leurs armes en prévision d'un assaut toujours repoussé, d'un assaut auquel ils ne croyaient pas.

Kolya les observa d'un air condescendant avant d'avancer :

— Ils rêvent, Rotislav, ils rêvent tout éveillés… S'ils croient que Zankévitch va différer éternellement l'attaque du camp, ils se trompent. Nous, on va être plus malins…

Il avait remplacé la bouffarde et le scaferlati habituels par des cigarettes anglaises achetées au village. Il m'en offrit une. Ça me changeait des grosses tiges russes au papier épais.

Kolya me parut animé d'une sacrée flamme. Les camarades contactés avaient poliment décliné son offre, ils avaient tous une solide raison pour trouver le plan trop risqué. Moi, c'était différent.

D'ailleurs, je ne lui ai rien demandé, aucun détail. Il savait que j'étais toujours partant mais il a quand même tenu à me communiquer les grandes lignes de son plan et le programme des réjouissances à venir, sans doute pour les justifier :

— On va rejoindre Marseille. Il y a là-bas pas mal de navires qui font la liaison avec le Moyen-Orient. On en trouvera certainement un, desservant Beyrouth ou une ville de Syrie, qui nous offrira le passage contre quelques petits travaux à bord.

Je n'avais pas usé le fond de mes pantalons sur les bancs d'école mais j'avais quand même de vagues connaissances en géographie, assez pour lui faire remarquer que Beyrouth ou la Syrie, c'était assez loin de Moscou.

— Certes. Trois mille verstes environ, reconnut-il. Ça prendra du temps, mais nous y arriverons ! L'important, Rotislav, c'est de le vouloir !

S'il l'affirmait…

— On part quand ?

— Dans deux heures.

— Dans deux heures ! Mais on n'a rien…

Il s'amusa de mon affolement.

— Tout est prévu ! m'interrompit-il en soufflant une colonne de fumée bleutée dans l'air vif. La surveillance du camp se relâche la nuit. Une fois dehors, nous troquerons nos uniformes contre des tenues de paysans.

Il ignora mon regard interrogateur et poursuivit :

— Oui, j'ai acheté quelques habits aux paysans du coin. Tu sais, ceux qu'on a aidés pour les foins.

— Et on gagnera Marseille comment ?

— En chemin de fer. Je me suis renseigné. Il y a un train de nuit pour Clermont-Ferrand. Ensuite, nous rejoindrons Lyon puis Marseille. Bon, tout ça ne va pas se faire en un jour, mais on a un peu d'argent devant nous. Donc ça devrait aller…

Il réussit à me convaincre de la réussite future de notre escapade.

— Y aller, c'est bien mais il ne faut pas perdre de temps. Ça urge ! ajouta-t-il.

Il avait suffisamment lu et étudié le devenir des soulèvements populaires passés pour savoir que la plupart avaient fait long feu. Il me raconta celui qui avait coûté la vie à son père. Moi, je ne savais rien de ce qui s'était passé en 1905. Chez moi, on ne parlait pas de ça, on mettait Dieu à toutes les sauces et la révolution n'était que le fait de mécréants agnostiques.

Tout au long du trajet de La Courtine à Marseille, je l'ai donc écouté avec attention, sans jamais l'interrompre, en m'accrochant comme un naufragé au fil de son récit. Il m'ouvrait les portes d'un monde insoupçonné.

J'imagine que Kolya percevait mon embarras qu'il assimilait parfois à de l'abattement. Il me remotivait sans relâche en me répétant que le pays allait avoir besoin de moi.

Besoin de moi… Il me surestimait.

Durant le voyage, il s'efforça également de m'enseigner les rudiments de la langue française. Le minimum. « Il faut au moins que tu puisses tenir une conversation ! » me répétait-il chaque fois que je butais sur un mot.

Une fois parvenus sous la verrière de la gare Saint-Charles, nous descendons vers le boulevard d'Athènes qui permet de rejoindre la Canebière. Kolya monologue toujours en brassant l'air avec de grands gestes. Il tient à la main les journaux achetés à Lyon. Je l'écoute sagement en acquiesçant d'un léger signe de tête à la fin de chacune de ses affirmations.

— Il est urgent de pérenniser de manière irrévocable les acquis de février. On ne peut plus faire marche arrière et revenir sur l'abolition de la peine de mort, le retour des exilés de toutes opinions, la liberté de presse, de réunion, de conscience, la fin de l'antisémitisme d'État… Il faut aller encore plus loin, faire adopter la réforme des terres et la redistribution des richesses. Il faut rendre la révolution irréversible !

Bien entendu, je suis d'accord. Je l'observe : tout homme a besoin d'un modèle pour évoluer, Kolya est le mien.

Les nouvelles venues de Russie, glanées lors de nos courtes étapes à Clermont-Ferrand et Lyon, l'ont vraiment inquiété. J'ai perçu sa préoccupation lorsqu'il me traduisait les articles des journaux relatant les tergiversations de Kerenski ou l'émergence d'une contre-révolution des fidèles de Nicolas II. Mais tout cela reste assez vague…

Et puis, les journaux sont-ils fiables ?

Grâce à Kolya, je baragouine un peu le français, assez pour me débrouiller, mais c'est une langue difficile que je suis encore incapable de lire correctement.

Il préfère changer de sujet et aborder les questions pratiques immédiates :

— Bon, à chaque jour suffit sa peine… Puisque nous sommes arrivés à Marseille, nous allons passer aux choses sérieuses. On va rejoindre directement le port pour essayer de dénicher deux places sur un de ces cargos qui desservent le Liban. Ça risque de prendre quelques jours…

XXVI

Les trottoirs de la Canebière sont noirs de monde. Il fait chaud, très chaud, en ce début du mois d'août. On se presse aux terrasses des grandes brasseries où l'on sirote des bocks ou de la limonade. Des vendeuses à la sauvette proposent des citrons, d'autres des lacets. Des chanteurs des rues interprètent les derniers refrains à la mode en vendant leurs partitions pour quelques sous. Il y a de la vie, de la couleur, de la musique, des intonations amplifiées par les accents chatoyants venus de tous les continents.

Bien entendu, depuis l'ouverture du canal de Suez et les conquêtes coloniales, Marseille connaît énormément de va-et-vient mais la guerre y a décuplé la présence étrangère avec ses contingents lointains. C'est donc une multitude cosmopolite et bigarrée qui arpente la grande avenue dans un joyeux brouhaha.

Ici, on parle haut et fort, on s'interpelle d'un trottoir à l'autre. Dans ce vacarme et cette insouciance, on en arriverait presque à oublier la guerre…

La foule nonchalante de l'arrière se complaît dans un optimisme béat et ne supporte guère qu'on lui rappelle la réalité de cet enfer terrestre.

Dès qu'un poilu en permission ose raconter son quotidien, décrire les atrocités et les visions effroyables qui hantent ses nuits, il passe pour un lâche. Décidément, tous ces soldats ne sont que des défaitistes qui feraient mieux de se battre au lieu de pleurnicher. Nous leur avons confié l'honneur de servir la patrie et le drapeau, et voilà comment ils nous remercient !

J'observe tous ces braves gens qui sirotent un verre aux terrasses, le bon peuple qui veut ignorer ces polémiques. Ici, l'important, c'est d'être amusant, de faire rire les dames qui guettent les bons mots et, surtout, de laisser la guerre aux autres.

Tout compte fait, je crois bien que Kolya a réussi à faire de moi un anarchiste !

Kolya m'entraîne. Il marche d'un pas alerte pour fendre la foule indolente puis se faufile à droite, au bas de la Canebière. Il se tait. Je le sens ému. Sans doute a-t-il déjà parcouru ce chemin avec Slava, le lendemain de notre arrivée à Marseille. Est-ce la vision du Vieux-Port qui réveille en lui une hantise gommée depuis plus d'un an par la violence des combats ? Une hantise qui peut se traduire par une unique question : qu'est-il arrivé à Slava ?

Lorsqu'il m'en parle, j'ai l'impression que plus le temps passe, moins il croit à la mort de notre ami. Il me répète souvent qu'il n'a pas vu son cadavre, et moi je lui réponds aussi sec que des tas de combattants sont morts sur le front sans que personne n'ait jamais aperçu leur dépouille. Pourtant, il a réussi à m'influencer : que s'est-il vraiment passé dans la fameuse nuit du 21 avril 1916 ?

D'après ce qu'il m'en a dit, ses souvenirs se résument à deux vagues images : celle du visage broyé d'un jeune homme – il a même conservé son adresse griffonnée sur un morceau de papier – et celle des socquettes roses dans les chaussures vernies d'une grosse prostituée penchée au-dessus de lui.

Est-ce que ce sera suffisant pour dénouer les fils de l'intrigue ?

Bien entendu, il se souvient également de deux autres éléments qui l'ont marqué avant l'échauffourée : un café, le Bar des Colonies, et un homme, le gars plutôt nerveux avec lequel Slava s'est accroché. Il se souvient du prénom du nervi, Toussaint. Il m'a affirmé à plusieurs reprises qu'il allait s'occuper de lui avant de quitter définitivement Marseille pour la Russie.

Il le tuera.

Tuer…

Une idée qui ne l'aurait même pas effleuré lorsque nous avons foulé pour la première fois le sol français. Mais la guerre a changé les mentalités. Elle a fait de nous des assassins par procuration, des meurtriers par routine. Elle a banalisé le crime. Sur le front, tuer est devenu notre quotidien ; pire, il s'est inséré dans nos gènes. Nous avons volé la vie de fils, de pères de famille, d'hommes du petit peuple comme nous, qui devaient eux aussi rêver d'un monde meilleur et plus fraternel.

Certes, nous pourrons toujours nous cacher derrière notre uniforme en affirmant que nous n'avons tué que par devoir, pour la défense de la patrie agressée, que ce sont les autres qui ont commencé. Les circonstances atténuantes ne manquent pas, il y aura toujours des foules de gens bien attentionnés pour nous absoudre. Mais qui chassera de nos nuits les fantômes désincarnés et livides des jeunes gars de vingt ans éventrés à la baïonnette ? Ces spectres maléfiques qui viennent harceler notre maigre sommeil ?

Alors, tuer cette crapule de Toussaint ne posera aucun problème à Kolya.

Mais il n'en est pas encore là…

— On va loger dans le coin, finit-il par m'annoncer.

— Tu connais ?

— Pas exactement, mais on trouvera…

Je me laisse guider. Même s'il n'est pas vraiment familiarisé avec ces lieux de perdition, il les a déjà parcourus en diagonale avec Slava. Cette nuit-là, il a compris qu'une fois débarqués à Marseille, tous les types fauchés y trouvent refuge. C'est ici qu'on mange, qu'on boit et qu'on baise pour trois sous. Oui, ici on peut survivre, à condition de ne pas être bégueule sur la nourriture, le vin et les femmes !

Je découvre l'étonnant quartier aux fenêtres pavoisées de chemises en coton, de dentelles rapiécées, de jupons de soie. Les étendages courent d'une maison à l'autre au-dessus de la rue maculée d'ordures, d'eaux croupies, de restes de repas et de ces « petits paquets » au contenu douteux et malodorant, allégrement catapultés depuis les fenêtres des étages.

Les relents, forts et âcres, agressent les narines.

Une vieille matrone édentée, presque impotente, est calée sur un fauteuil défoncé. Impossible de deviner son activité au premier abord mais tout s'éclaire lorsqu'elle interpelle quelques tirailleurs sénégalais en bordée. Ses propos sont orduriers. La rombière décrépite tapine ! Derrière les fenêtres des bars, on devine des souteneurs sanglés dans des costumes clairs taillés près du corps, qui surveillent leurs protégées en sirotant des fines à l'eau et en fumant des cigarettes anglaises.

Ici, c'est le rendez-vous des matelots, des déserteurs, des racailles et des fripouilles, des trafiquants et des drogués, des assassins et des paumés. Au milieu de ce royaume du stupre et de la fornication, des gosses jouent et se chamaillent, des partisanes essoufflées poussent leur chariot de légumes et de fruits, des chiens s'ébattent, des poissonnières trimbalent des couffins de poissons argentés.

Ce qui m'étonne le plus, c'est l'ambiance bon enfant. Tout ce petit monde se côtoie avec un naturel surprenant.

— J'ai connu des quartiers crapuleux, à Moscou notamment, et...

Kolya me coupe :

— Je sais ce que tu vas me dire... C'est aussi ce qui m'a surpris la première fois que je suis venu ici, avec Slava. En fait, Rotislav, je crois que c'est dû à la Méditerranée...

— La Méditerranée ?

— Oui, depuis le début des temps, cette mer a le don de rendre supportable la promiscuité du vice et du peuple.

Kolya a raison. Cette ville est loin d'être séduisante au premier coup d'œil. Aucun voyageur ne peut s'émerveiller face à ses monuments ou ses immeubles. Le charme de Marseille est ailleurs, dans les amoncellements odorants et colorés des trésors qui ont mûri sur des terres lointaines et qui débordent de ses quais, dans ces venelles étranges où l'on croise des aventuriers sans le sou qui ont traversé mille mers et savent raconter, au comptoir des cafés, la magie des océans, des golfes, des îles et des archipels. Ici, les parfums délicats ou poivrés des épices se mêlent à la fétidité des eaux usées qui font le pavé luisant.

J'emboîte son pas lorsqu'il pousse la porte du Bar des Colonies. S'il espère y croiser Toussaint, c'est uniquement pour le localiser, pas pour le provoquer. Du moins, pas encore. Il m'a assuré qu'il s'occuperait de lui plus tard. Kolya est un pragmatique : une chose après l'autre. Il ne veut surtout pas se disperser mais je sais que ce Toussaint n'échappera pas à son sort. C'est comme s'il était déjà mort.

Kolya me chuchote que la salle est beaucoup plus calme qu'en soirée même si, au dehors, des groupes d'hommes vont et viennent sans arrêt. Les putes des rues Bouterie et Lanternerie sont à l'abattage depuis la fin de matinée. Elles doivent assurer leurs cent à cent cinquante passes quotidiennes, alors pas question de lambiner…

Des bataillons entiers vont leur passer sur le corps. La vieille matrone édentée vient d'alpaguer un tirailleur sénégalais qui la suit dans sa cahute.

Kolya commande du vin rouge.

— Toujours aussi âpre, ton pinard ! lâche-t-il familièrement au patron.

— On se connaît ? répond l'autre, l'œil soupçonneux.

— Je suis venu boire un coup il y a pas mal de temps. Avant de monter au front…

— Ah bon…

Le type n'a rien d'autre à ajouter. Il en a vu passer combien de ces gars qui faisaient une halte à Marseille avant d'aller se faire massacrer dans le Nord et dans l'Est du pays ?

— Nous sommes russes, précise Kolya.

Toujours pas de réaction.

— Nous rentrons au pays…

— Pour faire la révolution ? ironise le bistrotier.

— Peut-être… Qu'est-ce qu'on en dit par ici ?

En fait, je me rends compte que Kolya cherche avant tout à cerner ce que la population marseillaise pense des évènements russes.

Plutôt que de lui répondre, le bistrotier s'adresse à un consommateur assis au fond de la salle qui noircit une feuille de papier :

— Tchoi, tu peux venir une minute ?

Le Tchoi en question, un petit brun aux cheveux frisés et aux gestes vifs, se prénomme François.

— Tchoi, il est journaliste au *Petit Provençal*. Il vous dira mieux que moi…

Il ne termine pas sa phrase. Il n'en a rien à faire de notre révolution, des clients l'attendent à l'autre bout du comptoir.

Tchoi est du genre méridional volubile. Il ne se fait pas prier pour nous raconter, comment la presse régionale a rendu compte des évènements de Petrograd. *A priori*, ça ne nous coûtera qu'un verre de vin.

— Les cinq quotidiens marseillais ont accueilli favorablement cette annonce. Le mien encore plus que les autres puisque notre lectorat est surtout ouvrier. Alors, une révolution, même en Russie, c'est une aubaine pour espérer faire changer la vie ici aussi… Puis, nous avons eu la crise du charbon et des transports, ensuite les grèves… Alors, on est passés à autre chose… Faut dire que la Russie, c'est loin, et qu'on s'intéresse davantage à ce qui se passe dans nos rues et ce qui pourrit notre vie de tous les jours. En fait, je crois que tous les Français qui sont pour le progrès et la liberté ne peuvent que se réjouir de la chute du tsar et de l'avènement de la république russe. Aujourd'hui, il n'y a plus que l'Allemagne et sa vassale l'Autriche dans le camp des états autocratiques. Au moins, comme ça, les choses sont claires !

Malgré les difficultés que traverse le pays, le contexte ne nous est pas défavorable. C'est une bonne nouvelle.

Tchoi nous abandonne à regret – il aurait sans doute beaucoup d'autres choses à nous raconter – pour retourner à sa table. Il nous confie, en guise d'excuse, qu'il doit terminer avant la fin de l'après-midi un article sur le regain d'espoir des Marseillais depuis l'annonce de l'arrivée des premiers contingents américains.

Après ce court échange avec le journaliste, Kolya interpelle à nouveau le patron du café que les habitués appellent Méù – le diminutif de Marius – pour tenter de dénicher une chambre.

— Si vous êtes pas *ficous**, j'ai un client qui loue une pièce sous les toits à la rue Triperie. C'est à deux pas d'ici, de l'autre côté de la rue de la République. C'est pas le grand luxe mais c'est pas cher et ça peut rendre service pour quelques jours…

Comme Méù paraît disponible, Kolya en profite pour l'interroger sur deux autres sujets.

Primo, connaîtrait-il un navire en partance pour le Moyen-Orient susceptible de nous emmener ?

Secundo, quel itinéraire doit-on emprunter pour se rendre dans le quartier de Montolivet ?

Méù se gratte le sommet du crâne. Un signe de réflexion.

— Pour les bateaux, c'est compliqué à cause des torpillages, soupire-t-il. Les sous-marins allemands sèment la panique même en Méditerranée. Les compagnies maritimes réduisent leurs activités.

— Mais il y a quand même des liaisons régulières avec le Liban, non ?

— Il en reste quelques-unes… Déjà que le port n'est pas très florissant, si on arrêtait, ça serait la misère !

Il réfléchit un instant avant de poursuivre :

— Écoutez, je connais bien Augustin, le capitaine du

*Délicats.

Mechref, mais il est en mer. Il va rentrer prochainement et devrait repartir dans une petite semaine pour Beyrouth... Si vous trouvez rien d'ici là, revenez me voir samedi ou dimanche. Augustin sera dans les parages et vous verrez ça directement avec lui. Peut-être bien qu'il pourra vous prendre à bord contre quelques travaux durant le voyage. Il l'a déjà fait...

— Et pour Montolivet ?

— Ça, c'est plus simple ! Vous montez la Canebière, puis le boulevard de la Madeleine jusqu'au Jarret que vous traversez, et vous y êtes. Une grosse demi-heure si vous traînez pas en route...

Lorsque nous parvenons sur le palier de la mansarde de la rue Triperie, j'hésite à ouvrir la vieille porte en bois tant elle me semble vermoulue. Kolya a moins de scrupules que moi, il la pousse sans ménagement – miracle, elle ne cède pas ! – et nous pénétrons dans notre pied-à-terre afin d'y déposer nos baluchons.

Méù avait raison, ce n'est vraiment pas le grand luxe. Même pour des gars qui ont passé des semaines dans les tranchées à dormir avec les poux et les rats. La pièce est humide, rongée par la moisissure et hantée par des bestioles qui ont pris la poudre d'escampette dès qu'elles ont entendu la porte grincer. Les blattes ont été moins rapides, j'en écrase deux. Des relents de tabac froid et de vieille pisse imprègnent le lieu. On a jeté deux paillasses tachées sur le sol cradingue, elles sont certainement infestées de puces et de punaises. En nous confiant la clé et en encaissant d'avance la location pour cinq jours, le proprio nous a indiqué que le point d'eau et la tinette se situaient à l'étage du dessous.

Je trouve néanmoins la force de plaisanter :

— Et voici donc notre palace !

— Le moins qu'on puisse dire, c'est que c'est rustique ! m'affirme Kolya sur le même ton. Le bon côté de la chose, c'est que ça nous incitera à ne pas traîner et à nous embarquer au plus tôt ! Et puis, honnêtement, ce n'est quand même pas pire que ce que nous connaissons depuis un an et demi… En tout cas, nous avons une carrée pour dormir. Une bonne chose de faite…

— Et maintenant ?

Pour Kolya, la suite est évidente. Il sort et déplie le bout de papier fripé qu'il conserve sur lui depuis plus d'un an :

— Et maintenant, on grimpe jusqu'à Montolivet. On va voir Antoine.

— Antoine… C'est le gars qui…

— Oui, c'est le gars qui… C'est un ami. Je t'expliquerai en chemin.

Bien entendu, il m'a déjà parlé de ce type défiguré.

Nous en avons connu bien d'autres, des soldats comme lui…

Je me demandais à chaque fois si on pouvait survivre longtemps à de telles mutilations.

Antoine a survécu.

J'avoue que j'appréhende un peu de me retrouver face à lui. D'après Kolya, Antoine est la seule personne au monde susceptible de lui fournir quelques explications sur les évènements de la soirée du 21 avril 1916 et le sort de Slava.

Alors…

XXVII

Montolivet est un coin paisible et campagnard, à mille lieues de la frénésie braillarde et équivoque qui submerge les vieux quartiers, à mille lieues également du bourdonnement faussement classieux et désinvolte qui anime les terrasses des grandes brasseries de la Canebière.

Des maisons de maître avec d'immenses jardins fleuris et des bassins d'eau verte envahis de nénuphars colonisent la petite colline. Quelques bosquets de pins parasols subsistent ici et là. C'est calme et chic.

Kolya finit par dénicher l'avenue des Troènes.

— Il habite au 21, me précise-t-il.

Le 21… Nous longeons sur une centaine de mètres un haut mur de pierres sèches surmonté de tessons de bouteilles puis parvenons face à une grille de fer forgé qui s'ouvre sur une belle allée ombragée par de hauts platanes. On aperçoit une partie de l'imposante bastide provençale à la façade ocre et aux volets bleus qui trône au bout du chemin de terre rousse.

J'observe nos tenues. Nous ne sommes guère dans la tonalité du lieu.

— On a vraiment l'air de deux clodos…

Nous avons conservé les habits qu'il a achetés pour quelques francs à un paysan de La Courtine.

Mais qu'importent nos fringues, Kolya s'excite :

— On s'en fout. Antoine est au-dessus de ces choses-là ! L'essentiel, c'est qu'on va enfin savoir…

Il saisit mon avant-bras et désigne une superbe voiture décapotable – la fameuse Delahaye rouge – garée devant le perron.

— Antoine est là… chuchote-t-il à mon oreille comme si on risquait de nous entendre.

Malgré cet enthousiasme de façade, j'ai l'impression que Kolya appréhende la rencontre presque autant que moi.

Les massacres des derniers mois ont banalisé les blessures effroyables. Sur le front, l'horreur, la souffrance et la mort sont omniprésentes. Elles sont nos compagnes, nous jouons et dormons avec elles. Mais ici, loin de la guerre, dans une ville paisible, au milieu des jardins fleuris, une gueule cassée n'est pas à sa place. Elle détonne. Elle doit vite devenir insupportable, aussi bien pour l'estropié que pour ceux qui le croisent ou, pire, qui partagent sa vie.

Mais plus question de reculer, l'enjeu est trop important. Kolya actionne la sonnerie fixée sur un des montants du portail.

On perçoit le tintement d'une cloche de bronze au loin.

La lourde porte de chêne donnant sur le perron de pierre s'entrouvre.

Nous nous attendions à voir apparaître des domestiques mais c'est une vieille femme – la mère sans doute – qui se dirige vers nous. Elle est accompagnée du facteur qui vient visiblement de lui apporter du courrier. Sans doute en profite-t-elle pour le reconduire.

C'est une femme menue et sèche, avec des cheveux gris tirés en chignon. Elle paraît flotter dans une robe noire trop ample et serre nerveusement une lettre dans sa main droite. Ce qui me surprend, c'est le contraste entre sa démarche alerte, ses gestes d'une vivacité surprenante et son regard étonnamment vide.

Je lui attribue une cinquantaine fatiguée.

— Messieurs ? demande-t-elle.

— Je m'appelle Kolya et je souhaiterais voir votre fils Antoine…

Elle ne répond pas. Je la sens se figer. Le facteur nous observe, gêné, avant de fixer le bout de ses godasses. Manifestement l'employé des Postes préférerait se trouver ailleurs.

Elle attend une explication.

Kolya reprend :

— Nous sommes russes. J'ai rencontré Antoine l'an dernier, il m'a rendu service et…

— Entrez donc, le coupe-t-elle en esquissant un sourire triste.

Elle déverrouille le portail en fer forgé pour nous permettre d'entrer. Le facteur en profite pour s'esquiver. Il la salue poliment avant de poursuivre sa tournée.

— Antoine est parti, se contente-t-elle d'annoncer d'une voix blanche.

Parti ?

Ça veut dire quoi ?

Qu'il s'est tiré dans un coin perdu, loin de tout, où personne ne l'a connu beau gosse ?

Qu'il est mort ?

— Venez… Vous avez bien une minute ? propose-t-elle d'une voix douce, presque éteinte.

Je sens qu'elle a besoin de parler. D'Antoine sans doute. Nous la suivons dans l'allée. Le sable crisse sous nos semelles. Elle nous invite à pénétrer dans la demeure, puis à prendre place sur un long sofa recouvert de velours bleu. Elle dépose la lettre fripée qu'on vient de lui remettre sur une table basse.

— Vous prendrez bien un peu de café ?

— Volontiers, mais nous ne voudrions pas vous déranger.

Elle disparaît dans la cuisine sans nous répondre et revient vers nous, quelques minutes plus tard, avec une cafetière en faïence de Moustiers et des tasses assorties.

— Je viens tout juste de le faire…

Son sourire forcé ressemble à un rictus. Le parfum du café est bienvenu dans cet univers un peu froid qui sent le propre, l'encaustique et la lavande. J'ai remarqué le portrait d'un jeune homme en uniforme posé sur la crédence provençale en noyer. Un gars souriant, en costard, beau comme un acteur de music-hall. Un des coins inférieurs de la photo est barré d'une bande noire. Un mauvais signe…

— Antoine m'a parlé de vous, affirme-t-elle en regardant Kolya.

— De moi ? s'étonne-t-il. Savez-vous que votre fils m'a sauvé la vie ?

— Antoine… C'était…

Son regard se perd quelque part au-dessus de nos têtes. C'était… Elle en parle au passé. Il y a des mots qui ne se prononcent pas mais qui se devinent dans le contexte.

Kolya a compris. Il ose :

— Comment cela est-il arrivé ?

— Il ne se supportait plus. Son père a tout tenté. Des

greffes, des prothèses… Ce furent des mois de souffrances inutiles, de véritables tortures pour un résultat plus que médiocre… Antoine n'en pouvait plus… C'est dans sa chambre que…

Nous nous taisons. Inutile de terminer les phrases en pareil cas, tout se comprend à demi-mot. Kolya tente de se donner une contenance en buvant son café par petites gorgées. Moi qui n'ai pas connu Antoine, je garderai de lui le visage souriant de la photo, pas l'horrible face inhumaine qui hantera longtemps les nuits de Kolya et de la mère.

J'écoute leurs échanges avec un détachement involontaire que je dissimule sous un silence respectueux.

Que pourrais-je dire ?

Je ne suis qu'un spectateur, qu'un étranger devant leur détresse commune. Et puis, j'avoue que les mois passés m'ont rendu insensible aux drames qui ne me touchent pas personnellement. À la guerre, il faut prendre une certaine distance avec la mort – la mort des autres, dois-je préciser –, ne pas considérer que tous les deuils sont nôtres, sinon…

Peut-être trouvez-vous cela égoïste…

Tant pis.

Antoine a donc, comme on dit vulgairement, « fini le travail ». Il a chargé le fusil de chasse à chevrotines, placé le canon sous ce qui lui restait de mâchoire inférieure et appuyé sur la détente. Sa tête a volé en éclats. L'abominable visage a été pulvérisé. C'est sans doute ce qu'il souhaitait.

— Ça s'est passé quand ? s'inquiète poliment Kolya.

— L'hiver dernier… La veille de Noël.

Kolya blêmit. Sans doute pense-t-il à la dernière lettre d'Antoine, celle qu'il avait reçue le soir de Noël au fort de la Pompelle et qu'il m'avait lue. Elle était datée du début du mois de décembre 1916, Antoine y confiait son angoisse à l'approche des fêtes…

Nous terminons notre tasse de café. La mère saisit la lettre fripée et tente machinalement de la lisser. Le courrier semble lui brûler les mains.

– Une lettre pour Antoine ? demande machinalement Kolya, histoire de meubler la conversation.

– Non, c'est une lettre d'Émilien, son frère.

– Il est sur le front ?

Elle lui tend l'enveloppe décachetée.

– Lisez…

Son regard s'embue. Kolya déplie le feuillet. Je déchiffre, par-dessus son épaule, quelques mots français qui me sont familiers, les mots de tous les soldats à leur famille : « ne t'en fais pas pour moi », « ici tout va bien », « j'ai des copains dans les tranchées »…

Les mots du mensonge. Les seuls qui passent la censure. Les seuls qui évitent que la lettre soit confisquée avec la mention « Saisie pour fort mauvais esprit ».

— Des bonnes nouvelles, non ?

C'est plus une affirmation qu'une question d'un Kolya à court d'idée.

— Regardez la date… répond la mère.

— Le 18 juin.

Il y a presque un mois et demi.

— Le courrier est lent… justifie Kolya.

Elle ne répond pas, se dirige vers le buffet, ouvre un tiroir et en sort une seconde lettre, officielle celle-ci, qu'elle nous tend sans un mot. C'est un courrier daté du 28 juin 1917 qui l'informe que le soldat Émilien Casterdy de la 164e division d'infanterie est tombé au champ d'honneur le 25 juin lors de l'assaut contre la Caverne du Dragon. Sur le Chemin des Dames.

— Ce sont les gendarmes qui m'ont communiqué cette

sinistre nouvelle fin juin. Depuis, je reçois tous les quinze jours des lettres comme celle que le facteur vient de m'apporter, des lettres dans lesquelles Émilien m'affirme que tout va bien et me supplie de ne pas m'en faire…

Je ne sais pourquoi soudain j'ai honte.

Honte de me trouver là sans savoir que faire, sans savoir que dire.

Honte d'être vivant…

XXVIII

— Et pour monsieur l'ingénieur, qu'est-ce que ça sera ?

Aristide Poulaugnac esquisse le sourire gêné des faux modestes.

— Je ne suis pas ingénieur, monsieur Méù, seulement responsable adjoint des écritures…

Méù lui jette un regard en coin. Il se méfie de cet énergumène, à cause de son accent ou plutôt de son absence d'accent.

Poulaugnac est arrivé de la capitale au printemps pour prendre un poste à responsabilité dans la cité phocéenne. Depuis la déplorable affaire du 15e corps, Méù entretient une haine féroce envers la morgue de ces Parisiens volontiers donneurs de leçons.

Et il n'est pas le seul, à Marseille, à leur en vouloir !

Ici, on estime que Paris et le pouvoir central négligent la ville pour les ravitaillements. *Le Petit Provençal* a récemment prié Herriot, le ministre des Travaux publics, de se souvenir que Marseille était en France et *Le Petit Marseillais* a déploré qu'on réserve à la ville, « notoirement méridionale », un régime de défaveur spécial.

— Responsable des écritures ? Ça veut dire quoi ? s'enquiert le bistrotier, taquin.

Et sans attendre une réponse qui, en fait, ne l'intéresse pas du tout, il poursuit :

— Vous vouliez me voir, monsieur l'ingé... monsieur Aristide ?

— Oui. (Il prononce ui.) Je suis passé hier matin pour dire à votre dame que j'aimerais m'entretenir avec vous d'un sujet délicat. Mais avant, servez-moi donc un Byrrh.

— Un Byrrh ? Vous êtes sûr de vouloir boire du Byrrh ? demande Méù avec l'œil suspicieux du gars qui n'admettrait qu'une réponse négative à sa question.

Méù ne perd aucune occasion de mettre les prétentieux de la capitale en boîte. La commande d'un Byrrh par ce faux cul constitue pour lui une opportunité. L'attention du bistrotier a récemment été titillée par des remarques, certainement infondées, concernant ce vermouth : quelques malins n'ont-ils pas cru identifier, dans les signes cabalistiques figurant sur l'étiquette, juste en dessous du nom du fabricant, des informations destinées à l'ennemi ! ?

En temps de guerre, les rumeurs et les ragots vont bon train et Méù ne se gêne pas pour enjoliver la fausse information de quelques superlatifs locaux.

Aristide Poulaugnac, qui n'a jamais eu l'esprit à la plaisanterie, l'observe avec commisération. Il aimerait bien expliquer à ce plouc qu'il faut éviter d'être un peu trop réceptif aux racontars et aux âneries. Il conviendrait de lui dessiller les yeux mais ce serait peine perdue : les Marseillais sont des incultes... Ce n'est certes pas à Paris qu'on rapporterait de tels bobards... Mais il n'a pas de temps à perdre, il convient d'aller au plus pressé. Les leçons seront pour plus tard…

Il saisit son verre, lape une gorgée de vermouth et invite Méù à venir s'asseoir à une table excentrée. En milieu d'après-midi, il y a peu de monde dans la salle.

— J'ai choisi une heure creuse car le sujet est sensible et se doit d'être traité discrètement…

Méù observe avec une curiosité amusée ce petit homme pontifiant engoncé dans un costume élimé trop grand pour lui. Qu'est-ce qu'un zigoto pareil peut bien lui proposer ?

— Cinq millions, répond Aristide avant que la question ne lui soit posée.

— Cinq millions ?

Méù ouvre de grands yeux.

— Cinq millions… de francs, confirme le responsable adjoint des écritures.

Le bistrotier est sur le point d'exploser. Finie la rigolade, ce nigaud empesé n'est qu'un affabulateur au verbe léché qui lui fait perdre son temps.

Une fois de plus, Aristide anticipe :

— Je sais que cela peut paraître incroyable mais laissez-moi au moins vous expliquer…

Méù lui adresse un simple signe de tête : « Vas-y, mon coco, raconte… »

— Comme vous le savez sans doute, je suis responsable adjoint aux écritures à la Compagnie des chemins de fer de Paris à Lyon et à la Méditerranée, commence-t-il avec la voix feutrée du comploteur. Mon poste, qui n'est certes pas le plus huppé de la Compagnie, me confère cependant le privilège d'être au courant de pas mal de choses…

— Et ?

— Et parmi les informations qui me sont communiquées, je peux citer les va-et-vient de tous les chemins de fer reliant la capitale à Marseille. Et aussi leur contenu. Tous ne transportent pas que des passagers...

— Je prends jamais le chemin de fer ! grogne Méù.

Aristide boit une gorgée d'apéritif avant de poursuivre :

— Parmi les convois programmés prochainement, il y en a un qui vous intéressera forcément.

— Pourquoi ? Y aura des gagneuses à bord ?

Aristide Poulaugnac ignore le sarcasme. Il avale cul sec son Byrrh et tend le verre vide à Méù :

— Vous m'en remettez un, s'il vous plaît ?

Lorsque le patron revient prendre place face à lui, en déposant un verre plein à ras bord devant l'adjoint aux écritures, celui-ci précise, la bouche en cul-de-poule :

— Non, monsieur Méù, il n'y aura pas de gagneuses, comme vous dites, à bord mais de l'or, des monceaux d'or. Cinq millions.

Face au regard étonné de son interlocuteur, le petit homme comprend qu'il a désormais tous les atouts en main. Le bistrotier a perdu son agressivité, c'est le moment d'abattre son jeu :

— Cet or doit transiter de Paris à Marseille où on va l'embarquer pour une destination que j'ignore et dont, d'ailleurs, je n'ai que faire. Il est destiné à des achats, des achats d'armes sans doute... Vous savez, les temps sont difficiles, les billets de banque ne valent plus grand-chose, aussi l'or est-il indispensable pour ce type de transaction...

Méù abonde dans son sens d'un simple signe de tête. Il est vrai que depuis le début du conflit, les appels officiels se multiplient pour inciter les Français à vider leurs bas de laine et à échanger, pour le plus grand profit de la Défense nationale, leur or contre des billets de la Banque de France. La semaine précédente, *Le Petit Provençal* a rapporté que les Comités de l'or, qui se sont créés dans tout le pays, en auraient récupéré près de quatre cents tonnes durant la seule année 1915 !

Et ça continue…

— Vous, je vous vois venir… Vous allez me proposer d'attaquer le train. Comme dans le Far West américain…

— C'est un peu ça.

Méù prend un air désolé :

— Mais c'est pas mon métier, cher monsieur Aristide. Je ne suis qu'un modeste patron de café, moi. Allez plutôt voir les gens de Saint-Mauront, ceux de l'As de Trèfle… Ils savent faire ça, eux… Ils le font tous les jours !

— Ce sont des voyous !

— Alors que moi…

— Vous, c'est pas pareil. Je connais vos morceaux de bravoure passés avec ceux de Saint-Jean et votre sens de l'honneur. Ceux de Saint-Mauront ont sauvagement agressé ma voisine il y a deux mois pour un butin ridicule. La pauvre femme est toujours impotente. Je ne travaillerai jamais avec eux. Jamais !!! s'égosille le petit homme.

Méù réfléchit à cent à l'heure. Cinq millions… Cet abruti a bien parlé de cinq millions, non ?

— Vous pourriez m'en dire plus ?

Aristide se calme aussitôt. Le poisson est ferré.

— Certainement. Pour des raisons liées à la logistique, pas mal de personnes sont au courant de ce transfert mais bien peu en connaissent les horaires et encore moins le véritable contenu. Officiellement, ce train transporte des tenues militaires pour l'Armée d'Orient. C'est exact, excepté pour un seul wagon, celui situé juste derrière le tender. En fait, le convoi de Paris à Marseille, une fois arrivé à la gare de Miramas, n'empruntera pas la ligne régulière mais l'itinéraire de délestage mis en place il y a deux ans.

— La voie ferrée de la Côte Bleue ?

— Tout juste. Il s'agit d'éviter les guets-apens qu'ont subis certains chemins de fer en traversant les quartiers Nord.

Méù acquiesce d'un mouvement de tête. Il se souvient de l'attaque audacieuse du train de l'or, qui a eu lieu quelques années plus tôt, en février 1910 précisément, dans le quartier de Saint-Barthélemy.

— Pratiquement, vous voyez ça comment ?

Aristide Poulaugnac est fier de lui. Le bistrotier ne marche pas, il court ! Il l'a à sa botte… Voici qu'un des plus grands voyous des vieux quartiers, certainement le plus respecté de tous, l'ancien lieutenant de François le Fou, lui mangerait presque dans la main. Pour cinq millions, il est vrai…

Gonflé d'orgueil, il tend à nouveau son verre vide :

— Encore une, s'il vous plaît. Ce sera celle du patron ! ose-t-il.

Méù se lève, va au comptoir et revient en posant violemment le verre plein qui éclabousse la table. Il crache, l'air mauvais :

— Le patron ne paye la sienne qu'à ses fidèles clients. Et c'est pas votre cas. Celle-là sera pour vous, comme les autres ! On continue ?

— Bien sûr…

Le ton de l'adjoint au responsable des écritures devient tout à coup moins assuré.

— Cela aura lieu le soir du lundi 6 août. Je vous fournirai les horaires de passage du convoi spécial sur la Côte Bleue dès que nous serons d'accord.

— Dites-m'en plus…

— Je vous suggère une attaque juste avant l'arrivée à Marseille, au niveau de la gare du Rove qui est très peu fréquentée car trop éloignée du village. La loco s'y ravitaillera en eau. Il conviendra d'obstruer la voie avec des rails ou des traverses pour l'empêcher d'aller plus loin. Il s'agira d'un convoi banalisé, il n'y aura que trois ou quatre agents à bord. La petite route qui dessert la gare est très peu passante en soirée. Il vous suffira d'y garer un camion, de neutraliser les agents, de charger les caisses qui se trouvent dans le wagon accroché au tender, puis de disparaître.

— Et vous dans tout ça ? Vous gagnez quoi ?

— Dix pour cent ! affirme Aristide.

Si Méù avait toujours été un élève exécrable, il excellait dans une seule matière, le calcul mental :

— Dix pour cent de cinq millions, ça fait cinq cent mille... Putain, vous y allez pas de main morte !

— Faut bien que je paye mes Byrrh... ironise Aristide.

Méù se redresse, saisit l'homme au costume élimé par le col et l'attire vers lui violemment. Le tissu craque. Aristide prend l'haleine aillée en plein museau.

— Écoute-moi bien, face de crabe. Si ça marche t'auras cent mille et j'estime que c'est bien payé pour un gars qui prend pas de risques. Si ça marche pas, t'auras une balle dans la testasse et tu te retrouveras bouffé par les fioupelans du Vieux Port !

Ceux qui prétendent qu'on a parfois des difficultés à s'entendre ont tort. Lorsqu'Aristide quitte le Bar de Colonies, l'affaire semble bien emmanchée. Il a fourni à Méù les horaires du train : Miramas 20 h 40, Carry 21 h 30, Marseille Saint-Charles 22 h 20.

Le passage à la gare du Rove est donc prévu vers 21 h 45.

Il reste pour Méù à trouver des équipiers, des gars qui ont l'habitude des braquages. Les braquages, ça a toujours été la spécialité de la bande de Saint-Mauront, la bande à laquelle appartenaient Gu-le-Guinchou et Toni-la-Parpelle.

La voilà la solution !

Ces deux zigues échangeront bien un voyage à Bastia contre un coup de main doublé de quelques milliers de francs…

Tandis qu'Aristide Poulaugnac prend congé, Méù se sert un grand verre de rouge pour fêter ça. Il le vide cul sec en murmurant :

— À la santé du gros couillon, ce stàssi de la Compagnie des chemins de fer…

XXIX

Le Bar des Colonies est plein à craquer lorsque nous y pénétrons pour la seconde fois de la journée. Toutes les tables ont été prises d'assaut. Tout ce petit monde s'apostrophe, gesticule, crâne, fume et boit. Nous nous arrimons au comptoir tels des cargos cabossés par la tempête abordant un quai salvateur.

— Du rouge !

Kolya a raison. C'est du rouge qu'il nous faut ! Nous avons sacrément besoin de boire. Le moral n'est pas au beau fixe.

À cause d'Antoine.

Méù pose deux verres sur le comptoir.

— Alors ? Vous avez récupéré la carrée ? Vous êtes allés à Montolivet ? Vous avez pu tout faire ? s'inquiète-t-il pour la forme.

— Oui, sans problème.

Il nous observe d'un œil attentif.

— Putain, ça vous a pas réussi. Vous avez de ces tronches… plaisante-t-il.

— La fatigue, le coupe Kolya.

Le bistrotier remplit les verres à ras bord de son rouge qui tache :

— Tenez, buvez-moi ça, ça va vous aider à récupérer des forces…

— Et pour le bateau, tu as du nouveau ? demande Kolya.

Méù hoche la tête en signe de dénégation.

— Rien pour le moment. La semaine prochaine, je vous ai dit…

— Tu nous laisses la bouteille ?

— Bien sûr.

Une table se libère au fond de la salle. Les tirailleurs sénégalais ont vidé leurs verres de rhum et se lèvent en titubant. Ils vont sortir dans l'humidité de la brume du soir pour remettre leurs idées en place et passer un moment avec les dames si accueillantes de la rue Bouterie.

Kolya s'empare du litron et nous nous attablons.

— Toussaint n'est pas là, me chuchote Kolya. Un de ces jours, j'en parlerai à Méù, mais pas aujourd'hui… C'est trop tôt.

Trop tôt… En fait, il n'a pas vraiment le cœur à ça. Et puis, nous avons une bouteille à vider. Je redoute les jours à venir, dans l'attente de notre départ pour le Moyen-Orient. Sûr qu'ici, nous allons passer notre temps à picoler, à nous enivrer pour oublier.

Oublier les images des corps démembrés, les râles interminables des agonisants.

Oublier Antoine qui n'a trouvé la solution à son problème que dans le suicide.

Oublier que nous ne saurons jamais ce qui s'est passé

dans la nuit du 21 avril de l'année précédente.

Oublier que nous perdons un temps précieux en attendant un hypothétique navire qui ne viendra peut-être jamais…

Depuis notre retour de Montolivet, nous voyons tout en noir.

Kolya commande une seconde bouteille. Je ne fais rien pour l'arrêter. L'alcool est bien un remède miracle…

— Je crois qu'il vaut mieux être bourré pour espérer pouvoir trouver le repos et roupiller dans notre charmante chambrette sous les toits, entre les rats et les poux ! plaisante enfin Kolya.

— Vaut mieux s'y habituer. On n'est pas encore partis !

— Ça me rend dingue… On perd notre temps dans ce bouge à se saouler la gueule pendant qu'à Petrograd… peste-t-il sans terminer sa phrase.

C'est à moi de lui remonter le moral.

— Pourquoi se résigner ? Il n'y a pas qu'Augustin à Marseille. On pourrait quand même aller se renseigner dans les autres cafés, non ?

Kolya accepte ma proposition d'un hochement de tête.

Les autres cafés…

Nous quittons le Bar des Colonies. En fait, il y a beaucoup de bars dans le quartier. Beaucoup trop. Je n'en ai jamais vu autant.

Nous voguons d'un estaminet à l'autre. Ici, un verre de blanc, là un verre de rouge… « Vous ne connaîtriez pas le capitaine d'un cargo qui lèverait prochainement l'ancre pour le Liban ou la Syrie ? » C'est toujours la même question et la même réponse : « Là, je sais pas… Repassez demain, peut-être qu'il y aura du nouveau… »

Peut-être ou peut-être pas.

Alors on écluse nos verres, on paye et on se met en

quête du comptoir suivant qui n'est jamais très loin, une dizaine de mètres tout au plus… Une interminable balade au rythme des vieux pianos mécaniques qui grincent des ritournelles populaires. Parfois, des clients, encore plus avinés que nous, reprennent les refrains en chœur. Ça leur donne cette impression de fraternité qui réchauffe le cœur et l'esprit et fait du bien à l'âme.

— On ne trouvera rien ce soir… reconnaît Kolya au bout de la sixième ou septième visite. Si on allait plutôt voir les filles…

Les filles…

À quoi peut-on penser d'autre dans ces ruelles hantées par des hétaïres de toutes les couleurs et de tous les âges qui n'hésitent jamais à dévoiler impudiquement les aspects les plus intimes de leur anatomie ? Ces venelles sont imbibées d'odeurs de rut et de fornication, alors forcément, au bout d'un moment, on cède à l'ambiance…

Je réponds :

— Pourquoi pas, mais pas ici…

Inutile que je précise davantage… Les putains de la rue Bouterie sont trop vieilles, trop moches, trop crades… Même si nous ne sommes pas riches, nous avons quand même assez d'argent pour espérer mieux.

Un matelot, qui a surpris notre hésitation, nous conseille de nous rendre « Chez Odette ». Il en sort, apparemment ravi.

— C'est le meilleur bordel de la ville… Sûr que c'est un peu plus cher que chez les radasses, mais les pensionnaires, elles valent drôlement le coup ! s'enthousiasme-t-il.

N'est-il pas un rabatteur comme il y en a tant dans le quartier ?

Qu'importe…

Va pour Odette.

On avisera sur place.

Il nous indique l'itinéraire. Malgré l'heure tardive, la rue de la mairie et la rue de la Loge pullulent encore de mâles qui déambulent lentement à l'affût d'un instant de plaisir au meilleur tarif. Ils prennent leur temps pour choisir leur femelle d'un soir, veulent se donner un air nonchalant en fumant cigarette sur cigarette. Ils soufflent de longs nuages de fumée bleutée vers le ciel noir en dévisageant ces dames. Des putes du troisième âge tapinent sous les lumières criardes qui teintent leurs visages osseux d'inquiétantes teintes verdâtres ou bleuâtres. Elles nous interpellent et nous adressent d'épouvantables œillades pour nous attirer dans leurs loges miteuses.

Nous longeons des ruelles étroites, bordées de masures aux façades décrépites qui furent jadis des demeures aristocratiques, voire des palais. Les portes sont ornées de blasons sculptés dans la pierre mais leurs murailles ne tiennent debout qu'à grand renfort d'étais.

La Reynarde, séparée de l'hôtel de ville par la rue de la prison, offre un spectacle très différent. C'est ici que se trouvent les belles maisons.

Nous passons devant des établissements aux enseignes évocatrices : À la lune, Au chat noir, New-House, Rebecca… Parfois, nous entrevoyons l'intérieur des immeubles où des pensionnaires dansent lascivement au son du piano mécanique tandis que d'autres, plus que légèrement vêtues, attendent le bourgeois sur des banquettes de moleskine.

J'aperçois enfin l'enseigne de Chez Odette. C'est modeste et ça manque de couleurs.

— C'est là !

— Tu crois ?

Kolya hésite. C'est pourtant bien l'adresse indiquée.

— Ce salaud de matelot nous a trompés ! s'énerve-t-il.

Faut avouer que la bâtisse n'est guère engageante avec ses murs fendus et rafistolés, soutenus eux aussi par d'énormes madriers, sa façade lépreuse et son trottoir suintant une crasse humide, malodorante.

Je le sens hésitant :

— On y est. On y va ? dis-je pour le décider.

— Oui, on y va !

J'avais raison d'insister. Une fois à l'intérieur, on oublie les abords déprimants. Le matelot n'avait pas tort : c'est une maison joyeuse, bruissant de rires et de chansons, où tous les fils un peu friqués de notre pauvre monde semblent s'être donnés rendez-vous pour dépenser leurs économies avec des jeunettes parfumées.

Il y a là toutes les teintes de peau imaginables, du noir au roux, du jaune au blanc… Outre le voyageur et le baroudeur, on y croise de l'autochtone, du parvenu infatué et grassouillet de la rue Paradis, de l'avocat et du médecin. Les notables, ceux qui appelaient de tous leurs vœux cette belle guerre revancharde, viennent s'y encanailler et assouvir leur virilité défaillante entre les cuisses des gamines tandis que leurs jeunes compatriotes se font trouer la paillasse sur le front.

La guerre, il y a toujours eu ceux qui la souhaitent, ceux qui en tirent profit et ceux qui la font. Ce sont rarement les mêmes…

Ici, on est là pour le plaisir.

Ici, la guerre n'a pas droit de cité, la guerre n'existe pas.

Les filles minaudent. À peine vêtues d'un pyjama rose bonbon, d'une nuisette vaporeuse, d'une robe longue échancrée ou d'un déshabillé de dentelle noire, elles virevoltent autour des mâles congestionnés. De temps à autre, un couple désaccordé – vieux gentillâtre bouffi et jeune biche offerte – emprunte l'escalier pour que monsieur s'offre un brin de jeunesse dans une des chambres qui donnent sur la mezzanine.

Nous nous immergeons dans cette atmosphère libertine et insouciante en commandant deux romaines* et en nous attablant près de la scène. Mon regard s'égare sur ce spectacle chic des vieux quartiers. Ici, on tâte une cuisse, là on caresse un sein, plus loin, on aventure ses doigts fripons vers les paradis humides et chaleureux des demoiselles aux gloussements artificiels. Sur une estrade, entre deux airs populaires joués au piano, un comique troupier local entonne des rengaines plutôt égrillardes, « L'habit à papa » ou « Elle avait un chien », qui déclenchent les rires en cascade.

C'est la fête… La noce…

Ainsi, il existait une autre vie que celle qu'on traînait comme un boulet dans les cloaques d'Auberive et de Courcy…

Kolya a raison, il faut détruire ce monde obscène pour en construire un autre. Mais on remettra ça à plus tard. Je sens l'alcool me monter à la tête. Le vin rouge, le vin blanc, le rhum… Tout ce mélange dilue les grandes idées et incite à l'indolence.

J'observe du coin de l'œil quatre barbichons qui monopolisent une table du fond et discutent avec de grands gestes de la main en vidant des verres de fine à l'eau. Je leur trouve de sales gueules. Ils sont grands et minces, le teint mat, la face émaciée, les pommettes saillantes et l'œil noir. Le plus grand semble être le patron de la boîte. Il porte un costume marron, un foulard jaune qui lui donne un teint olivâtre, maladif, et des chaussures vernies.

Ils sont jeunes, le plus vieux a tout au plus quarante ans.

Je chuchote à l'oreille de Kolya :

*La romaine est du rhum allongé de limonade.

— Toussaint est parmi eux ?

— Non, il est moins classieux, le Toussaint… se contente-t-il de répondre.

Les quatre marlous paraissent indifférents aux va-et-vient des filles, même si de temps à autre, ils reluquent la joyeuse assemblée, histoire de vérifier que leurs gagneuses ne perdent pas de temps en bavardages inutiles.

— Oh, Kolya, tu dors ?

— Non, non…

Kolya n'est plus là. J'ai cru un instant que c'était l'effet de l'abus d'alcool mais ce n'est pas ça : le bougre est obnubilé par la fille assise au bout de canapé, face à nous. Une jeunette qui paraît timide, un peu gauche et visiblement mal à l'aise dans un fourreau de satin rouge trop étroit. C'est comme si elle s'était égarée dans ce lieu de perdition. Pourtant, ce n'est pas une cliente. D'ailleurs il n'y a pas de cliente ici, Odette ne reçoit que des messieurs !

La fille est accompagnée d'une femme plus âgée aux airs de gitane. Avec son visage anguleux et marqué, sa peau sombre, ses longs cheveux noirs huilés et ses créoles en or, j'imaginerais davantage la Tzigane dans une roulotte, en train de dire la bonne aventure, que dans ce bastringue.

— Son chaperon ?

Kolya ne répond pas. M'entend-il seulement ?

Oui, c'est son chaperon. Une ancienne putain, une habituée de la Fosse depuis des lustres, reconvertie dans la formation des « petites ». C'est elle qui enseigne aux nouvelles recrues, des oies blanches souvent venues du fin fond de la campagne, l'art de satisfaire les désirs plus ou moins tordus des mâles.

— Une traînée, cette vieille salope… crache finalement Kolya pour toute réponse.

C'est sûr qu'il déteste d'emblée la vieille peau à qui on ne donnerait pas un seul kopeck pour la plus excitante des caresses.

La fille empruntée s'appelle Lola. Elle esquisse un sourire un peu triste lorsque, après avoir avalé sa troisième romaine, Kolya ose l'aborder.

Oui, elle est là pour le turbin…

Quinze francs.

C'est cher, mais il ne discute pas le prix et la suit aussitôt au premier étage.

Pas question que je l'attende sagement à me beurrer en vidant des romaines ou des fines à l'eau. J'ai moi aussi sacrément besoin de caresses, d'étreindre le corps chaud d'une fille, de l'entendre frémir contre moi, de sentir vibrer la vie après avoir si longtemps côtoyé la mort.

Ici, il y a le choix. Je prends mon temps… Je préfère les filles aux attaches solides, à la peau brune. J'en aborde une qui porte un caftan coloré, une Algérienne sans doute. Elle s'appelle Soraya, enfin c'est ce qu'elle prétend… J'aime bien ces filles épicées, au regard noir, qui poussent sur les rives de la Méditerranée. Ça change un peu des blondes Moscovites, d'Irina…

Irina…

Je l'ai un peu – beaucoup ? – oubliée celle-là…

Paradoxalement c'est le corps souple de Soraya qui me la rappelle. Sa peau est chaude, soyeuse, infiniment douce. Je m'allonge près d'elle, m'abouche à ses seins puissants aux larges aréoles foncées, mes doigts courent sur son sexe brun, éclos comme une fleur vénéneuse sous l'épaisse toison noire et, tandis que le parfum musqué et frémissant de la fille m'envahit, je ferme les yeux.

C'est la poitrine laiteuse d'Irina qui durcit sous ma langue, c'est son sexe timide et blond qui s'offre à mes doigts. Je prends soin de garder les paupières closes tout le reste du temps pour ne pas perdre cette vision. Soraya ne comprend certainement pas mon attitude mais elle n'est pas là pour se poser des questions, elle fait son boulot, c'est tout. Je m'étends sur le dos et offre mon corps à ses mains et sa bouche. Elle besogne avec application et se montre nettement plus inventive et effrontée en amour qu'Irina, mais qu'importe, c'est avec Irina que je jouis…

Nous quittons le bordel au milieu de la nuit. Je suis encore troublé par ce coït par procuration tandis que Kolya gambade comme un cabri, tout émoustillé. Le moral des troupes est de retour ! Tant mieux. Il passe son bras sur mes épaules et me parle sans cesse – comme d'habitude – non plus de révolution mais de Lola.

— Tu sais, Rotislav, j'aimerais bien l'emmener.

— L'emmener où ?

Je redoute sa réponse.

— À Moscou. Avec nous.

C'est bien ce que je craignais. Je fais un effort pour ne pas m'opposer frontalement à cette idée stupide.

— Tu le lui as proposé ? Qu'est-ce qu'elle t'a dit ?

— Ben non… Je ne lui en ai pas parlé. On avait autre chose à faire…

Son sourire est riche de sous-entendus.

— Sûr…

Je ne le relance pas sur le sujet. J'essaye surtout de rester dans la magie du moment que je viens de vivre.

Nous cheminons en silence, descendons la rue Reynarde. Les affreuses sont toujours là… Kolya a bu. Comme moi. Beaucoup trop pour garder l'esprit en éveil. Le vin lui est monté à la tête, il vient de baiser après une longue période d'abstinence. Il en a pincé pour la première fille qu'il a tenue dans ses bras… Rien d'anormal à tout ça… Ne me suis-je pas égaré, pour ma part, dans des espaces chimériques ?

En d'autres circonstances, je lui aurais dit qu'il était fou…

Mais je la boucle, cela ne servirait à rien. Il est évident qu'il oubliera cette pute après une nuit de repos. Je ne me souviens déjà plus très bien, moi-même, du visage de Soraya. C'est Irina qui est revenue m'obséder. Pourquoi ?

Nous en avons sans doute trop fait aujourd'hui…

Cette Lola a eu au moins un avantage, elle a libéré Kolya de son obsession du retour en Russie. Il pense enfin à autre chose… Mais pour combien de temps ?

Nous longeons le port pour regagner la rue de la République et notre taudis perché là-haut, sous les toits.

Le chemin est long et pénible. Nous dérapons sans cesse sur le pavé humide, croisons des hordes de rats qui courent les poubelles. Nous nous accrochons l'un à l'autre, titubons parfois, mais toujours en silence tant nous sommes incapables d'entamer une conversation qui nous demanderait trop d'efforts…

XXX

Vendredi 3 août

On se bouscule dans la salle du Bar des Colonies. Une affluence étonnante pour une fin de matinée… Des groupes de jeunes gens surexcités, manifestement des permissionnaires, sont venus s'y rincer le gosier.

— C'est des Corses. Y a un départ en bateau pour Ajaccio dans une heure… nous révèle Méù en nous servant d'autorité un verre de rouge.

Kolya a l'air ailleurs. Il m'a bassiné toute la matinée avec la fille, mais cette fois-ci avec un sérieux dénué d'enthousiasme. Il a perdu le ton joyeux et enfiévré de l'avant-veille au soir, d'après sa rencontre avec Lola. Il est grave et triste, et je n'aime pas ça.

Tout compte fait, je le préférais tourmenté par sa révolution !

Il a passé la majeure partie de la journée d'hier chez

Odette et faut voir le fric qu'il y a laissé ! Adieu, les petites économies patiemment amassées…

En plus de ça, moi, je la sens pas, son histoire.

— Ça tombe bien que vous soyez venus de bonne heure… reprend Méù. Augustin ne devrait pas tarder. Il va passer prendre l'apéro…

— Augustin ? demande Kolya en se tournant vers moi.

Méù ouvre de grands yeux qui le fusillent :

— Augustin ! Tu te souviens déjà plus, bordel ! Augustin, le capitaine du *Mechref*, le cargo qui fait la navette avec Beyrouth et…

Je le coupe avant qu'il ne s'énerve :

— Bien sûr qu'on s'en souvient, Méù, et encore merci. C'est une très bonne nouvelle. Nous avons hâte de le rencontrer…

Un groupe de tirailleurs sénégalais entre à son tour. Des yeux ronds et de grands sourires d'ivoire sous le fez rouge prolongé d'un pompon bleu. Les derniers que j'ai vus sur le front, c'était sur le Chemin des Dames, le soir de l'offensive. Ils étaient dans un tout autre état… Nivelle avait clamé vouloir « ne pas ménager le sang noir pour conserver un peu de sang blanc ». Ah, il en a eu pour son argent, ce boucher : les Allemands ont réduit en charpie ces grands enfants venus d'Afrique…

Ils n'ont vraiment pas supporté le climat de l'Aisne, nos amis tirailleurs : sur les quinze mille engagés, plus de six mille sont morts dans la seule journée du 16 avril !

Et cela n'a même pas épargné le sang blanc !

Ceux-là rient et plaisantent en commandant à boire.

— Ils arrivent du front ou ils y vont ? je demande à Méù en connaissant déjà la réponse.

— Ils y vont, me répond-il laconiquement. Ils viennent tout juste de débarquer…

Je m'en doutais. Ceux qui arrivent des tranchées ont perdu la candeur de leur regard et n'auront certainement jamais plus le cœur à rigoler.

Nous en sommes à notre deuxième verre de rouge lorsque le fameux Augustin se pointe, tel un pacha. Ici, il est chez lui ! On le fête et on plaisante. Il s'arrête à toutes les tables pour saluer l'un ou l'autre. Le gars a une bonne face rondouillarde et rougeaude sous une crinière rousse et frisée. Méù nous présente et croit bon d'ajouter :

— Augustin est un rouquin irlandais, précise-t-il en pouffant.

— Triple idiot, je suis d'ici, moi ! De la Joliette ! Mais j'écarte pas l'hypothèse que ma mère ait pu avoir quelques faiblesses pour un marin britannique !

L'accent est indubitablement marseillais. Il rit franchement et commande une Suze. Manifestement, Méù lui a déjà parlé de nous et de notre désir de rejoindre le Liban puisqu'il nous apostrophe :

— Alors, c'est vous qui voulez rallier Beyrouth ?

— C'est possible ?

— Oui, tout est possible. Le problème, c'est de réussir à se faufiler entre les torpilles…

Là, il nous sert un discours, ou plutôt une ode funèbre, sur le tribut payé par la marine marchande à la guerre. Et il connaît sa partition, le bougre !

— Ah, on peut dire qu'on a morflé cette année ! En février, l'*Athos*, des Messageries maritimes est coulé près de Malte alors qu'il a quitté la mer de Chine et vogue vers Marseille. Il était escorté par deux contre-torpilleurs et une canonnière mais apparemment ça n'a pas été suffisant : le sous-marin allemand U-65 n'a eu besoin que d'une torpille pour l'envoyer au fond !

Le ton dramatique du capitaine attire une foule de

curieux. Ici, on aime les histoires venues de la mer. On s'amoncelle autour de l'orateur qui, ragaillardi, en rajoute et emploie le présent pour donner plus de corps au récit :

— L'*Athos*, 754 morts… Au mois de mars, le cuirassé *Danton* quitte Toulon pour Corfou où il n'arrivera jamais à cause des deux torpilles de l'U-64. Zing et zing ! 300 morts… Méù, tu me remets ça ? réclame-t-il en se retournant vers le comptoir.

— Mais alors…

Augustin interrompt l'importun, un maigrichon vêtu d'un bleu de chauffe, d'un geste sec de la main :

— Laissez-moi poursuivre, bordel ! Où en étais-je ?

— En mars ! répond un docker qui s'est glissé au troisième rang.

— Donc passons au mois d'avril…

Je croise le regard de Kolya qui affiche enfin un sourire, le premier de la journée, et me souffle :

— Faut le laisser raconter ses salades, sinon il risque de se cabrer.

Je ne réponds pas. Je suis surtout heureux que Kolya sache encore plaisanter.

— En avril, le paquebot *Sontay*, un paquebot des Messageries maritimes qui arrive de Salonique et transporte des militaires en permission, hérite d'une torpille de l'U-33 malgré la présence à ses côtés de deux canonnières. Boum ! 50 morts. En mai…

— En mai, fais ce qu'il te plaît ! plaisante le maigrichon en bleu de chauffe.

Augustin se contente de soupirer avant de poursuivre :

— En mai, le paquebot *Medjerda*, qui fait la ligne Oran-Port-Vendres est torpillé par un sous-marin non identifié. Splash ! 360 morts. Toujours en mai, le paquebot anglais *Transylvania*, reconverti en transport de troupes, quitte Marseille pour Alexandrie escorté par deux destroyers japonais. Il est torpillé au large de Savone. Chlouch ! 400 morts.

Il se rapproche de nous, tournant le dos aux curieux pour leur signifier que ce qu'il lui reste à dire ne les regarde pas.

— Alors, mes amis, j'ai vraiment pas envie que le *Mechref* vienne grossir cette liste macabre !

— Moi non plus...

J'ai lâché ça sans réfléchir... Je me souviens rétrospectivement de notre frousse sur le *Latouche-Tréville* lorsque, un peu avant notre arrivée à Marseille, la rumeur a couru qu'un sous-marin allemand nous poursuivait.

— Nous avons bien compris votre crainte mais nos questions sont simples : on part quand et combien ça coûte ?

Kolya se réveille enfin. Mieux vaut tard que jamais.

— Vendredi. Je pars vendredi prochain, répondit Augustin, surpris par le ton ferme de mon ami. Et ça vous coûtera 500 francs chacun.

Vendredi, ça nous laisse une petite semaine. Le problème, c'est que nous n'avons pas, ou plutôt nous n'avons plus, 500 francs d'avance.

— Et si nous bossons à bord ? s'enquiert Kolya.

— C'est possible, répond Augustin, mais je vous avertis que ça sera pas de tout repos. Dans ce cas-là, je vous fais le voyage à 200 francs.

— 200 francs, c'est exagéré... remarque Kolya.

Les tractations débutent. On s'accorde finalement sur 150 francs par tête mais ça ne résout pas pour autant notre problème d'argent car, une fois arrivés à Beyrouth, il nous faudra rejoindre Moscou ou Petrograd. Et le trajet est un peu trop long pour qu'on le fasse à pied !

Mais à chaque jour suffit sa peine...

Une fois l'affaire conclue, Augustin trépigne, il a hâte de quitter les lieux :

— Je suis déjà en retard car je dois rendre visite à une ou deux fiancées, nous confie-t-il avec un œil brillant de malice.

— Une femme dans chaque port… s'amuse Méù.

— Quelquefois davantage… le reprend Augustin en étouffant un rire.

Avant de sortir, le capitaine se retourne vers nous :

— Bon, les gars, si on se revoit pas entre-temps, rendez-vous le vendredi 10 août, au lever du jour sur le quai. On quittera le port à six heures pétantes et que ce soit clair : soyez à l'heure car on attendra dégun !

Il est deux heures passées à la grosse horloge du bistrot qui retarde systématiquement d'un petit quart d'heure. Les Corses sont partis s'embarquer pour Ajaccio. Les tirailleurs sénégalais – des natifs du Sénégal mais aussi du Soudan, de la Haute-Volta ou de la Côte d'Ivoire – découvrent le pinard local et m'ont l'air passablement éméchés.

J'ai une pensée émue pour ces garçons qu'on vient d'arracher à leurs villages africains. Je voudrais leur crier de rentrer chez eux, même à la nage, de fuir ce front où d'infâmes généraux, tel ce Mangin surnommé par les polémistes « le général qui broie du noir », attendent de pied ferme ces « sous-hommes » pour les expédier au casse-pipe.

Mais je ne leur dis rien…

Près du comptoir, une bagarre éclate entre un groupe d'Arabes, des spahis ou des tabors en permission ou en cours d'acheminement vers le front, et un des marlous corses qui jouaient au rami. Je comprends que c'est au sujet d'une fille de la Fosse que les militaires auraient maltraitée. On se bat souvent pour une fille dans les vieux quartiers…

Méù a l'habitude... Il intervient énergiquement et pousse tout ce petit monde dans la rue.

Le regard de Kolya s'assombrit. Ça doit lui rappeler de mauvais souvenirs, ceux de cette soirée où, avec Slava, ils étaient venus courser la gueuse.

Une soirée qui a mal fini.

Il y a si longtemps de ça...

Kolya regrette-t-il de ne plus avoir cherché à retrouver Toussaint ? Sans doute pas. Il me paraît avoir totalement oublié ce qui était, pour lui, si important lors de notre retour à Marseille.

La porte du bar est restée entrouverte. Au-dehors, malgré la canicule, ça tapine dur. Les paillasses doivent puer la transpiration. Ces dames attendent le coucher du soleil avec impatience. Le soir, la brume marine apporte une humidité qui rend l'air plus respirable et la rue se peuple d'une multitude d'ombres – les silhouettes des clients – plus à l'aise dans la nuit que dans la lumière du jour.

Je ne peux retenir un rictus lorsque les deux clans de bagarreurs s'éloignent vers le fort Saint-Jean : on ne reverra certainement plus jamais les Arabes dans les parages...

Au comptoir, Méù a suivi nos échanges avec Augustin et notre marchandage d'une oreille distraite. Il a pigé que question fric, nous sommes un peu à court.

— Écoutez-moi, tous les deux... Si vous avez un moment, j'aimerais bien que vous partagiez mon repas...

Je comprends qu'il ne nous invite pas uniquement pour nos beaux yeux. Il a certainement une proposition à nous faire...

Une proposition honnête ?

Ça, j'en suis moins sûr !

XXXI

Méù dîne toujours à la même heure, après le coup de feu de l'apéro. Vers deux heures deux heures et demie, il s'installe toujours à une table excentrée, loin du comptoir. Il m'a avoué qu'il trimait comme un malade et entendait suffisamment de conneries – c'était son mot – toute la sainte journée pour avoir le droit de manger tranquillement. Pourtant, il demande à Mina de dresser la table non pas à l'emplacement habituel mais dans l'arrière-salle. Ce qu'il a à nous raconter doit être vraiment très confidentiel.

Avec Kolya, nous prenons place face à lui tandis que Mina pose sur la table une bouteille de vin blanc et un poêlon en terre cuite fumant et odorant.

Méù nous demande de tendre nos assiettes et nous sert avantageusement :

— C'est des provençaux, pas des marseillais. Je préfère les provençaux, les paquets sont plus petits et…

Il rentre dans une longue explication afin d'étayer la justesse de son choix. Ça reste pour moi confus et sans grand intérêt. Mais qu'importe son discours, ce plat est excellent, même si Kolya mange lentement du bout de la fourchette, sans grand appétit.

— Oh, ils te plaisent pas, mes pieds paquets ? C'est parce que c'est des tripes de mouton que tu fais le délicat ? l'interpelle Méù.

— C'est pas ça, je pensais à autre chose…

Il pense à Lola, c'est sûr ! Il a toujours cette fille dans la peau. Méù l'ignore, il n'a deviné que nos problèmes de fric.

— Vous avez besoin de pèze, les gars ? s'enquiert-il.

— Oui, c'est un peu ça, répond machinalement Kolya.

— C'est ce que j'ai cru comprendre tout à l'heure quand vous avez discuté avec l'Augustin. Je veux pas me mêler de vos affaires mais ça peut s'arranger. C'est d'ailleurs pour ça que je vous ai proposé de manger un bout avec moi.

— Tu attends quoi de nous ?

Il nous sert un grand verre de vin blanc. Il incline sa tête pour nous regarder par en dessous.

— Je vais tout vous expliquer mais quelle que soit votre décision, tout ce qui se dit ici restera entre nous, d'accord ?

On est d'accord.

Je trempe mes lèvres dans le vin. Un vin frais et minéral. Excellent. Je suis curieux d'entendre la suite.

— J'ai un petit job à vous proposer. Deux heures de boulot bien payées. Cinq mille francs chacun…

Cinq mille francs ? Sans être une fortune, c'est quand même une jolie somme qui nous permettrait de rejoindre le pays sans encombre.

Sa proposition tombe à pic, mais il y a sûrement un truc pas très clair là-dessous.

— C'est bien payé pour deux heures de travail, je relève. Il faut tuer qui pour ça ?

Méù hausse les épaules.

— Dégun. Vous tucrez dégun, les gars. Je vais vous expliquer…

Et là, tout en dégustant les pieds paquets – il nous a signalé qu'on dit pieds paquets plutôt que pieds et paquets –, il nous détaille son projet d'attaque d'un convoi ferroviaire sur la voie de délestage de la ligne Miramas-Marseille. Il tient le tuyau d'un gars en qui il a toute confiance, un ponte de la Compagnie des chemins de fer de Paris à Lyon et à la Méditerranée.

— Le job sera pas compliqué pour vous : il s'agira de transporter des caisses d'un wagon à un camion garé sur la route, en contrebas du convoi. C'est pas dangereux mais je vous cache pas que c'est illicite. D'où le prix de votre intervention.

— Et elles contiennent quoi ces caisses ? demande Kolya.

— C'est un secret, je peux pas vous le dire. Moins vous en saurez, mieux ce sera…

Il n'a sans doute pas tort.

Un autre aspect m'inquiète :

— Les gars qui se trouvent à bord du train…

— Ouais ?

— Ils seront armés ?

— C'est possible, mais ils ne seront pas nombreux et vous n'interviendrez que lorsque nous les aurons mis hors d'état de nuire.

— Vous allez les descendre ?

Il avale une gorgée de blanc et me regarde dans les yeux :

— J'espère bien que non mais je préfère te le dire tout de

suite : s'il le faut, oui ! Mais je vous rassure, les gars, je suis persuadé que nous réussirons le coup sans verser une goutte de sang.

— Et pourquoi donc ?

Sa certitude semble irriter Kolya. Méù lui répond calmement :

— Parce qu'ils vont être tellement surpris par l'audace et le côté spectaculaire de l'attaque qu'ils n'auront même pas le temps de riposter. Ils n'ont pas l'habitude. Ils déposeront leurs armes dès qu'on leur enverra un ultimatum. C'est ce que nous a affirmé le directeur de la Compagnie qui nous a vendu l'affaire…

Notre hésitation est palpable. Ce braquage peut finir dans un bain de sang. Et du sang, nous en avons déjà vu beaucoup sur le front. Beaucoup trop.

Méù perçoit notre indécision.

— C'est une affaire mûrement préparée, avance-t-il afin de nous convaincre. Ça se passera dans la colline… Un endroit désert, juste avant l'arrivée à l'Estaque. Le train devra s'immobiliser car nous aurons bloqué la voie avec des traverses. J'aurai quelques gars avec moi. Vous nous laisserez faire jusqu'à ce qu'on ait les agents de la Compagnie à notre merci. Tout est calé : j'ai un camion à plateau et à ridelles, un FX Renault de 25 chevaux. J'ai aussi une voiture, une Renault AG, qui vous emmènera sur les lieux et vous ramènera ici après l'opération.

J'essaye d'emmagasiner et de classer toutes ces infos. Comme nous ne réagissons pas, il enfonce le clou :

— Je sais que vous avez besoin de ce blé pour retourner dans votre pays. Vous y allez pour participer à la révolution ?

— Sans doute, affirme Kolya. Mais pourquoi faire appel à nous ? Le quartier grouille de gars sans doute plus compétents pour ce genre de…

— Tss tss, le coupe Méù. C'est vrai que le quartier regorge de voyous. J'en ai recruté quatre pour l'attaque mais je ne fais guère confiance aux autres… Et puis, vous, vous allez bientôt quitter Marseille, partir loin pour ne plus revenir… C'est un gage de discrétion.

Ce n'est pas faux. Nous attendons la suite. Méù n'a rien perdu de nos conversations autour d'un verre de rouge. Il a compris notre engagement et sait parfaitement l'exploiter :

— Alors, sautez sur l'occasion ! L'argent que nous allons subtiliser est celui des banques. Votre révolution est dirigée contre les banques, non ? C'est pas la paye des ouvriers ni la solde des militaires qu'on va piquer, c'est du fric des riches qui est destiné à d'autres riches ! Écoutez, si vous êtes d'accord, je vous donne 500 francs chacun immédiatement et le solde une semaine plus tard.

— Une semaine… après l'attaque ?

— Ouais, c'est ça… Ça pose un problème ?

— Plutôt. Tu nous dis que l'attaque est prévue pour le 6, or nous quittons Marseille vendredi prochain, le 10.

— Putain, ça veut dire qu'il vous faudrait le fric avant ?

— Tout juste.

Apparemment, ce n'est pas évident pour lui. Il n'aura certainement pas fourgué le contenu du wagon d'ici-là mais il tient absolument à avoir notre aval au plus tôt. Je l'imagine tenu par les délais : nous sommes le 3, l'attaque doit avoir lieu le 6 et il lui serait sans doute difficile de trouver en si peu de temps deux autres gars de confiance pour exécuter ce boulot.

Il a donc besoin de nous. Avec nous, il est tranquille : dans sept jours, nous quittons Marseille et personne n'entendra plus jamais parler de nous.

Il grimace :

— Je vais me débrouiller pour vous payer le 9 au soir.

Sûr que Méù doit avoir un peu de fric de côté. À son âge, il a dû garnir confortablement son bas de laine.

J'en profite pour lui soutirer un petit supplément :

— Écoute, en ce qui nous concerne, c'est d'accord sous réserve d'un petit bada. Je crois que c'est le mot que vous employez à Marseille…

Il fronce les sourcils.

— Un bada ? Quelle idée… Un bada de combien ?

Je cherche le regard de Kolya avant de lancer :

— Mille balles…

— Putain, les gars, vous y allez pas de main morte ! grogne-t-il.

Avec Kolya, nous l'observons sans répondre. Il est coincé par les délais et a dû sentir notre détermination.

— Bon, ça va, accepte-t-il. On marche comme ça… Cinq mille chacun dont cinq cents de suite et le reste, plus les mille balles, le 9 au soir, la veille de votre départ. Et pas d'entourloupes, les gars, sinon…

Il fait un geste en baladant son pouce sur sa gorge – ça doit tenir du rituel chez lui après toute transaction – puis il tire une grosse liasse de sa poche et nous refile cinq cents balles chacun.

— Allez, on trinque !

Le ton est plus détendu lorsqu'il emplit généreusement nos verres.

Un petit job sans risque avec quelques milliers de francs à la clé, ça a de quoi nous rendre optimistes pour la suite. En plus, c'est du fric de riches…

Petrograd, tiens-toi prête, on arrive !

Je ne sais pas pourquoi, le vin blanc – du vin de Cassis, tient à préciser Méù – ne m'a jamais paru aussi bon…

XXXII

Lundi 6 août

Méù pilote la Renault AG de main de maître, il se faufile dans les ruelles encombrées, évite les charrettes et les gosses qui dévalent les traverses au pas de course, klaxonne parfois (mais je crois que c'est uniquement pour le plaisir !), débouche enfin face à la cathédrale de la Major et file le long des quais.

J'ai grimpé à son côté tandis que Kolya prend ses aises sur la banquette arrière. Méù a donné rendez-vous aux autres à la sortie de la place de la Joliette, au niveau des anciennes infirmeries.

— Tout est cadré. Ils seront là à huit heures et demie, nous affirme-t-il en garant sa voiture le long du trottoir.

Il sort sa montre à gousset :

— Il est… Il est 8 h 20…

Je ne l'entends pas. Mon regard reste rivé sur la montre, une superbe montre en or avec un joli monogramme gravé. C'est ce dernier qui me sidère, il est formé de trois lettres enchevêtrées, trois lettres de l'alphabet cyrillique, le B, le H et le Γ. Un monogramme formé par les initiales de Vladimir Nikitovitch Glazov. J'ai déjà vu cette montre, elle faisait partie des bijoux dérobés par Slava lors de son dernier cambriolage à Moscou, celui qui a mal tourné.

Ce bijou était, selon ses dires, la plus belle pièce du butin qu'il nous avait présenté avec une fierté un peu contenue à cause de la mort de Glazov. C'était juste avant notre arrivée à Marseille. Quelques jours plus tôt, il avait dévoilé son forfait à Kolya, puis il avait tenu à nous en informer, Iouri et moi. « Au nom de l'amitié » avait-il prétexté.

Une boule obstrue ma gorge.

Je m'efforce pourtant de lancer, avec un enthousiasme feint :

— Ouahou ! T'as une montre sublime !

— N'est-ce pas ? se vante Méù qui me la tend pour que je puisse l'examiner à loisir.

Pas de doute, c'est bien celle de Slava, ou plutôt du vieux Glazov. Je jette un œil sur la banquette arrière, Kolya ne s'est aperçu de rien, il est ailleurs.

Je m'efforce de questionner Méù :

— C'est une affaire ? Tu l'as achetée à un client ?

— Sans doute… En fait, je me souviens pas… Tu sais, chez moi, ça rentre, ça sort… Il y a des tas de gars qui viennent boire un coup et qui restent plantés là, sans un radis. Alors on me propose souvent des babioles contre des coups à boire ou des repas… prétend-il.

— Pour une babiole, c'est une sacrée babiole !

— Pour ça, oui. Elle est pas mal, c'est vrai… ajoute-t-il en me l'enlevant des mains pour la remettre dans la poche de son gilet.

Le camion arrive.

Le FX se gare juste derrière nous. Méù nous présente Gu, Toni et deux autres gars dont j'oublie immédiatement les noms tant je suis préoccupé par cette histoire de montre. J'imagine que les deux autres sbires doivent être des membres de la bande de Saint-Jean puisqu'ils asticotent sans cesse Gu et Toni, deux anciens de Saint-Mauront. Leur chamaillerie s'envenime rapidement et pourrait tourner au vinaigre si Méù ne s'interposait pas hardiment. Tout rentre rapidement dans l'ordre mais ce préambule n'augure rien de bon : notre équipe manque singulièrement de solidarité.

Gu affirme à Méù qu'ils sont allés repérer les lieux en début d'après-midi, qu'ils ont préparé les traverses de chemin de fer, que tout était normal et qu'il ne devrait pas y avoir de problème.

Les quatre voyous remontent dans le camion à plateau et à ridelles et nous suivent gentiment.

— Tu nous avais dit que vous seriez armés, remarque Kolya dès que nous redémarrons.

— T'en fais pas pour ça, tout est prévu. Les fusils sont planqués sous la bâche qui recouvre le plateau du camion ! lui répond Méù. Mais rassurez-vous, vous n'en aurez pas besoin !

La nuit tombe doucement. La mer prend une teinte indigo et le Frioul paraît happé par des brumes lointaines. Nous empruntons la route du littoral que je commence à bien connaître. Tout au long du trajet, je suis perturbé par la découverte de la montre de Glazov.

Méù, complice des tueurs de Slava ? Cette pensée me glace.

Nous laissons sur notre droite le camp Mirabeau qui nous a accueillis le soir de notre arrivée en France, traversons un petit port de pêche puis parvenons enfin sur la route tortueuse qui dessert la gare du Rove. Nous parquons les deux véhicules en contrebas de la voie.

Le ciel est maintenant noir, sans étoiles, chargé de nuages. La légère humidité qui rafraîchit agréablement l'atmosphère magnifie les parfums des romarins que nous piétinons. Gu et Toni ont allumé des cigares qui répandent une odeur âcre mais pas déplaisante du tout.

La gare m'a l'air abandonnée, ce qui n'est guère étonnant car nous nous trouvons en pleine cambrousse, loin des habitations. Je me demande qui a pu avoir l'idée de construire une gare ici, loin de tout. Une petite loupiote jette un halo jaunâtre sur sa façade et permet tout juste de lire son nom, « Le Rove ».

Méù s'approche de nous :

— Vous deux, vous restez sagement ici, vous allez vous planquer un peu en hauteur, derrière une tousque, et vous nous laissez faire. Une fois que nous aurons contrôlé la situation et maîtrisé les agents, je vous ferai signe. Là, vous viendrez vider le wagon pendant que nous les tiendrons en respect.

Ensuite, on se casse.

Rien de bien compliqué… Finalement, cinq mille balles pour ce boulot, c'est bien payé !

Méù grimpe avec les quatre autres sur le ballast pour préparer leur coup. La gare est faiblement éclairée, mon regard s'habitue peu à peu à l'obscurité ambiante. Ce qui m'étonne, c'est que Méù m'a dit que le train doit s'arrêter pour faire de l'eau, or je n'aperçois ni manche à eau ni borne à proximité.

En contrebas, les quatre nervis transportent et déposent de lourdes traverses de bois sur les rails sous la conduite de Méù dont je perçois la voix : « Poses-en une ici, l'autre là, non plus près, voilà… »

Avec Kolya, nous nous dissimulons derrière un massif de chênes kermès de l'autre côté de la route, en surplomb de la voie ferrée.

— D'ici, on pourra assister au spectacle, on sera aux premières loges, chuchote Kolya à mon oreille.

— Il est presque l'heure, chacun à son poste ! clame Méù à la cantonade après avoir tiré la montre à gousset de sa poche.

La montre de Glazov… Je suis maintenant certain que Méù a le sang de Slava sur les mains. Je serre les poings, submergé par une vague de haine. Si seulement je pouvais en parler à Kolya… Mais ça servirait à quoi ? Cet idiot a constamment la tête dans les nuages à cause de Lola. Je renvoie ça à plus tard…

Les cinq hommes redescendent aussitôt afin de récupérer les fusils sous la bâche qui recouvre le plateau. Dès qu'ils entendent le bourdonnement lointain du chemin de fer, ils prennent place de part et d'autre de la voie. Méù a tout planifié minutieusement. Chacun sait ce qu'il a à faire.

Au moment où la locomotive apparaît et ralentit, Kolya me presse l'avant-bras afin d'attirer mon attention. Il me désigne du doigt le mamelon qui surplombe la gare à l'ouest, du côté de l'arrivée du train.

— Vise un peu… Il y a des gars là-bas… me souffle-t-il.

Mon regard s'est totalement habitué aux ténèbres. Kolya a raison, je distingue plusieurs silhouettes près d'un bosquet.

— Il y a un os !

— En plus, ils doivent être là depuis un moment. Ils ont dû nous repérer lorsque nous sommes descendus de la voiture.

Je prétexte :

— Il est trop tard pour avertir Méù…

C'est vrai.

C'est vrai aussi que je ne lèverai pas le petit doigt pour l'aider depuis que j'ai découvert la montre.

Le train stoppe. Le hurlement métallique résonne dans la nuit qui est aussitôt déchirée par le crépitement des tirs des nervis de Méù.

Les balles sifflent et s'écrasent contre les parois du wagon.

— Sortez de là, les mains en l'air ! hurle Méù.

Je jette un œil sur le mamelon, les silhouettes n'ont pas bougé d'un poil. Peut-être ne sont-elles qu'une vue de notre esprit titillé par la peur et l'opacité angoissante de la nuit…

Les cheminots ne sont pas nombreux, quatre ou cinq seulement. Ils sortent en levant haut les bras. Méù avait raison : ils ne résistent pas. Je les sens apeurés. Ils obtempèrent lorsque Méù leur demande de s'allonger sur le sol, ventre contre terre. Gu et Toni les tiennent sous la menace de leurs armes pendant que les autres font coulisser la porte qui donne accès au trésor.

Ça va bientôt être à nous.

Tout à coup, c'est l'explosion.

Comme à Courcy au mois d'avril !

On s'attendait au grincement des ferrailles rouillées des portes du vieux wagon, c'est une bordée de tonnerre et de mitraille qui ébranle le vallon.

Des hommes sortent de tous côtés en tirant. Ceux qui dévalent le mamelon en courant criblent le train de balles. Des armes de guerre. Je suis resté assez longtemps en première ligne pour les reconnaître.

— Un guet-apens…

Je fais signe à Kolya de se taire.

— Ils nous ont vus débarquer de la Renault, ils nous ont repérés et savent où nous sommes. Il faut se tirer d'ici rapidement, dénicher une autre planque…

— Et les autres ?

— Trop tard… Tu veux qu'on fasse quoi ? On n'a même pas une carabine !

Nous nous déplaçons sans bruit et nous postons à une cinquantaine de mètres, un peu en hauteur. Les autres ne nous ont pas remarqués tant ils sont occupés à maîtriser notre équipe. Ou plutôt à la liquider. Méù et ses comparses ont été pris par surprise. Ils ont bien tenté de résister mais les assaillants étaient bien trop nombreux. Une bonne douzaine, à vue de nez…

On nous entendrait presque respirer lorsque le silence revient, lourd et oppressant malgré quelques râles de blessés.

J'entends les échanges des assaillants sur le ballast. Ils ont deux ou trois gars amochés qu'ils transportent et déposent sur le plateau du camion. Une demi-douzaine d'entre eux s'affaire à transférer les caisses du wagon au camion. Notre camion ! Les autres s'assurent que les membres de la bande à Méù sont bien passés de vie à trépas. Parfois, un coup de feu claque – certainement un pistolet Star 1914 d'après la déflagration – et signale un coup de grâce. Pas un ne s'en sortira. Les convoyeurs ont également été systématiquement abattus. Ces gars-là ne laisseront pas de témoins.

L'un d'entre eux désigne le fourré derrière lequel nous nous étions planqués. Deux des sbires escaladent la colline.

Ils explorent le buisson de chênes kermès.

— Y a que dalle… T'as dû rêver !

En bas, leurs amis s'impatientent :

— Bon, vous redescendez. On va pas y passer la nuit. On se tire fissa !

Les voix sont grasses, mâtinées d'un fort accent marseillais.

Nous restons pétrifiés, impuissants mais rassurés de voir la bande mettre les bouts. Quatre s'engouffrent dans la cabine du camion, les autres grimpent à l'arrière, sur le plateau, puis le FX fait un demi-tour et prend la direction de la ville.

Lorsque le ronronnement du moteur s'estompe, nous abandonnons notre planque pour nous précipiter sur la voie, à la recherche d'éventuels survivants. Peine perdue, nous ne découvrons qu'un spectacle comme on en a tant vu sur le front. Avec un léger mieux cependant : ici il n'y a pas de boue, pas d'obus et pas de shrapnels. Les cadavres, moins amochés que ceux des soldats, seraient presque présentables !

— Ils ont laissé la voiture…

— Et alors ? Tu sais la conduire ?

— Non.

— Eh bien, tu sais ce qui nous reste à faire.

Oui, je sais ce qu'il nous reste à faire : une grosse dizaine de kilomètres à pied pour regagner notre taudis.

— Attends une minute. Je veux vérifier quelque chose…

Kolya me regarde sans comprendre tandis que je cours vers le cadavre de Méù et le retourne. Je fouille les goussets de son gilet. La montre est là. Je la fourre dans ma poche.

— À quoi tu joues ? Me demande Kolya.

— Je t'expliquerai…

Il y a peu de circulation sur cette route secondaire à une heure aussi avancée. Il nous faudra bien une heure et demie de marche, en prenant garde d'être discrets, pour rentrer. Ça me laissera le temps de raconter à Kolya comment j'ai reconnu la montre du vieux Glazov.

Les autres nous ont vus débarquer de la Renault, ils savent que nous sommes restés dans le coin et ils peuvent être tentés de faire la route en sens inverse pour nous retrouver. Aussi, chaque fois que nous apercevons des lueurs de phares, nous nous allongeons sur le bas-côté. Deux précautions valent mieux qu'une.

La soirée a tourné au désastre. Outre la dizaine de macchabées couchés sur le ballast de la gare du Rove, nos dix mille balles se sont envolés. Il nous reste quand même les cinq cents que Méù nous avait remis au titre d'avance. C'est peu mais ça payera une partie du voyage jusqu'à Beyrouth, ensuite il faudra se débrouiller.

Kolya, d'abord ulcéré par le rôle probable de Méù dans la disparition de Slava, fait sa tête des mauvais jours. Je commence à y être habitué. La route est encore longue, alors j'essaye de le dérider :

— Il faut voir le côté positif des choses. Nous avons quand même pris cinq cents francs chacun. Et puis, nous sommes en vie. On aurait pu se faire descendre, comme les autres !

Il me jette un regard noir.

Je comprends qu'il avait absolument besoin de cet argent. Certainement pour Lola.

Il se contente de me lancer :

— Rotislav, tu vois, la guerre nous a détruits et nous a fait perdre le sens de la mesure. On vient d'assister à la mort d'une dizaine de gars et toi, tu trouves encore la force de plaisanter !

S'il était moins anxieux, je lui répondrais qu'à Courcy, ce n'est pas une dizaine de soldats que j'ai vus mourir, mais des centaines, des milliers. Et d'une manière beaucoup plus effroyable. Pourtant je la boucle.

La guerre nous a rendus indifférents à la mort et au malheur des autres. Qu'importe... Nous devons plus que jamais concentrer tous nos efforts sur un unique objectif : le retour au pays.

En serons-nous capables ?

XXXIII

Mardi 7 août

Évidemment, nous n'avons pas fermé l'œil de la nuit tant l'expédition de la veille a été désastreuse. Outre l'hécatombe et l'argent perdu, nous craignons d'avoir été – ou d'être prochainement – identifiés soit par les condés, soit par les tueurs de la bande qui se planquait derrière le mamelon. Soit par les deux !

Bien sûr, notre départ sur le *Mechref* est toujours programmé pour vendredi, dans trois jours seulement. Il faudra nous tenir peinards jusque-là, ne pas nous faire remarquer. Pas évident avec Kolya qui est dingue amoureux de cette fille et qui néglige la prudence la plus élémentaire pour passer le plus de temps possible avec elle.

Après une nuit sans sommeil, il n'était pas question que je me pointe chez feu Méù. Je ne peux décemment plus y retourner. Je me suis donc replié sur le Mignon Bar, un café plus populaire et aussi mal fréquenté que le Bar des Colonies, mais qui possède quelque intérêt : il n'est pas infesté par les uniformes de police, on ne m'y connaît pas, on y parle beaucoup de l'attaque du train.

Évidemment, Kolya ne m'a pas suivi. Nous sommes sortis ensemble, très tôt, de notre tanière. Il m'a faussé compagnie dès que nous avons abordé les quais. Il a refusé le café que je lui proposais en m'affirmant qu'il avait besoin de marcher. Marcher, tu parles… Je sais bien que ce n'est qu'un prétexte. Il a le moral dans les godasses. Comme moi. Pour se consoler, il est sans doute allé dépenser le peu de monnaie qui lui reste avec sa belle.

Je ne sais pas trop ce qu'il fait avec cette fille à une heure où les maisons sont encore fermées. On m'a rapporté qu'on les voyait souvent, le matin, se balader la main dans la main en bord de mer, du côté du fort Saint-Jean, comme deux tourtereaux. Une pute qui joue les amoureuses, ça risque de ne pas plaire à tout le monde !

Kolya se fâche tout rouge lorsque je lui dis que son histoire finira mal. Il me répète que Lola est une brave fille. C'est vrai. Elle a à peine dix-sept ans et elle a quitté sa famille de paysans aubagnais pour venir bosser à Marseille comme bonniche. Et puis, son histoire a mal tourné : un dimanche, lorsque Bàtî l'a abordée dans un balleti de la Porte d'Aix, elle lui a cédé. Elle le trouvait beau et gentil. Elle manquait certainement d'expérience et pensait que le grand amour, c'était ça… Au bout du compte, elle s'est retrouvée chez Odette. Comme tant d'autres – je me suis laissé dire qu'il y en aurait sept cents rien que dans le quartier – qui caressaient les mêmes rêves en rejoignant la grande ville et qui en sont à vendre leur corps aux mâles en mal de coït.

Il faut appeler les choses par leur nom : Lola est une

pute, ce qui n'enlève rien à ses qualités et à l'amour qu'elle peut lui porter, mais c'est une situation qui la place quand même sous la dépendance de Bàtî, un maquereau. Et nous avons pu vérifier qu'ici, les barbichons sont tout sauf des rigolos. Kolya s'en fout. Quand je lui fais part de mes inquiétudes, il me répond systématiquement : « Mêle-toi de tes affaires, je sais ce que je fais. » Peut-être a-t-il raison…

Il est bien plus futé et plus intelligent que moi. Mais ne dit-on pas que l'amour rend aveuglc ?

Faut dire que je suis un peu court sur le sujet. Je manque d'expérience. Bien sûr, il y a Irina, Irina que la guerre a peu à peu effacée de ma mémoire, sans doute parce que nous ne partagions qu'un amour de routine comme il en existe tant.

Quelquefois, j'envie Kolya d'aimer à la folie. Kolya a perdu la raison, comme Iouri, mais pour un tout autre motif. Par passion, pour une fille. Il place son amour au-dessus de tout, au-dessus même de son engagement. J'espère seulement qu'il saura tenir sa langue jusqu'à vendredi, faire preuve de discrétion et ne révéler à personne, même pas à Lola, notre lamentable aventure d'hier soir.

Les derniers dockers quittent le bar pour se rendre à l'embauche sur les quais. Il est tôt, trop tôt pour goûter les fioles de rouge, d'autant plus que le pinard du Mignon Bar passe pour être bien plus âpre que celui de Méù. Je m'installe au comptoir, commande un café sans sucre et tends l'oreille. Ici, comme certainement dans tous les bouges de la ville, on ne parle que de ça, de l'attaque du train. Je ne perds aucune bribe des conversations qui bourdonnent autour de moi.

Le bistrotier raconte, avec force détails, que la police a

investi le Bar des Colonies au lever du jour, que Mina était en pleurs, qu'elle chialait comme une gamine. Normal, elle vient de perdre son homme et ses jours à venir s'annoncent d'une noirceur redoutable. Mais les flics n'en ont rien à faire de son désespoir, ils veulent savoir…

— Faut voir comment ils la bouléguaient ! souligne le bistrotier en essuyant ses verres.

Les consommateurs s'y mettent aussi. Dans cette ville tout le monde se flatte d'avoir tout vu, tout entendu, les nouvelles circulent vite d'un estaminet à l'autre. J'écarte celles qui ne sont manifestement que des bobards sans intérêt – j'étais quand même aux premières loges ! – et ne veux retenir que les informations fiables.

Toutes les victimes ont été identifiées. Elles sont au nombre de dix, cinq cheminots et cinq malfrats bien connus des services de police, comme les journalistes aiment à écrire.

— Y avait Méù, Gu-le-Guinchou, Toni-la-Parpelle, Zé-le-stàssi et Cent-kilos, plastronne un jeune barbeau à la peau brune, au visage en lame de couteau et aux souliers vernis à deux tons.

— Comment tu sais ça ? l'interroge un vieux bedonnant en bleu de chauffe.

L'autre crâne et lance d'un air dédaigneux :

— Je sais tout, moi…

Un des tapins, venu boire un café en vitesse, entre deux passes matinales, révèle :

— Paraît que c'est le directeur des chemins de fer qui a donné l'alerte au milieu de la nuit quand on lui a dit que le train n'était pas arrivé à Saint-Charles. C'est un client qui m'a dit ça…

— Ouais… Et en parlant de clients, tu ferais mieux de retourner au turbin, sinon…

L'échalas aux souliers vernis promène son pouce en travers de sa gorge, ce qui n'émeut pas outre mesure la fille :

— Oh là… Si on peut plus boire un coup… Moi, ce que j'en dis…

Quand elle sort en claquant la porte, le journaliste au *Petit Provençal*, celui que Méù nous avait présenté quelques jours plus tôt au Bar des Colonies, fait son apparition et va s'asseoir à une table, près de la fenêtre, qui offre une belle vue sur l'effervescence de la rue.

— Un café. Et sois pas radin sur le sucre ! claironne-t-il.

Le bistrotier râle puis vient poser la tasse en crachant :

— C'est quand on le vire de chez Méù que Môssieur s'aperçoit que j'existe ? Il est pas assez select pour toi, mon bistrot ?

— C'est pas ça mais en face, on est aimable… Si c'est comme ça que tu comptes fidéliser tes clients…

Il laisse sa phrase en suspens et boit son café sans perdre la rue de vue.

Je me remémore son nom, Tchoi, et m'approche de lui :

— Je ne sais pas si vous vous souvenez de moi. On s'est rencontrés au Bar des Colonies, il y a quelques jours…

— Ah, c'est vous, le Russe ? Alors, vous embarquez quand ?

— Vendredi. Vous avez des nouvelles de Méù ? Parce qu'ici on raconte que…

Il me coupe :

— Qu'il est mort. Et c'est la vérité vraie. Vous savez, j'aimais bien ce type. D'abord parce qu'il était plus aimable que les autres patrons de café, dit-il en appuyant son regard sur le taulier qui s'acharne sur le percolateur, ensuite parce qu'il était réglo. C'était un voyou, bien sûr, mais un voyou loyal qui avait survécu à toutes sortes de guets-apens. Et hier soir, il est tombé bêtement.

Je lui propose un autre café qu'il accepte. À première vue, ce gars m'aime bien et ne se fait pas prier pour bavarder. Je compte en profiter :

— Vous savez comment ça s'est passé ?

— J'en sais ce qu'on a bien voulu m'en dire. Le bilan est de dix macchabées. *A priori*, on pense que l'attaque aurait mal tourné, que les convoyeurs auraient eu le temps d'abattre cinq truands avant d'être liquidés par le reste de l'équipe qui s'est tiré avec le pactole.

— Le pactole ? De l'argent ?

— Du fric, oui. Trois millions destinés à acheter des armes pour nos poilus. De l'or ou des billets, ça j'en sais rien… Je tiens ces informations non pas de la police mais d'un certain Aristide Poulaugnac, un des directeurs de la Compagnie des chemins de fer de Paris à Lyon et à la Méditerranée.

J'anticipe déjà les titres de la presse du lendemain : *Audacieuse attaque… 3 millions de butin… Un nouveau méfait des nervis des vieux quartiers… Les agents ont courageusement riposté avant d'être lâchement abattus par les voyous… Des complices du dénommé Méù ont pris la fuite avec l'argent après s'être entretués…*

L'affaire n'est pas claire. Je suis quand même assez bien placé pour savoir que les gars qui sont partis avec le magot n'étaient pas des complices de Méù !

Méù a été vendu.

Par qui ?

Qui étaient les zigotos qui nous attendaient et qui ont fui avec NOTRE fric et NOTRE camion ?

Tchoi interrompt ma réflexion :

— Les condés recherchent deux gars…

— Deux gars ?

Mon estomac se noue.

— Oui, Marseille est une petite ville, tout se sait. Le soir de l'attaque, on a aperçu Méù du côté de la Joliette. Il était avec deux gars à bord de sa Renault avant de filer en direction de l'Estaque. Selon les témoins, un camion à plateau le suivait avec quatre autres complices.

— Et ?

— Il semblerait, d'après les descriptions, que l'équipage du camion ait été composé de Gu, Toni, Zé et Cent-kilos. Ils ont tous été dézingués lors de l'attaque. Tout comme Méù.

— Et les deux autres ?

Mon cœur s'emballe. J'essaye de le questionner d'une voix neutre, sans rien laisser paraître de mon émotion.

— D'après les condés, ce seraient les deux autres qui les auraient trahis, qui les auraient descendus et auraient chouravé le magot. Ils poursuivent les interrogatoires des témoins afin de les identifier…

C'est vrai qu'il y avait foule sur la place de la Joliette lorsque nous nous sommes arrêtés pour attendre le camion.

–Ils seraient grands, blonds aux yeux bleus… ajoute-t-il.

Il me fixe :

— Comme toi !

J'ai les guibolles en coton.

— Quelle tête tu fais ! Mais je rigole, mon gars ! On recherche des voyous, pas des cosaques…

Je m'efforce de sourire pour articuler :

— Quelle affaire !

— Ouais, comme tu dis…

La situation est pire que ce que j'imaginais.

Pour faire court, nous risquons d'être pris rapidement dans les mâchoires d'un étau, entre des condés qui ne vont pas tarder à nous identifier et une bande inconnue qui a occis dix gars et qui nous considère comme des témoins suffisamment gênants pour en liquider deux de plus sans état d'âme.

Marseille et ses vieux quartiers commencent à sentir sacrément le roussi.

Vivement qu'on se tire…

XXXIV

Mercredi 8 août

Aristide Poulaugnac écarte un pan du rideau crasseux et regarde, avec un peu d'aversion, la Méditerranée en furie. Les grosses vagues de la mer démontée par le vent d'est se brisent avec violence sur les roches rouges de la calanque.

Poulaugnac n'aime décidément pas cette mer. Elle est incontrôlable. D'un calme apparent, elle peut virer en un instant à la tempête. Elle ressemble à ceux qui vivent sur ses rives, des hommes sanguins, indisciplinés, ingouvernables.

D'ailleurs, la conduite des appelés du 15e corps, en 1914, a prouvé à la patrie tout entière que les soldats du Midi, volontiers forts en gueule, ne sont en vérité que des lâches, des pleutres et des couards prêts à s'esquiver à la moindre difficulté. On ne peut guère compter sur eux. On aura besoin de plus de courage, de respect et de discipline pour affronter les années à venir, et ce n'est pas sur ces terres de laisser-aller qu'on les trouvera !

La calanque est déserte et tristounette.

Août supporte mal le mauvais temps. Même les amateurs de pêche, pourtant nombreux en cette saison, préfèrent rester chez eux plutôt que d'affronter la furie des eaux. « Des dégonflés… » marmonne Aristide en pensant avec nostalgie à la hardiesse résolue des pêcheurs bretons qui osent se confronter à l'océan par tous les temps.

Tout compte fait, il bénit ce ciel gris qui lui évite de devoir supporter les marmailles bronzées qui hurlent en s'aspergeant, les mères incapables de gérer leurs rejetons et les vieux du coin, volontiers hâbleurs, qui perdent leurs journées à crâner, à boire, à jouer aux boules ou à la manille.

Aristide tire le rideau et s'assoit à sa table. Le pendule du cabanon marque 10 h 12. « Ils sont en retard ! » grogne-t-il. Sans doute se sont-ils égarés en chemin… Lui-même a eu quelque difficulté à dénicher cette calanque et le cabanon que Louis, un conducteur de locomotive de la Compagnie, lui a aimablement prêté pour la journée.

Il lui fallait un coin tranquille, éloigné de la ville, où personne ne l'a jamais croisé.

La calanque des Figuières est donc idéale.

En attendant, il s'absorbe dans la lecture du *Petit Marseillais* qui confirme ses craintes : la belle Union Sacrée qui avait soudé les Français face à la guerre a du plomb dans l'aile !

Cette satanée révolution russe a semé le trouble dans les esprits jusque dans le pays. Les grèves se multiplient. Sur le front, ça ne vaut guère mieux : les poilus se mutinent et oublient leur unique devoir, celui de défendre la patrie. La trahison et la veulerie règnent dans les tranchées. On a bien fusillé quelques renégats pour l'exemple mais il faudrait passer par les armes des bataillons entiers !

Le quotidien confirme que les partis politiques se désolidarisent et prédit que les socialistes quitteront le gouvernement à la première occasion. Tout cela laisse augurer un bien triste après-guerre si personne n'intervient énergiquement !

Aristide a compris que l'issue de la guerre est désormais certaine grâce à l'arrivée des troupes américaines. Ce n'est plus qu'une question de temps… Avec le blocus, l'empire allemand est au bord de l'asphyxie, il connaît la disette et ne pourra tenir plus de quelques mois. Dès à présent, il convient de penser à l'avenir. Il faut le préparer avec des patriotes déterminés et valeureux, des gars couillus qui n'hésiteront pas à infliger aux vaincus des réparations conséquentes pour faciliter le redressement du pays. Et ce ne sont pas les petits pioupious péteux du front, ces pleurnichards, ces défaitistes dans l'âme qui préfèrent se retourner contre l'autorité que de combattre le boche, qui pourront être de quelque utilité !

— Aristide !

La voix, qui vient du dehors, le tire de ses élucubrations.

Ça y est, ils sont là.

Poulaugnac replie le journal et se précipite pour ouvrir la fenêtre.

— Faites le tour. On entre par-derrière… crie-t-il.

Ils sont deux, Joseph et François, les chefs de la bande. C'est Joseph qui conduit la Panhard & Levassor qu'il gare contre la porte de la remise, à l'arrière du cabanon.

— Alors ? s'inquiète Poulaugnac, venu à leur rencontre.

— Alors, tout a marché comme prévu, répond François. Tu as lu les journaux, non ?

— Certes, confirme-t-il, mais on ne sait jamais… Vous avez les caisses ?

— Dans la voiture. On les dépose où ?

— Dans la remise. Je les ferai récupérer ce soir. Je vous sers quelque chose à boire ?

— Je serais pas contre un verre de rouge.

— Il doit bien y avoir ça par ici…

Poulaugnac ouvre le placard qui contient quelques denrées, de l'huile d'olive, du vinaigre, une queue de morue séchée. Il en retire une bouteille de vin débouchée et trois verres à pied. Un coup sec au-dessus de l'évier en pierre de Cassis lui permet d'éjecter la fleur qui s'est déposée sur le goulot.

— Sale temps… lâche Joseph en passant sa main dans ses cheveux mouillés.

— C'est quand même mieux qu'à Verdun, non ?

— Ça, c'est sûr…

Aristide pose les verres sur la table et les remplit généreusement.

François en porte un à ses lèvres. Il grimace aussitôt :

— Putain, c'est du vinaigre !

— C'est vrai, reconnaît Aristide en humant le sien, mais je ne suis pas chez moi. Le vin a tourné…

— Ça se boit quand même, croit bon d'ajouter Joseph qui l'avale cul sec.

Aristide revient sur le sujet qui les intéresse :

— Comment ça s'est passé ?

— Tu as lu les journaux, non ? répète Joseph un peu excédé. Chez nous, on a eu deux morts. Deux blessés qu'on a tenté de ramener sur le plateau du camion mais qui ont clamsé en route. Douze moins deux, reste dix.

— Je resterai sur la somme prévue. Vous vous partagerez les parts de vos deux camarades qui y ont laissé leur peau, propose Aristide, grand prince.

Il tente d'avaler une gorgée de vin mais renonce aussitôt.

Il poursuit :

— J'ai lu que la police recherche deux hommes, des grands blonds, soupçonnés d'avoir fomenté le coup… Qui sont ces types ?

— On n'en sait rien. Ils sont arrivés avec la bande Méù mais ils n'ont pas participé à l'attaque.

— Ils vous ont vus ?

— Pas distinctement… Il faisait nuit et ils se trouvaient assez loin de la gare. En fait, je pense que la présence de ces deux zouaves est une bonne chose, affirme Joseph. Tant que les condés les rechercheront, ils nous laisseront tranquilles…

Aristide en rajoute en les observant :

— C'est sûr qu'avec la description dont ils disposent – des beaux mecs grands et blonds – c'est pas demain que les condés viendront frapper à votre porte ! affirme-t-il d'un ton moqueur.

Les deux garçons se regardent. Ils sont plutôt courts sur pattes, bruns de peau et noirs de poil.

— C'est mieux comme ça, non ? rétorque François en souriant.

Aristide opine du chef.

— Certainement, admet-il. Et les gars de chez vous… Ils sont comment ? Toujours fiables ?

— Tu connais leur motivation, non ? rétorque Joseph. On en a suffisamment parlé…

— C'est vrai, mais avec les temps qui courent, les motivations s'émoussent. Voyez donc ce qui se passe sur le front…

— Peut-être, mais nos gars ne sont pas des poules mouillées, eux ! crache François. Ils poursuivent le même objectif que nous : vivre demain dans une France forte, pure et saine.

Aristide Poulaugnac a contacté les deux hommes qu'il connaît bien, un mois auparavant. Joseph et François appartiennent à la même organisation cocardière que lui, la Coalition des Patriotes, qui regroupe un noyau dur de jusqu'au-boutistes du nationalisme et du revanchisme.

Les trois hommes sont unis par un même idéal : rendre au pays sa grandeur et son unité en récupérant les territoires qui lui ont été dérobés – l'Alsace et une partie de la Lorraine – et en le débarrassant, une fois pour toutes, de tous les parasites étrangers.

La Coalition ne fait que reprendre les grands principes de la Ligue des patriotes qui s'éteint doucement, absorbée par les tenants de la droite traditionnelle. L'objectif de Poulaugnac et de ses associés est clair : pour que la Coalition puisse peser dans le futur paysage politique, il convient de renforcer ses bases et de lui donner plus de puissance.

Et il ne peut y avoir de puissance sans argent…

C'est sa position privilégiée à la Compagnie de chemin de fer qui a donné à Aristide l'idée de l'attaque du train. Il a chargé deux de ses hommes de confiance, Joseph et François, de véritables baroudeurs qui ont fait leurs preuves dans tous les coins où ça castagnait, de constituer une équipe solide avec des gars motivés partageant les mêmes idées patriotiques.

Tous ou presque sont des poilus revenus du front, exaspérés par les mutineries. La plupart ont déserté lors d'une permission, d'autres les ont rejoints avec armes et bagages. Tous sont persuadés qu'ils seront plus utiles au sein de la Coalition que dans la boue des tranchées. Joseph et François ont complété le groupe par quelques nervis des vieux quartiers qui ont, eux aussi, le nationalisme chevillé au corps.

C'est Poulaugnac qui a eu l'idée géniale de mettre Méù dans le coup. La présence d'un voyou sur les lieux égarerait forcément les investigations des enquêteurs qui allaient concentrer tous leurs efforts sur les vieux quartiers et ignoreraient superbement la Coalition.

Poulaugnac était aux anges. Sa stratégie avait réussi au-delà de ses espérances : on attribuait l'attaque aux malfrats marseillais et les condés recherchaient activement deux blondinets aux yeux bleus !

— On peut voir les caisses ? s'inquiète Aristide.

— Certainement, répond Joseph. On va les déposer dans la remise, comme tu nous l'as demandé.

— Allez-y, je vous rejoins…

Il pleut. Une pluie d'orage. De grosses gouttes se brisent avec un crépitement de mitraille sur la tôle ondulée qui fait office de toit.

Ils descellent les caisses de bois au pied de biche. Aristide n'en revient pas, il n'a jamais autant vu de lingots d'or de sa vie. Il en saisit un. La taille des lingots le surprend toujours, ils sont si petits…

Il entreprend de consulter sa liste – il a pris soin de se procurer l'état récapitulatif du chargement – qu'il compare à l'inventaire des caisses que les deux autres égrènent à haute voix. Il n'a qu'une confiance très limitée en ses acolytes !

— Le compte est bon, déclare-t-il un gros quart d'heure plus tard. Suivez-moi, on rentre. Toute peine mérite salaire.

Il ferme la remise à double tour.

— Je vais vous payer ce que je vous dois… ajoute-t-il.

L'attaque était destinée à renflouer les caisses de la Coalition mais Aristide a tenu à ce que chaque participant puisse en retirer un avantage financier qu'il a fixé forfaitairement à 5 000 francs.

Joseph et François prennent place autour de la table. Joseph se ressert un verre de vin.

— J'aime bien ce pinard. Il me rappelle celui que faisait mon grand-père Yvon…

Poulaugnac s'éclipse un instant dans la chambre attenante et revient, une liasse épaisse à la main.

— 5 000 francs multipliés par douze, ça fait… 60 000 francs.

Il dénombre les billets. De belles coupures multicolores de cent francs. Le compte y est. Il pousse la liasse vers François qui la glisse dans son sac.

Les deux hommes se lèvent et tendent la main à Poulaugnac.

— Une affaire bien menée, vraiment, reconnaît ce dernier.

— Et en vitesse… À la prochaine… continue Joseph.

Leur visite a à peine excédé une demi-heure.

— Je vous ferai signe au cas où…

— Volontiers. Tu sais où nous trouver…

Poulaugnac repousse la porte derrière eux et se rapproche de la fenêtre. Il pleut à verse. Impossible de distinguer le ciel de la mer. Au dehors, tout est gris, brumeux.

— Aristide ?

Poulaugnac se retourne, étonné. Les deux hommes sont revenus. C'est Joseph qui l'interpelle.

— Oui ?

— Nous avons oublié quelque chose…

— Rentrez, les gars, propose Poulaugnac.

Joseph rentre, François se tient deux pas en retrait.

— Oui, Joseph. Qu'avez-vous oublié ?

Il n'entend pas la réponse. D'abord, parce qu'il n'y a pas de réponse. Ensuite parce que deux des projectiles du

Smith & Wesson N° 3 que François dissimulait dans sa sacoche lui transpercent la poitrine et un autre le front.

François a toujours été un excellent tireur au jugé.

Poulaugnac aurait pu se douter que de ne palper que cinq mille francs sur un butin de plusieurs millions, ça laisse forcément des aigreurs. De quoi vous dégoûter à jamais de bosser par pur idéal…

Joseph et François ont longuement réfléchi afin d'élaborer leur plan.

Joseph se penche sur le corps d'Aristide. Il touche la carotide.

– Alors ? demande François.

– Chapeau. Tu l'as eu du premier coup ! répond son compère.

– Du premier, je sais pas… L'important, c'est qu'il soit rétamé…

Ils vont recharger les caisses dans la Panhard & Levassor.

Lorsque c'est terminé, ils se saisissent de la dépouille de l'ingénieur, l'enroulent dans un tapis, la ficellent, la traînent jusqu'à la voiture et l'allongent sur la banquette arrière. Ils prennent la route qui mène à la calanque voisine de Méjean. François y a amarré son mourre de pouar le matin même. Transporter le cadavre pour le déposer sur la barquette n'est pas chose facile, mais le jeu en vaut la chandelle.

L'embarcation prend la mer.

La pluie n'a pas cessé. Un temps de dingue, il faut être fou pour naviguer sur ces flots démontés ! Qu'importe puisqu'un gros quart d'heure plus tard, la dépouille d'Aristide Poulaugnac repose par quarante mètres de fond, au large de Niolon.

Et ce n'est pas demain qu'elle réapparaîtra puisqu'ils

ont pris soin de la lester de quatre lourdes ceintures de plomb de scaphandrier.

Le duo repasse ensuite par le cabanon des Figuières pour l'incendier.

Malgré l'orage, les flammes dévorent l'intérieur, effaçant toute trace de leur passage.

— Une affaire bien menée… souligne François tandis que la Panhard & Levassor traverse le village du Rove.

— Pour ça oui, avance Joseph. On va directement au garage ?

— Comme prévu…

La suite, ils la connaissent.

Ils transféreront le butin dans la remise que Joseph possède dans le quartier de Saint-Henri. Là, ils déchireront leurs vêtements et abîmeront superficiellement leurs visages avant de rejoindre l'équipe au grand complet qui les attend dans un café de la rue des Belles Écuelles.

Ce sera le moment le plus délicat de la journée, celui où ils avoueront, la rage au cœur et l'impuissance dans le geste, que cet enfoiré d'ingénieur leur a tendu un piège. Ils joueront leur numéro de duettistes :

— Ils étaient six… On s'est battus comme des chiffonniers, vous nous connaissez, les gars… dira l'un.

— Mais à deux contre six, c'était pas possible, reprendra l'autre. Ils nous ont laissés sur le carreau…

— Et quand on a repris connaissance, ils s'étaient tirés… Ces enculés de frais ont mis les voiles avec le magot !

— Mais on va les retrouver, les gars…

Les autres enrageront, monteront des expéditions punitives qui resteront vaines puisque pour tout le monde – les voisins, les collègues de travail, la famille peut-être –

Aristide Poulaugnac aura disparu Dieu sait où.

Dans deux mois, François et Joseph quitteront la ville après avoir refourgué le contenu des caisses à des personnes très intéressées qu'ils ont contactées il y a quelques jours, avant de mettre leur plan en action. En ces temps de guerre et de crise, l'or reste une valeur refuge très prisée…

Ça fait quand même des mois qu'on chuchote, dans tous les bastringues des vieux quartiers, que les Marseillais un peu voyous sont les bienvenus en Amérique du Sud où ils montent des affaires juteuses.

— Et nous, on n'est pas plus cons que les autres, avait argué Joseph à François lorsqu'il s'était agi de concevoir l'opération.

— Avec quelques petits millions en poche, on n'est jamais tout à fait con, avait rétorqué François.

Dans deux mois.

En décembre.

Au Brésil et en Argentine, ce sera le début de l'été…

XXXV

Jeudi 9 août

Je suis arrivé en avance au Café Riche. J'ai choisi une table un peu à l'écart et commandé une fine à l'eau.

C'est notre dernière soirée à Marseille, une soirée au goût amer. Si tout s'était passé comme prévu, nous lèverions nos verres et trinquerions, les poches pleines, en compagnie de Méù au Bar de Colonies.

Tout a raté.

Il est grand temps de s'éclipser, d'oublier cette ville, d'oublier ce pays et cette guerre, de passer à autre chose.

C'est dommage, je m'étais habitué au comptoir de Méù. C'était chaleureux, je m'y sentais bien. Bien mieux que chez Odette ou dans les claques pour les rupins, pour ces faux culs maniérés, ces piliers de sacristie pleins aux as qui viennent y tripoter et baiser des fillettes tout juste sorties de la puberté.

Depuis le massacre de la gare du Rove, il n'est plus question de mettre un pied au Bar des Colonies. C'est au-dessus de mes forces, et puis les flics semblent y avoir élu domicile et interrogent tous ceux qui entrent. Ils recherchent toujours les deux gars qui sont montés dans la voiture de Méù le soir de l'attaque foirée. Compte tenu de la description de plus en plus précise de ces deux gugusses, avec Kolya, nous la jouons profil bas. Notre chance, c'est que les recherches policières se focalisent davantage sur les voyous locaux que sur de pauvres Russes désirant rentrer au pays ! Le journaleux du *Petit Provençal*, que j'ai revu ce matin au Mignon Bar, m'a affirmé que leur enquête était sur le point d'aboutir.

Le Café Riche est, lui, fréquenté par la grande bourgeoisie. Forcément, avec un nom pareil*... Mais ici, pas question de filles et de coquineries. Ici, on parle affaires, mais pas que... On a l'impression que tous les voyageurs qui posent un pied sur les quais de cette satanée ville doivent inévitablement s'y arrêter pour boire un verre. Le Café Riche serait-il un passage obligé ?

J'ai hésité entre les deux cafés les plus luxueux de Marseille, le Riche et le Belge – ce dernier se dénommait avant-guerre le café Turc, mais comme la Turquie est l'alliée de l'Allemagne, ça la foutait mal de conserver ce nom ! – et je ne regrette pas mon choix.

Avant de m'installer sur la banquette en moleskine, j'ai dépensé quelques billets dans une boutique de la rue de Rome pour me fringuer correctement et passer inaperçu dans cet établissement interdit aux manants. J'ai prié Kolya d'en faire autant avant de me rejoindre.

L'atmosphère est parfumée et feutrée. Ici, pas de sciure

*En fait, ce café a pris simplement le nom de... son propriétaire (qui n'était pas fauché !).

crasseuse émaillée de crachats tapissant le sol, pas de paumés jouant ce qui leur reste d'une maigre paye de portefaix au poker américain, pas de barbichons corses ou marseillais tuant le temps dans d'interminables partics dc rami, le regard constamment fixé sur leurs troupeaux qui alpaguent les permissionnaires à deux pas de là. Bien entendu, je n'irai pas jusqu'à affirmer que certaines de ces dames du monde qui gloussent avec distinction en sirotant leur moka aux tables voisines ne vivent pas de leurs charmes. Mais si c'est le cas, elles le cachent bien…

Bref, si j'ai choisi ce café, c'est parce que ce n'est certainement pas ici que les condés viendront rechercher les deux fripouilles, les complices de Méù qui manquent à l'appel !

Kolya est, comme toujours, en retard. Pour tuer le temps, je commande une deuxième fine à l'eau et m'absorbe dans la lecture des journaux du jour qui traînent sur les tables.

Ma maigre connaissance de la langue française ne me permet pas de saisir toutes les nuances et le second degré des très longs articles, et puis j'ignore trop le contexte politique du pays. Je m'attache aux gros titres et à ceux qui concernent Petrograd. J'en trouve peu. La révolution russe ne passionne plus grand monde, elle est désormais reléguée en pages intérieures. Ça intéresse qui, à Marseille, les démêlés de Kerenski et des maximalistes ?

L'ami Kolya daigne pousser la porte du café alors que j'ai déjà parcouru en diagonale *Le Petit Provençal*, *Le Petit Marseillais* et *Le Sémaphore*, sans en apprendre davantage sur notre révolution. Il prend place sur une chaise, face à moi. Il est toujours vêtu comme un clodo et tire sa tronche des mauvais jours.

Je commande deux nouvelles fines à l'eau en espérant que l'alcool lui rendra le sourire.

Si ça met dans cet état, d'être amoureux…

Sûr qu'il arrive directement de chez Odette. Finalement, je préférerais le voir fréquenter les cases à putains de la rue Bouterie plutôt que cette maison à la bonne réputation. Qui pourrait s'attacher aux putes de troisième zone qui bossent à l'abattage ? À celles qui reçoivent leurs clients à la va-vite, dans des loges moisies ?

Sûr qu'il a toujours cette gamine dans la peau !

C'est en tout cas ce que je lis dans le regard égaré qu'il pose sur moi.

— Ça va ?

J'ai posé une question dont je connais par avance la réponse. En vain. Il la boucle. C'est la première mauvaise nouvelle de cette soirée estivale. Il y a fort à parier qu'il y en aura d'autres.

Aussi, je reprends en jouant les râleurs :

— Pendant que monsieur le révolutionnaire s'envoyait en l'air, je suis descendu sur le port pour vérifier qu'il n'y aura pas de problème pour le départ…

Ça ne l'émeut guère. Il affecte un air décontracté :

— Ouais… me répond-il sans véritable enthousiasme en tripotant son verre à pied sans le porter à ses lèvres.

— C'est tout l'effet que ça te fait ?

Son indifférence m'irrite. Voici presque une semaine que je me lève l'âme pour que nous puissions gagner le Liban au plus vite, voici deux jours que tous les flics de la ville et quelques malandrins nous coursent, et « monsieur » a l'air de se ficher de tout ça comme de sa première chemise !

Il égare son regard sur le mur qui lui fait face.

— Ouais… répète-t-il machinalement, comme s'il

attendait d'autres précisions de ma part.

Sûr qu'il file un mauvais coton, l'ami... Pourtant, c'est bien lui qui m'a traîné jusqu'à Marseille, loin des camarades restés à La Courtine. C'est bien lui qui m'a embrigadé pour SA révolution alors que j'ai toujours vécu en dehors de la politique et du militantisme sans en être particulièrement malheureux.

Je l'interpelle :

— Putain, Kolya, ton empressement fait plaisir à voir ! Dis-moi, t'as changé d'idée ? On rentre plus au pays ? On finit nos jours ici, à traîner notre ennui dans ces ruelles cradingues en attendant passivement ?

Je voudrais ajouter « jusqu'à ce que les condés nous cravatent et nous mettent sur le dos les dix morts de la gare du Rove ! » mais ce serait malvenu dans un environnement aussi délicat.

— Non, c'est pas ça, tu le sais bien...

— Tant mieux parce que le *Mechref* lève l'ancre demain à 6 heures !

Je suis passé par les quais dans l'après-midi. Augustin, le capitaine de ce rafiot rouillé, m'a expliqué ce qu'il attend de nous, en plus de quelques jolis billets de banque. Il nous confiera de menus travaux de manutention et de nettoiement à bord. Rien de bien compliqué *a priori*...

À vrai dire, le *Mechref* n'a pas grand-chose à voir avec l'*Olympic*, le luxueux paquebot, sister-ship des malheureux *Titanic* et *Britannic*, que les richards de chez Odette évoquent autour d'une bouteille de champagne pour se donner de l'importance. Qu'importe le standing... Il convient avant tout de gagner le Liban à moindres frais. Ensuite, nous aviserons...

Je ne m'attendais pas à ce que Kolya me remercie et me saute au cou, mais quand même...

À sa décharge, je dois reconnaître que c'est lui, le cerveau de l'aventure, qu'il a tout prévu, qu'il a élaboré un plan de route minutieux et précis. Je ne me considère guère plus qu'un simple exécutant. C'est pour cela que je le respecte.

— C'est pas le moment de lâcher !

Je le motive avec les termes qu'il emploie habituellement, ou plutôt qu'il employait avant que cette fille ne lui mange le cerveau.

Je reprends :

— Putain, Kolya, tu es une tronche, une vraie. Demain, tu seras un des chefs de cette révolution qui bafouille dangereusement à Petrograd. Tu m'as appris toi-même que l'offensive décidée par Kerenski en Galicie en juillet a été un fiasco, que les émeutes secouent la capitale, que les bolcheviks sont pourchassés. Nous sommes à un moment critique : Lénine est en fuite et Trotski aux arrêts, les partisans du tsar regagnent du terrain, Kerenski, débordé à droite et à gauche, ne sait plus où donner de la tête…

M'écoute-t-il ? Il sirote son verre sans me répondre.

Je conclus :

— Kolya, la Russie a un urgent besoin d'hommes comme toi.

Si j'en suis intimement persuadé, l'intéressé paraît sacrément moins convaincu.

Nous restons là, un long moment sans rien dire, comme des imbéciles. J'attends une réaction de sa part. Je vide mon verre en l'observant du coin de l'œil. Il fuit mon regard, trempe à nouveau le bout de ses lèvres dans la fine à l'eau. Il grimace. Préférerait-il le picrate rugueux qu'on sert dans les cafés des vieux quartiers ?

Il essuie d'un revers de manche les traces humides sur ses lèvres.

— J'ai discuté avec Augustin. On bossera dans la salle des machines et à la cuisine… précisé-je afin de réorienter la conversation.

Le visage de Kolya se crispe aussitôt. Je sais bien ce qui le tourmente. Il faut crever l'abcès. Je décide de lui tendre la perche :

— Tu en es où avec Lola ?

Il se lève et vient s'asseoir sur la banquette, à mon côté. Ça y est, il retrouve la parole !

Il m'enserre affectueusement les épaules, submergé par une émotion que je ne m'explique pas.

— Rotislav, mon ami, mon frère, mon camarade, je dois te faire un aveu : je ne partirai pas sans elle !

J'en étais certain !

Emmener Lola jusqu'à Moscou ou Petrograd, c'est de la folie pure. J'ai longtemps espéré qu'il abandonne cette idée absurde à l'approche du départ mais ce gars est têtu comme une mule. Le navire lève l'ancre à 6 heures. Il ne me reste désormais que très peu de temps pour le décourager.

— Tu sais que nous quittons Marseille demain matin, très tôt…

— Et alors ?

— Alors, si capitaine du *Mechref* est disposé à nous accepter à son bord, nous ne lui avons jamais parlé de la fille.

— La fille ?

— Lola.

— Alors appelle-la Lola et pas la fille ! grogne-t-il avec un zeste d'agressivité. Lola, c'est ma femme et je me fous de ce que pense ce capitaine de merde ! J'irai la chercher juste avant le départ et nous embarquerons avec elle !

Il a haussé le ton et attiré les regards des buveurs d'absinthe et de limonade qui nous entourent. Au Café Riche, on chuchote, on murmure, on gazouille mais on ne crie pas comme dans les estaminets de la Fosse.

Il m'énerve. Ce n'est guère le moment de se faire remarquer.

Je le reprends à voix basse :

— Mais bordel, ton obstination risque de tout faire foirer, de nous empêcher de rentrer au pays pour soutenir les bolcheviks !

Il esquisse un sourire sardonique :

— Pour un gars qui ne s'intéressait pas trop à la politique, tu commences à avoir de ces exigences ! Remarque, c'est bien… Ça prouve au moins que je n'ai pas prêché dans le vide… ironise-t-il. Bon, plus sérieusement, je vais t'expliquer mon point de vue.

Il va encore m'embobiner, c'est certain.

Il vide son verre cul sec et fait signe au garçon de nous remettre ça.

— Selon moi, reprend-il, on ne peut désirer le bonheur du peuple et se complaire uniquement dans les grandes idées et les belles théories sans jamais les appliquer. En emmenant Lola en Russie, je la délivre de son travail d'esclave. Tu peux comprendre ça, non ?

L'argument est mince et me paraît pour le moins discutable.

Je m'agace, toujours à voix basse :

— Alors, pourquoi ne pas emmener aussi avec nous toutes les filles des vieux quartiers ? Mieux encore, toutes les putes de France et de Navarre ? Et pourquoi pas aussi toutes celles et tous ceux qui sont exploités dans les usines et les champs ?

— Ça n'a rien à voir…

L'échange devient coupant, agressif. Décidément, nous ne nous comprenons plus…

Depuis une semaine, les conversations et les projets de Kolya tournent exclusivement autour de Lola et non plus de Petrograd. Il n'a même pas cherché à localiser Toussaint, l'assassin présumé de Slava. En emmenant

Lola, il veut surtout vivre son amour au pays, loin de cette ville où elle est enchaînée.

La révolution passe au second plan.

Le pire, c'est que je ne lui en veux pas.

Que pourrais-je lui reprocher après tout ce qu'il m'a appris et tout ce que nous avons vécu ensemble depuis dix-huit mois ?

Au nom de quoi pourrais-je le juger ?

Je me contente de multiplier calmement les arguments, comme si cela pouvait suffire à le convaincre :

— Même si tu parviens à persuader le capitaine de l'accepter à son bord, le voyage sera long, éprouvant, voire périlleux. Augustin nous a parlé des sous-marins allemands… Ce sera difficile à supporter… Et puis, une fois arrivés à Beyrouth, c'est une autre épreuve qui nous attend pour rentrer au pays… Des centaines de kilomètres à travers des régions souvent hostiles et sans un sou en poche… Jamais elle n'y arrivera !

— Si. Elle y parviendra ! Je l'aiderai. Je suis là, moi…

Je tente en vain d'infléchir sa décision mais sans jamais rien lui dévoiler de mon inquiétude réelle : Lola est sous la coupe d'un marlou qui risque de ne pas apprécier le projet de changement de vie de sa protégée !

Depuis une semaine que nous sommes là, j'ai eu tout le temps d'observer la misère, mais aussi la violence des vieux quartiers. Ici, les souteneurs ne plaisantent pas, ni avec les clients récalcitrants qu'on retrouve au petit matin du côté du fort Saint-Jean, la gorge tranchée, ni avec les filles indisciplinées qu'on punit d'une croix des vaches, d'un jet de vitriol ou d'un tabassage à mort.

Kolya en est-il conscient ?

Il est trop intelligent pour avoir négligé cet aspect.

Sans doute comptait-il négocier l'achat de la fille grâce

à l'argent de l'attaque du train.

C'est foiré sur ce plan-là…

Au loin, minuit sonne au clocher des Accoules. L'alcool m'embrume les méninges et Kolya se montre toujours aussi entêté. Le *Mechref* appareillera du quai du port dans six heures. « Si vous êtes pas là, on partira sans vous ! » m'a répété Augustin l'après-midi même.

— Minuit… On a beaucoup bu. On boit toujours trop dans cette ville… Il faut essayer de dormir un peu. La journée de demain sera longue…

Ma proposition n'enthousiasme pas Kolya qui grimace :

— Vas-y. J'ai besoin de prendre l'air. Je te rejoins dans une demi-heure.

Je n'aime pas ça mais je ne peux quand même pas le traîner par la peau du cul !

Je regagne la chambre de la rue Triperie en croisant des permissionnaires en vadrouille qui descendent vers les vieux quartiers. Les dernières journées de juillet ont été caniculaires mais la nuit est douce, la brume marine a eu raison de la chaleur. Les silhouettes fantomatiques des militaires s'y diluent comme un sinistre présage. Elles me rappellent celles des gars des deux premières vagues, avalées par la grisaille du petit matin, lors de notre assaut à Courcy…

À Moscou, je regretterai certainement la légèreté suave des nuits marseillaises.

Je pose la montre à gousset du vieux Glazov près de moi et m'allonge tout habillé sur l'infâme paillasse aux relents écœurants.

Je m'endors aussitôt en rêvant à une crue soudaine de la Moskova qui submergerait la place Rouge.

Un des effets de l'abus d'alcool sans doute…

XXXVI

Vendredi 10 août

Le ciel est déjà pâle lorsque le clocher de l'église des Augustins sonne 5 heures. Une lueur grisâtre s'insinue dans les fentes du volet. En fait, je me suis endormi comme une masse, abruti par l'alcool, mais je me retourne et somnole sur ma paillasse depuis deux heures du matin en regardant ma montre tous les quarts d'heure.

L'excitation du prochain départ m'a tenu éveillé.

Par la fenêtre ouverte, j'entends résonner des pas sur le pavé. Les discussions des ouvriers et des portefaix qui descendent la rue de la République pour rejoindre le port montent jusqu'à moi. Ici, on commence à travailler tôt et on parle fort.

Je me retourne vers la paillasse voisine.

Kolya n'est pas là !

Le *Mechref* part à 6 heures, dans une heure à peine, et Kolya n'est pas là !

Je referme mon paquetage, descends les marches quatre à quatre pour rejoindre les quais. L'espoir de le trouver au pied de la passerelle du cargo fait long feu.

Où est passé cet abruti ?

Avec mon baluchon sur l'épaule, je parcours à pas pressés les venelles des vieux quartiers. La lumière blafarde de l'aube dévoile leur aspect répugnant. Elles sont imprégnées d'odeurs aigres et vomissent les poubelles de la nuit qu'explorent des hordes de rats.

Des poivrots et des gosses sommeillent à même le sol crasseux, dans l'encoignure des cafés aux lourdes portes fermées. Je les réveille, les secoue, les questionne. Ça ne leur plaît guère... Je ne récolte que grognements et insultes. Ceux qui daignent me répondre bougonnent qu'ils ne savent rien, m'invitent à aller me faire foutre et se rendorment aussitôt sur le pavé visqueux.

Personne n'a vu Kolya.

Sur le quai du port, l'équipage du *Mechref* s'affaire.

Départ dans une demi-heure.

Un quartier-maître m'interpelle d'une manière grossière en écorchant volontairement mon nom :

— Grotislavitch, faudrait voir à te bouger le cul ! On va pas t'attendre !

— J'en ai pour deux minutes...

J'ai répondu sans vraiment y croire. Sur les quais, les portefaix s'affairent depuis le lever du jour. Ils déchargent des sacs de riz d'Indochine ou de thé de Ceylan, des demi-muids de vin d'Algérie... J'en interroge quelques-uns. Pas facile. Bien peu sont français, la plupart sont d'origine espagnole, italienne ou maltaise. Difficile d'avoir de longues conversations avec eux.

Mon dernier espoir de retrouver l'énergumène porte un prénom, Odette.

Je remonte en courant la rue de la Reynarde. Elle est sale, grise et triste. Elle ressemble à la plupart des filles qui hantent son pavé : elle peut faire illusion la nuit, avec ses loupiottes de couleurs vives qui jouent les trompe couillons, mais dans le petit matin désert, elle est à chialer.

Chez Odette, je trouve porte close.

Évidemment…

Aucun claque n'ouvre jamais le matin ! Ici, on fait la noce jusqu'à tard dans la nuit et tout le monde roupille au moins jusqu'en début d'après-midi.

Je tambourine comme un dingue contre la porte de bois à la peinture écaillée.

Il faut cinq bonnes minutes pour qu'une tête s'encadre dans la fenêtre du premier :

— C'est quoi, ce bordel ? ! T'es con ou quoi ? Tu peux pas laisser les gens dormir ?

La voix est vulgaire, éraillée. Un accent qui pue le caniveau. Sur le moment, je n'ai pas reconnu la plantureuse matrone. Les cheveux ébouriffés, sans maquillage, Odette n'est plus qu'une vieille femme graveleuse, lourdingue, sans charme.

— Je cherche Kolya, mon ami Kolya…

— Kolya, c'est qui ? ment-elle. Si tu crois qu'avec tout le monde qui passe chez moi, je me souviens des noms de chacun de mes clients ! Reviens ce soir !

— Impossible, je pars dans une demi-heure. Pour le Liban. Et Kolya vient avec moi…

Elle marque un temps de réflexion et passe une main dans ses cheveux pour remettre en place une mèche rebelle :

— Fais chier… Ton Kolya, ce serait pas le zigoto qu'est toujours après Lola ?

— C'est ça. Il était là hier soir et je crois bien qu'il est revenu ici dans la nuit…

— Ouais… Il s'est repointé un peu après minuit. Il est resté là, à boire des coups et à reluquer le cul de Lola jusqu'au petit matin.

— Et ensuite, vous savez où il est allé ?

Ma question a le don de l'énerver.

— J'en sais rien, moi, marmonne-t-elle. S'il fallait que je m'occupe de tout le monde… Mais ton Kolya est un connard et ça risque de lui coûter cher ! reprend-elle avec agressivité. J'ai bien peur qu'il se soit barré avec Lola. Elle s'est éclipsée un peu avant la fermeture, cette petite garce. Bàtî était furieux. Sûr que s'il les retrouve, il leur fera passer l'envie de baiser à l'œil !

Je saisis les sous-entendus menaçants.

Bàtî… Son protecteur. Son barbeau, quoi… Je connais le tarif en cas d'escapade…

Il me reste peu de temps pour dénicher ces imbéciles avant que le cargo n'appareille.

Je reprends mon exploration.

Une quête désespérée.

Inlassablement, j'interroge tous les désœuvrés et les gosses qui passent leurs jours et leurs nuits à traîner dans les immondices. Je cours des pêcheurs qui débarquent des couffins de dorades luisantes aux partisanes qui arrangent tomates, courgettes et poivrons sur leurs étals.

Les minutes s'égrènent. Personne n'a remarqué Kolya ou Lola.

J'accélère le pas dans la rue Paradis, remonte vers les beaux quartiers. Je sillonne les rues désertes au pas de course. Marseille est une ville bien trop grande pour réussir à les retrouver avant l'embarquement. Les bourgeois sont moins matinaux que les ouvriers. Ceux que je croise, sans doute apeurés par mon attitude et ma nervosité, évitent de me répondre.

Le cours Belsunce est plus populeux. Mais toujours pas de Kolya ni de Lola en vue.

Six heures moins cinq à la montre de Glazov.

Je regagne la Canebière lorsque j'entends la sirène.

Je cours vers les quais.

Trop tard !

Le *Mechref*, mon bateau, notre bateau, quitte le port en crachant une fumée noire et grasse.

Je serre les poings pour contenir ma colère. Tout ça pour rien…

J'en chialerais…

Que faire ?

Ne pas s'enflammer… Se poser…

Je pénètre dans un café de la place de la Bourse, m'assoie, pose mon baluchon à mes pieds et commande un bossu. L'alcool me réchauffe et me fait du bien. La salle est mieux fréquentée que celle du Bar des Colonies et moins guindée que celle du Café Riche, j'y suis plus à l'aise. Les employés de bureau et les vendeuses des boutiques des rues Saint-Ferréol et Paradis y font une halte avant de commencer leur journée. Les filles sont sobrement maquillées et minaudent. Je reste là, hébété, sans réaction.

Je commande un deuxième bossu et tente de m'affairer à la lecture des journaux du jour. Pour me vider le cerveau et repartir à la recherche de Kolya avec un moral retrouvé. Mauvaise pioche : la presse relate ce qui se passe à La Courtine. Ils vont donner l'assaut, c'est certain… Je pense à Dimitri, à Alekséï et à tous les autres camarades que nous avons laissés là-bas. Combien de ceux qui sont passés entre les balles allemandes tomberont sous la mitraille de leurs frères d'armes ?

Ça me donne envie de dégueuler.

Il est des jours où rien ne va.

Je sors une demi-heure et trois bossus plus tard, des idées noires plein la tête.

J'imagine le *Mechref* doublant le phare de Planier et fonçant vers la haute mer.

Sans moi.

Sans nous.

Le fatalisme, cette affection chronique du peuple slave, n'a pas que des mauvais côtés puisqu'il m'extrait peu à peu du désespoir brumeux dans lequel le hurlement de la sirène du *Mechref* m'a plongé.

C'était écrit…

Ce n'est qu'un contretemps, rien de dramatique : il me reste un peu d'argent en poche, il y aura d'autres bateaux pour le Liban et Kolya finira bien par resurgir dans le paysage marseillais…

Le soleil timide du matin caresse mon visage lorsque je me retrouve sur la place de la Bourse.

La vie continue. Je reprends mes esprits. Il faut réagir. Réagir !

Je hausse les épaules comme pour conjurer le mauvais sort, comme pour affirmer *« Le Mechref s'est tiré mais je m'en fous : un de perdu, dix de retrouvés »*.

La priorité est de récupérer Kolya. Et ça, c'est loin d'être gagné puisque le dénommé Bàtî doit le rechercher également. À moins qu'il l'ait déjà trouvé… J'écarte aussitôt cette pensée stupide : Kolya est bien trop malin pour tomber dans les griffes d'un barbichon sans cerveau.

J'enrage à l'idée que cette petite pute de Lola ait pu lui faire oublier la révolution et l'exposer au danger. Elle m'a volé un ami ! Mais l'exaspération et le regret seront pour plus tard, le temps est à l'action. J'ai besoin de Kolya pour rentrer à la maison. C'est toujours lui qui m'a montré le chemin. Et puis, nous nous en sortirons mieux à deux…

Alors, je reprends ma marche à travers les rues de la ville, une course démente et inutile.

Douze coups au clocher des Accoules. Le soleil trône maintenant au zénith. Au fur et à mesure que le temps s'écoule, je sens confusément que je ne reverrai jamais plus mon ami, qu'il faudrait peut-être envisager l'avenir sous un autre angle.

La chaleur devient insupportable, même lorsque j'avance à pas pressés à l'ombre des immeubles haussmanniens. Ce parcours m'épuise, mais il faut aller jusqu'au bout, marcher jusqu'à ce que mes jambes ne puissent plus me porter. Je ne dois rien laisser au hasard.

Ma démarche n'est pas seulement personnelle, ce n'est pas uniquement un ami que je recherche fébrilement. J'estime qu'il est de mon devoir, de mon devoir de citoyen russe et même de citoyen du monde, de ramener Kolya Nikolaïevitch Notchev à Moscou et à Petrograd afin qu'il puisse graver son nom dans le grand livre de la révolution de 1917.

XXXVII

Dimanche 16 septembre

On sent bien que, cette fois, c'est le dernier meeting, l'ultime rassemblement.

Ça va péter.

On est parvenu au point de non-retour. Le nouvel ultimatum s'achève à 10 heures et on ne se rendra pas.

— Sûr qu'ils vont donner l'assaut d'une minute à l'autre… grommelle Alekséï en rangeant le samovar dans le baraquement en dur.

Dimitri hausse les épaules. Il fallait bien qu'on en arrive là…

Il a plu la veille. L'eau stagne en longues flaques sur ce granit imperméable parsemé de bosquets sombres. La sensation pesante d'humidité est accentuée par le ciel blême. L'alignement des bâtiments bas et tristounets ajoute une rigueur sinistre au décor.

Dimitri et Alekséï vont récupérer leurs Lebel et rejoignent la troupe rassemblée sur la grande place.

Les soldats sont concentrés, pas vraiment au garde-à-vous mais serrés les uns contre les autres comme lors de la bénédiction des popes avant l'embarquement à Dairen. Mais ici, il n'est plus question de pope, de tsar et de Dieu, on se tient debout et fiers, solidaires sous un ciel rouge de drapeaux. On écoute avec attention les orateurs qui se succèdent et qui exigent toujours la même chose, le retour en Russie. Une revendication systématiquement accueillie par la même fin de non-recevoir de la part des envoyés du Gouvernement provisoire.

— Qu'est-ce qui les effraye autant pour qu'ils nous rejettent systématiquement ? s'inquiète Dimitri. Notre retour au pays ou notre participation à la révolution ?

— Les deux. Ils ne veulent surtout pas qu'on soit mêlés à LEUR révolution, qu'on fiche en l'air leur gouvernement petit-bourgeois ! répond Alekséï en souriant.

— Pourtant, les Français…

Dimitri ne termine pas sa phrase. Le retour en Russie, cette obsession des mutins de La Courtine, est aussi le souhait le plus cher du gouvernement français qui a suffisamment de problèmes de sédition dans ses unités pour ne pas s'encombrer de ceux des Russes. La logistique du rapatriement est prévue mais le Gouvernement provisoire a exprimé son refus. Personne ne veut de ce foyer de rebelles contagieux ! Petrograd préconise même l'emploi de la force armée et la stricte application des règlements des tribunaux militaires révolutionnaires qui autorisent… la peine de mort.

Le long et fastidieux séjour au camp a érodé certaines déterminations. Depuis la fin juin, quelques-uns ont réussi à déserter pour rejoindre les loyalistes de Felletin. Et ce n'est certainement pas terminé puisqu'un de leurs voisins grogne timidement :

— Faudrait peut-être voir à étudier toutes les éventualités... Faudrait peser le pour et le contre, voir s'il vaudrait pas mieux céder avant qu'il soit trop tard et qu'on en prenne plein la gueule...

Un autre le reprend aussitôt avec virulence :

— Céder ? Jamais de la vie. On n'a pas fait tous ces sacrifices pour baisser le pantalon maintenant ! Il faut aller jusqu'au bout. Nous n'avons qu'un drapeau, il est rouge et nous mourrons pour lui s'il le faut !

Mourir dans ce trou perdu...

Tous ne sont pas de cet avis...

Quelle idée absurde lorsqu'on a survécu à l'enfer d'Auberive, de la Pompelle et de Courcy !

Il est neuf heures et demie passées. Il reste moins d'une demi-heure. On entonne *La Marseillaise* et *L'Internationale*. On chante à tue-tête. Chanter donne du courage, un esprit de corps aussi. On en aura bien besoin.

On en a déjà tant bavé et il va falloir remettre ça...

À dix heures moins dix, le meeting cesse. La fanfare joue les premières notes de la « Marche funèbre » de Chopin, On l'écoute religieusement comme si c'était un prélude à une mort inévitable.

Ce matin, personne n'a quitté le camp.

On attend. Certains espèrent encore...

Il y a déjà eu tant d'ultimatums sans suite...

Oseront-ils tirer ?

La réponse est oui.

À dix heures précises, un grondement sourd tétanise le camp. Quatre coups de canon successifs. Le premier est tiré à blanc, les trois autres non. Dimitri se jette à terre,

Alekséï se réfugie dans le bâtiment le plus proche. Ils ont l'habitude depuis Auberive…

L'explosion est assourdissante, la terre tremble. Le premier projectile a creusé un cratère. Sous l'avalanche de débris Dimitri protège sa tête sous ses avant-bras repliés. Deux autres déflagrations suivent. Un obus s'écrase sur la fanfare. Deux musiciens sont tués sur le coup.

L'orchestre se disperse puis le calme revient.

Un calme insupportable car on redoute, le cœur serré, le prochain bombardement. On sait qu'il est inéluctable, on l'espérerait presque tant cette attente est usante.

Il ne se produira qu'une heure plus tard. Les assaillants veulent donner aux mutins le temps de secourir et soigner les blessés mais surtout de réfléchir et de se rendre.

À onze heures, une nouvelle pluie d'acier dégringole du ciel, des hommes trébuchent, d'autres paraissent soulevés par les gerbes de terre qui jaillissent du sol.

Rien de bien nouveau pour Dimitri, Alekséï et les autres. Ça recommence comme à Courcy mais, ici, ce ne sont plus les Allemands qui sont à la manœuvre, ce sont des Russes !

Le combat sera fratricide.

C'est la panique dans le camp. On redoutait l'attaque mais on espérait que, une fois de plus, elle serait différée. Différée jusqu'à quand ? On court de tous côtés, on déserte les tentes pour se réfugier dans les bâtiments en dur.

Dimitri et Alekséï ont regagné leurs postes de tir dans les tranchées creusées les jours précédents. Ils activent leurs mitrailleuses pour répliquer aux bombardements…

Le canon des assaillants tonne ainsi régulièrement, toutes les heures. Le crépitement des mitrailleuses lui répond. Il y a beaucoup de blessés, certains sont évacués vers l'hôpital d'Ussel durant les cessations de tirs, mais on observe peu de redditions.

En fin d'après-midi, la fréquence des canonnades augmente sensiblement. On pilonne le camp tous les quarts d'heure.

Ça va durer toute la nuit…

Oui, l'attaque était inéluctable.

Dès le début du mois d'août, on isola les mutins en répétant de sales rumeurs concernant des viols collectifs, des agressions sur les bergères des alentours. On souligna leur ivrognerie et leur débauche afin de les dévaloriser et d'exacerber la colère de la population locale. On supprima le ravitaillement des mutins. On évacua la population civile des villages environnants. On renforça les positions autour d'un camp dans lequel chacun avait conservé ses armes, fusils Lebel, fusils-mitrailleurs, mitrailleuses, canons et mortiers de tranchées.

Tout était fin prêt pour l'affrontement. Le dernier ultimatum tomba le 14 septembre : les mutins disposaient de quarante-huit heures pour se rendre.

Ils refusèrent.

Au matin du 17, les canons de 75 se remettent en batterie, le pilonnage de l'artillerie s'intensifie. Lors des pauses, les redditions, d'abord éparses, se multiplient. Deux cents mutins quittent le camp dans la matinée en agitant de petits drapeaux blancs. À 14 heures, ils sont beaucoup plus nombreux à se rendre. À la tombée de la nuit, six mille ont déposé les armes.

Dimitri et Alekséï sont restés avec les plus déterminés des assiégés. Cinq cents jusqu'au-boutistes profitent de l'obscurité pour se replier dans le quartier et dans le bois de Breuil.

Le lendemain, 18 septembre, ils luttent toute la journée. Le combat est rude mais par trop inégal. Les troupes russes loyalistes, soutenues par l'artillerie, investissent le camp et progressent bâtiment par bâtiment.

Quelques-uns parviennent à s'échapper, les autres continuent à résister tandis que ce qui reste de l'orchestre décimé par les bombardements joue inlassablement *La Marseillaise* et la « Marche funèbre » de Chopin pour le baisser de rideau.

Les militaires français qui, conformément aux directives, ont assisté jusque-là à l'assaut en observateurs, ont établi un campement dans les champs voisins pour y parquer les huit mille cinq cents hommes qui se sont rendus.

Le 19 septembre, c'est vers 10 heures que le dernier carré d'une cinquantaine de mutins – dont Dimitri et Alekséï – est maîtrisé. Afanasie Globa est arrêté sur la route de Saint-Setiers, alors qu'il tentait de s'enfuir avec quelques proches, des membres du soviet comme lui. Il est ramené à La Courtine sans opposer de résistance et conduit devant l'état-major français.

Le camp, fortement endommagé par la violence des combats, est entièrement aux mains des troupes loyalistes. On le nettoie, on comble les tranchées, on évacue les blessés, on enterre anonymement les morts dans un terrain vague proche du cimetière. Les villageois peuvent enfin regagner leur maison. Les armes récupérées sont soigneusement répertoriées puis stockées dans huit wagons qui prennent la direction du parc d'artillerie d'Angoulême.

On rassemble les mutins.

Il n'est plus question d'orateurs prêchant la révolution et de drapeaux rouges. Dimitri et Alekséï défilent avec leurs camarades devant les généraux. Ils écoutent, résignés, l'admonestation du commissaire du peuple Rapp.

Le long et pénible périple des troupes russes va se terminer ici, dans ce coin de France profonde, puisque le Haut commandement militaire a décidé de les dissoudre et de les démilitariser.

Qui saura combien d'hommes ont perdu la vie dans cet affrontement ?

Officiellement, on annonce 12 morts dont 9 mutins. Mais les habitants de la région parlent volontiers de plusieurs centaines, voire de plusieurs milliers de victimes. Ils évoquent des quantités de cadavres qui auraient été jetés dans les tranchées et recouverts de chaux vive. Ils mentionnent aussi des charniers situés dans le bois de Feuilladoux où on aurait enfoui des corps…

Des rumeurs ?

Qu'importe les morts, il s'agit maintenant de gérer les vivants. Les autorités françaises vont prendre en charge les milliers de soldats de la première brigade qui ont rendu les armes. Leur premier soin sera de les trier en éliminant les plus subversifs.

Les chefs, c'est-à-dire Globa et Baltaïs, ainsi que quatre-vingts hommes qui se sont particulièrement illustrés dans les soviets, seront incarcérés au bagne de l'île d'Aix. Trois cents autres, estimés potentiellement dangereux, seront dirigés vers le camp militaire de Bourg-Lastic, dans le Puy-de-Dôme.

On propose aux autres soit de poursuivre la guerre en s'engageant dans l'armée française, soit d'œuvrer dans des chantiers comme travailleurs militaires. Ceux qui refusent seront déportés en Afrique du Nord où on les affectera dans les Bat d'Af ou dans les exploitations agricoles des colons toujours avides de main-d'œuvre bon marché.

Alekséï, comme onze mille de ses camarades, choisira

de travailler dans des chantiers civils. Il sera envoyé dans une scierie des Vosges. Le natif des contreforts de l'Oural y retrouvera les images et les senteurs de son enfance, des sensations plaisantes. En Russie, toute sa famille effectuait de pénibles travaux forestiers pour le compte d'un prince qui possédait tout un pan de la montagne et les traitait comme du bétail. C'était insupportable… Alekséï avait quitté le village pour Moscou afin d'échapper à cette existence misérable. Les parfums du bois fraîchement coupé lui rappelleront ceux de son enfance. Il épousera une fille du coin en 1922, aura six enfants et obtiendra la nationalité française. Ses tentatives pour renouer le contact avec ses parents, ses frères et sœurs resteront vaines.

Le choix de Dimitri sera différent puisqu'il acceptera de s'engager pour poursuivre la guerre. Son calcul sera simple : un jour ou l'autre, le Gouvernement provisoire exigera le retour de ses valeureux soldats, il rentrera alors au pays par la grande porte. Auprès de lui, ils seront quatre cents séduits par le message de leur commandement : « À bas les pelles, les pioches et autres outils, saisissez les armes et pour l'œuvre de droit et de justice, en avant dans les tranchées ! Non seulement vos chefs, mais aussi les gouvernements alliés prendront soin de vous et vous assureront votre avenir. La discipline sera la même que dans les régiments français. »

Dimitri sera intégré dans la Légion des Volontaires russes qui combattra sous un uniforme français orné d'un écusson aux couleurs russes. Il perdra la vie le 12 septembre de l'année suivante à Laffaux, lors de l'offensive des Cent jours.

Dimitri ne reverra donc pas sa famille qui était son unique sujet de conversation.

Il en parlait toujours avec tant de fierté et de tendresse…

XXXVIII

Samedi 13 avril 1918

Le ciel enténébré semble se refermer sur Moscou qui ressemble à une vaste cathédrale de verglas et de givre. Le voyage en chemin de fer à travers des paysages enneigés depuis la Finlande a été épuisant. Je dois vous avouer que j'appréhendais un peu de retrouver cette ville. J'avais dix-huit ans et une bonne dose de naïveté lorsque je m'y suis installé après avoir quitté Karaulovo. Il n'y a que cinq ans de cela, mais j'ai l'impression d'avoir vécu plusieurs vies depuis.

Les temps ont bien changé…

Mais pas la gare de Moscou.

J'ai eu un pincement au cœur en foulant ses quais. J'ai bien tenté de refouler le torrent des souvenirs que je pensais enfouis à jamais sous la boue des champs de bataille. En vain. Depuis mon retour, ils me reviennent un à un en mémoire et me submergent. Je crains parfois qu'ils ne m'étouffent… Même si l'heure n'est guère à l'attendrissement, les images de ma jeunesse sont plus fortes que ma détermination à faire table rase du passé. Il me suffit de clore un instant les paupières pour revoir mon arrivée à Moscou à la fin de l'année 1913, les retrouvailles avec mon frère Ilya, les nuées d'ouvriers en bleu de chauffe de l'usine Litteynaïa, ma rencontre avec Irina durant l'été 1914, mon incorporation à la caserne Praskova en décembre 1915.

Tout cela est si loin…

Même si ce passé me paraît désuet, c'est avec une émotion palpable que je retrouve cette ville où j'ai cru jadis pouvoir me construire.

Moscou est devenue, depuis quelques semaines, la capitale de la Russie. Le mois dernier, mes six cents camarades de la Tchéka ont quitté Petrograd, le berceau de la révolution, pour venir s'y installer. Je n'ai pas pu les suivre car j'étais alors en mission. À la demande de Dzerjinski, je me trouvais quelque part entre Tampere et Viipuri afin de surveiller les livraisons d'armes aux Rouges finlandais.

J'ai longtemps rêvé de ce retour à Moscou. Je m'étais promis que ma première visite serait pour mon frère Ilya, j'avais hâte de le serrer contre moi. Malheureusement, il m'a fallu abandonner cette idée lorsque j'ai appris sa mort. C'était au début du mois de mars, juste avant mon départ pour la Finlande. Ilya avait rejoint l'Armée rouge des ouvriers et des paysans dès sa création, au mois de janvier. Mon frère était un brave, toujours en première ligne, jamais découragé. Il a participé à la prise de Novotcherkassk. C'est d'ailleurs au cours de l'assaut contre l'armée des volontaires qu'il a perdu la vie.

Retourner à l'usine n'avait, dès lors, plus aucun sens.

Je sais ce que vous allez avancer : il y avait encore Ivan

et sa fille Irina là-bas. Irina, ma promise, celle qui devait devenir ma femme…

Mais tout ça, c'était dans une autre vie, une vie sans guerre ni révolution. Je ne suis plus le même. Aujourd'hui, j'ai épousé la Russie, mon destin est ailleurs. Je ne tiens guère à revoir Irina. Que pourrais-je lui apporter ? Que pourrais-je lui dire et, surtout, que pourrait-elle comprendre à mon engagement ?

L'Histoire, notre Histoire, avance au galop. Je dois la suivre, aller à son rythme effréné.

Que d'évènements ai-je vécu depuis sept mois, depuis mon retour en Russie !

La révolution est encore fragile, certes, mais nous tenons bon. L'enseignement de Kolya m'est précieux. C'est lui qui a fait de moi ce que je suis aujourd'hui. Kolya, mon ami et mon maître. Kolya probablement mort à Marseille à cause d'un amour fou…

Je pense à lui chaque jour, je réfléchis longuement avant d'agir en me posant des questions simples. Que ferait-il ? Qu'en penserait-il ? Comment réagirait-il s'il était à ma place ?

Bien entendu, je n'ignore pas que Kolya était un être pur, un utopiste un peu naïf. Le souci d'efficacité m'incite souvent à revoir quelques-uns des principes qu'il m'a inculqués afin de les adapter à des situations complexes. Sous son influence, j'étais trop souvent bercé par un idéal et des concepts qui n'ont guère résisté aux réalités politiques et sociales.

Dès mon retour au pays en septembre 1917, j'ai rejoint directement Petrograd car c'est là-bas que tout se passait. J'y ai fréquenté assidûment les réunions des soviets. C'est une habitude que j'avais prise en France, avec Kolya et tous les camarades de la première brigade.

Ce fut une époque confuse. Il fallait faire des choix, souvent rapidement. Je n'ai pas hésité très longtemps : je me suis rapproché des Gardes rouges qui avaient participé aux journées de juillet et fait échouer le coup de force de Kornilov quelques jours avant mon arrivée. Ils m'ont accepté. C'est avec eux que j'ai participé à la prise du Palais d'Hiver de Petrograd, au mois de novembre.

Un grand moment.

Car cette révolution, ma révolution, ou plutôt notre révolution, est bien une déclinaison réaliste de celle que Kolya a si ardemment espérée, celle que personne avant nous n'avait jamais pu mener à son terme. Les quelques mois passés à combattre au sein des Gardes rouges m'ont ramené sur terre en me persuadant que le projet d'avènement d'un pays sans gouvernement, animé exclusivement par des soviets d'ouvriers, de paysans, de soldats, n'était qu'une chimère. Je suis devenu pragmatique.

Je sais que mon ralliement aux bolcheviks et à la Tchéka a été raillé par nombre d'amis anarchistes. Ils croient que je les ai trahis… C'est faux, je ne suis pas un renégat. Les maîtres à penser de Kolya étaient devenus naturellement les miens, mais le temps des songeries est révolu, la révolution a besoin d'ordre, de décisions et de réalisations concrètes. Moi, j'ai les pieds sur terre : l'urgence est de réagir avec détermination face aux Blancs qui montent en puissance dans le sud et à la révolution qui se fait laminer en Finlande.

C'est d'ailleurs en Finlande que je me trouvais lorsque j'ai reçu l'ordre de rejoindre Moscou. Le télégramme de Dzerjinski signalait que des Gardes noirs y représentaient un danger. Ils avaient investi une vingtaine d'hôtels particuliers de bourgeois moscovites afin de les équiper et les armer. Il y avait à Moscou deux mille militants anarchistes, répartis dans une cinquantaine de groupes et de détachements. Leur emprise sur la capitale devenait inquiétante, aussi le Comité militaire révolutionnaire décréta qu'il était temps d'éradiquer cette menace.

Qu'aurait fait Kolya à ma place ?

Moi, j'exécute simplement les ordres, c'est mon devoir de soldat.

Je suis persuadé que Kolya, qui a toujours eu le souci du succès de l'action révolutionnaire, aurait agi de même.

Dzerjinski, qui est en déplacement je ne sais où, m'a donné la mission de lui rendre compte de l'assaut déclenché contre la Dom Anarkhia, la Maison de l'Anarchie. Depuis hier, le premier détachement de mitrailleurs de la Tchéka assiège cette immense et magnifique bâtisse au décor luxueux. L'ancien club des Marchands de Malaya Dmitrovka avait été investi par les Gardes noirs, il convenait de les déloger.

Je remonte le col de mon manteau tant la brise glaciale qui court sur la Moskova s'insère désagréablement dans les moindres interstices de mes vêtements. Le commandant tchékiste qui m'a accueilli me confie qu'il a dû faire donner l'artillerie lourde pour détruire le haut du bâtiment et une partie du rez-de-chaussée :

— Les Noirs se sont battus avec l'énergie du désespoir, précise-t-il. J'ai dû demander l'appui du 4e régiment des fusiliers lettons et d'une partie de la garnison de Moscou pour les déloger !

Les rafales de vent soulèvent des nuages de neige. Les flocons s'accrochent à mon manteau et ma chapka. Nous trouvons un abri derrière un pan de mur maculé de traces d'incendie.

— La Dom Anarkhia est tombée à 14 heures, juste avant ton arrivée, ajoute le commandant.

Il me guide dans ce qui reste du QG des Gardes noirs. Le beau bâtiment est détruit. Plus qu'une image, c'est un symbole : la Russie nouvelle émergera des ruines de ces édifices qui incarnaient la magnificence obscène de l'ancien régime.

Devant ce qui subsiste du portail, les tchékistes se sont impeccablement positionnés en ligne derrière les cadavres encore tièdes des combattants des Gardes noirs. Il y a là une quarantaine de dépouilles allongées dans la boue et recouvertes d'une mince pellicule de cristaux de neige.

— Des prisonniers ? demandé-je.

— Plusieurs centaines. Nous aurons une estimation plus précise dans la soirée. Je vous en fournirai la liste aussitôt… me promet le commandant.

Je sais ce qu'il adviendra des prisonniers d'aujourd'hui : on libérera ceux qui acceptent de collaborer ou même de simplement se taire à jamais, on liquidera les récalcitrants.

La révolution est fragile, attaquée de toutes parts. Les temps sont difficiles et nécessitent des mesures drastiques. Même si certaines d'entre elles m'insupportent, je suis solidaire de ceux qui les prennent. Je n'ignore pas que certaines grèves ouvrières sont réprimées, que la plupart des journaux sont interdits – dont le *Boudilnik* cher à Kolya – et que les arrestations se multiplient chez les anarchistes, les mencheviks et tous les opposants.

Je préférerais que cela se passe autrement. Ce sont des décisions douloureuses mais nécessaires, car nous devons impérativement nous approprier l'ensemble des rouages politiques et économiques du pays.

Les soldats me saluent. Ils ont l'air bigrement fiers d'eux en exhibant leurs trophées de chasse, des dépouilles ensanglantées étalées comme de vulgaires sangliers devant l'envoyé spécial de la Tchéka !

Le commandant du 1er détachement tient à me présenter également les cadavres des quatre meneurs.

— Ils ont été capturés vivants et fusillés sur place, tient-il à me préciser.

Leurs dépouilles reposent sur des gravats, un peu à l'écart. La neige se dépose peu à peu sur les visages et les uniformes mais parvient difficilement à recouvrir les traces des taches de sang noir qui imbibent le sol

Me présenter les chefs morts…

Cela ne m'intéresse guère…

La guerre sur le front de France et la prise du Palais d'Hiver m'ont prouvé que tous les morts se ressemblent. Dans ce monde injuste, la camarde aplanit toutes les différences, physiques, sociales ou autres. J'en ai tant vu de ces corps mutilés par les impacts de balles ou les fragments d'obus et de ces visages à la peau parcheminée, souillés par la boue et le sang séché…

Je les regarde à peine.

L'officier, croyant bien faire, s'empresse d'épousseter la neige qui s'agrippe aux barbes et emplit doucement les orbites et les bouches entrouvertes.

Soudain, mon regard se fige sur le troisième homme. Son visage dévoré par une barbe épaisse et ses yeux grands ouverts me tétanisent.

Je me retiens sur un pan de mur qui a résisté au bombardement afin de ne pas m'effondrer.

Je le reconnais…

Oh oui, je le reconnais, celui que j'ai si longtemps recherché, si intensément espéré…

Je l'ai retrouvé.

Il est là !

Ma gorge se noue, je retiens mes larmes.

Kolya Nikolaïevitch Notchev, mon ami, mon frère, est mort les armes à la main à la tête des Gardes noirs !

XXXIX

Kolya, je l'ai cherché comme un dément cinq jours durant à Marseille. Oui, cinq jours à user mes semelles et ma voix, cinq jours à errer comme un enfant perdu en quête de sa mère, les yeux embués de larmes, refusant d'entrevoir, au fur et à mesure de mes déceptions, l'inéluctable épilogue.

J'ai sillonné les vieux quartiers aux murailles humides et aux pavés gluants, traversé les places éclaboussées de lumière et brûlées par le soleil, longé les avenues bourgeoises somnolant à l'ombre des platanes, visité les brasseries, les cafés et les bouges, fréquenté assidûment les bordels et les églises (où j'ai parfois croisé les mêmes personnages). J'ai interpellé les femmes du monde et les putains, les dockers et les notaires, les condés et les malfrats, les enfants et les chiens…

En vain.

D'ailleurs, qu'auraient-ils pu me répondre tant les

signalements que je leur communiquais étaient vagues ? Dans ce port qui voyait défiler toutes les peuplades du monde, il devait y avoir des centaines de grands gaillards blonds aux yeux bleus et des milliers de jolies filles brunes aux yeux noirs…

J'ai pensé que Kolya avait peut-être réussi à s'enfuir…

Qu'il n'avait pas eu le temps de m'en informer…

Qu'il avait estimé que, tout compte fait, mieux valait l'amour que la révolution…

Pourquoi pas, après tout ?

Je m'accrochais à toutes les hypothèses qui pouvaient faire de lui un garçon stupidement trop sentimental trahissant son bel idéal, mais un gars bien vivant plutôt qu'un cadavre dévoré par les congres.

Pourtant, mon inquiétude était tenace : on ne tombait pas impunément amoureux d'une pute. Bàtî, à l'instar des autres marlous, ne pouvait pas tolérer qu'un client vienne mettre la panique dans ses affaires et encore moins voler une brebis de son troupeau.

Si Kolya avait été plein aux as, il aurait pu acheter la fille. Mais il était fauché. Il avait à peine de quoi se payer les passes. Et chez Odette, elles n'étaient pas spécialement bon marché…

J'y suis d'ailleurs retourné le soir de notre départ raté. Évidemment, Lola n'était pas là, Odette était furax et Bàtî avait mis les voiles. Et ce n'était certainement pas pour aller à la pêche…

Après avoir poussé la porte de la maison, j'ai commandé une romaine avant d'aborder Soraya et de monter avec elle. Je ne tenais pas à éveiller la curiosité des malfrats qui passaient toutes leurs soirées dans ce lieu. J'ai été un amant lamentable tant j'avais l'esprit torturé par la défection de Kolya. En redescendant, je me suis accoudé nonchalamment au comptoir, comme tous les gars qui viennent chercher un moment de détente. J'ai branché un des barbichons sur Lola. Je lui ai payé une fine à l'eau pour gagner sa confiance avant de lui demander, mine de rien :

— Je viens de monter avec Soraya. Une fille bien…

— Ouais, m'a-t-il répondu.

— D'habitude, j'aime bien Lola. Elle est pas là ce soir ?

Je lui ai fait servir une autre fine à l'eau. Ça a suffi pour qu'il me confie d'un air mystérieux :

— Cette connasse est partie avec son amoureux, un cosaque je crois. Tu serais pas cosaque, toi aussi ? T'as un drôle d'accent…

J'ai menti :

— Non, non. Je suis… écossais… Tu sais pas si elle reviendra ?

— Oublie-la. Tu la reverras plus !

J'ai aussitôt répliqué d'un faux air rigolard :

— Et pourquoi donc ? Bàtî les a fumés tous les deux ou ils se sont barrés très loin ?

— Cherche pas, mon gars. Vis ta vie et laisse tomber… Tout est déjà assez compliqué comme ça, tu crois pas ? Laisse tomber, je te dis…

Je ne les ai jamais plus revus.

J'ai pu récupérer la chambre dans la mansarde de la rue Triperie. Le marchand de sommeil ne l'avait pas encore relouée. J'ai traîné quelques jours dans tous les cafés des vieux quartiers, en évitant toujours soigneusement le Bar des Colonies, à la recherche d'un embarquement pour le Moyen-Orient. Je me suis fait tout petit tant j'avais la frousse des condés. Ils étaient toujours à la recherche des deux gars qui avaient récupéré le butin de l'attaque du train.

J'ai fini par dénicher une place sur un cargo roumain, le

Tineret, qui a quitté Marseille pour le Liban quelques jours plus tard, le 15 août exactement.

Je me souviens qu'il faisait très chaud ce matin-là. C'était une belle journée d'été avec un ciel dégagé, un air cristallin et transparent qui magnifiait la côte marseillaise. Un ciel aussi pur que celui qui nous avait accueillis seize mois plus tôt lorsque nous avions débarqué du *Latouche-Tréville*.

Puisque Kolya n'était plus là, j'étais décidé à poursuivre notre projet en solitaire.

En souvenir de lui.

Pour lui.

Kolya avait griffonné les détails de notre futur itinéraire, de Beyrouth à Petrograd, sur un feuillet que je conservais précieusement. J'imaginais que ce serait long, pénible et sans doute dangereux : la contre-révolution gagnait toutes les régions russes, la méfiance régnait, on tuait pour un oui ou pour un non…

Mais rentrer au pays était mon devoir.

C'était même devenu le but de mon existence.

Kolya m'avait refilé son virus, j'étais imbibé de ses idées. « J'ai vraiment fait une connerie. Je crois que je suis viscéralement anar et je me suis comporté comme un imbécile ! » m'avait-il révélé un soir de déprime, alors qu'il regrettait d'avoir influencé le vote du soviet qui valida notre participation à l'expédition de Nivelle sur le Chemin des Dames. Il m'avait alors brossé un tableau enchanteur de l'anarchie. Pour lui, ce n'était pas le foutoir, la panique, le désordre et l'irresponsabilité, c'était un monde où chacun était maître de ses actes et de ses paroles, où chacun possédait les moyens d'exercer cette responsabilité, de se cultiver et de s'entraider.

J'allumais une cigarette et me remémorais les mots de

Kolya, accoudé au bastingage, lorsque nous avons doublé le phare de Planier. Comment mettre en œuvre de tels fondements dans un contexte russe plutôt fluctuant ? L'avenir serait compliqué mais je ne baisserais pas les bras…

Oui, je pensais à tout cela lorsqu'un des matelots du *Tineret* me rejoignit pour me demander du feu. En fait, le gars devait avoir envie de parler. C'était un Marseillais hâbleur qui voulait sans doute me vanter la beauté sauvage de la côte ou les mille aventures qu'il avait vécues. Je l'ai écouté, j'aurais encore bien du temps, avant mon arrivée en Russie, pour réfléchir sur MA révolution à venir…

Le mataf, soucieux comme tous les bavards de se valoriser en rapportant un évènement marquant qu'il est le seul à connaître, m'a raconté qu'un pêcheur de Saint-Jean avait ramené la veille deux corps attachés l'un contre l'autre dans ses filets. Un gars qui avait eu la gorge tranchée, une fille qui avait été vitriolée avant de subir le même sort.

Je me souvins de l'avertissement du malfrat de chez Odette, « Ne la cherche plus. Tu ne la reverras plus ! » que j'avais traduit par « Ne les cherche plus. Tu ne les reverras plus ! » tant les destins de Kolya et Lola me paraissaient funestement liés.

Liés, est-ce que ça voulait dire ligotés ensemble et jetés à la flotte ?

Étaient-ce Kolya et Lola ?

Peut-être…

Peut-être pas…

Rien ne le prouvait. Je n'avais pas vu les dépouilles. Alors, comme, ce matin-là, j'étais d'un optimisme béat et puisque les crimes analogues étaient habituels du côté du Vieux Port, j'ai pensé que ça pouvait être d'autres qu'eux.

Je dois vous avouer que je n'ai jamais désespéré de revoir mon ami.

XL

– Kolya, mon ami, mon frère…

Penché sur la dépouille encore tiède, je chuchote ces mots en français afin que personne ne puisse les comprendre. Je dois absolument retenir mes larmes devant le commandant du 1er détachement qui m'observe, passablement étonné par ma réaction.

Je m'agenouille près de Kolya et reste là, sans rien ajouter, tandis que les chutes de neige reprennent doucement. D'un revers de la main, je chasse les flocons fins et légers qui se déposent sur son visage. Une fleur rouge a éclos sur son front. Le coup de grâce.

C'est le commandant qui me tire de ma léthargie en posant sa main sur mon épaule et en me proposant timidement de terminer la visite. Pas question pour lui de brusquer un envoyé de Dzerjinski… J'acquiesce d'un simple signe de tête sans pouvoir débarrasser mon esprit des questions qui l'assaillent.

Que s'est-il passé entre notre dernier jour à Marseille et ce samedi d'avril à Moscou ?

Qu'est devenue Lola ?

Les Gardes noirs…

Kolya, toi tu es resté fidèle à tes lectures adolescentes, à tes engagements de jeune homme, à ces utopies qui faisaient briller ton regard. Je sourirais presque de la naïveté et de la fraîcheur que tu as su conserver en cette époque démente, si je n'étais pas, quelque part, responsable de ta mort. J'ai repensé aux propos que tu me tenais lors de notre trajet de La Courtine à Marseille : « Confier le pouvoir à certains, c'est se diviser et, à terme, c'est briser le lien social. Rotislav, n'oublie jamais que l'anarchie est viable. Elle fait peur aux élites car dans ce système, il n'y a pas de place pour elles. »

Suis-je dans le clan des élites, de ceux qui ont peur du drapeau noir ?

Sans doute…

Tu m'affirmais que le chemin ne serait pas aisé, que l'idée était insupportable à ceux qui attendaient qu'on leur dise ce qu'il fallait faire ou penser. C'était, selon toi, le cas d'une majorité de ces Russes qui avaient été traités pendant des années comme des serfs. On en avait fait des attardés, abrutis par toutes sortes de croyances et de débilités visant à affirmer naturellement le pouvoir du tsar, des princes et des popes.

Le commandant du 1er détachement s'adresse à moi, sans doute me détaille-t-il les dernières heures de la Dom Anarkhia, mais je n'écoute pas son compte rendu. Sa voix n'est plus qu'une musique lointaine, triste comme la rengaine chère à la mère de Slava qui me revient en mémoire.

« Tu ne peux savoir
Quel sera ton sort,

Sur la route ce soir
Tu peux trouver la mort… »

Non, je ne t'ai pas trahi, Kolya, j'ai simplement évolué sous l'impact des réalités.

Je dois me ressaisir plutôt que de m'attendrir.

Kolya, je porterai ton deuil.

Ta révolution est terminée. La mienne se poursuit…

Félix Dzerjinski attend mon rapport que je dois rédiger rapidement. Pourtant, plutôt que de me rendre à la caserne du 1er détachement de la Tchéka où je logerai provisoirement, j'interpelle le commandant :

— Pourrais-tu me conduire à la rue Midalnyi ?

— La rue Midalnyi ? Mais c'est de l'autre côté de…

Le commandant s'interrompt et rougit. On ne peut rien refuser à un officier de la Tchéka.

— Bien entendu, camarade commissaire, obtempère-t-il aussitôt.

La rue Midalnyi est sinistre, bordée de masures lugubres et sales. Même le manteau neigeux qui recouvre la chaussée ne parvient pas à en atténuer la morne désespérance. Je repère sans peine l'estaminet. Son éclairage blafard pose une tache jaunâtre sur la grisaille uniforme du paysage.

Avant de quitter le véhicule, je demande au commandant de m'attendre bien sagement. Ce que j'ai à faire est très personnel, et j'ai toujours la sale impression que tout le monde espionne tout le monde.

L'intérieur du café est sombre. Sans doute a-t-on voulu lui donner un aspect de datcha avec ces murs plaqués de planches de bouleau teintées au bitume de Judée. Il règne ici des odeurs mêlées d'alcool, de tabac et de fumée. Le poêle refoule. Les longues tables en bois sont occupées par des flopées d'hommes aux gestes las, prématurément usés par le labeur. Tous se taisent lorsque je m'approche du comptoir. Rien de plus normal : en ces temps incertains, eux aussi se méfient des inconnus.

Iouri m'a suffisamment décrit Piotr pour que je le reconnaisse au premier coup d'œil. Le colosse trône en maître absolu derrière son comptoir, coiffé d'une vieille chapka. Un bandeau noir sur l'œil droit lui donne des airs de pirate.

Je commande une vodka.

Manifestement, l'homme est sur ses gardes. Il attend. Il sent que je suis venu pour le questionner.

— Je suis passé chez toi il y a quelque temps…

Il m'observe toujours. Que pourrait-il répondre ? Il y a tant d'hommes qui ont poussé la porte de son café…

J'ajoute :

— J'étais à la caserne avant d'être envoyé en France…

Toujours pas de réaction.

— J'avais un ami. Iouri Chalvovitch Poslednov. Tu sais, ce gars qui est venu te voir après le meurtre de sa sœur Talya…

— Bien sûr que je me souviens de lui. Il était si désespéré…

Piotr est rassuré. Je ne suis pas là pour tester ses opinions politiques.

— Iouri est mort au combat…

— J'en suis désolé mais qu'est-ce que je peux faire pour toi ?

Il appréhende un peu ma question. On ne sait jamais ce que les étrangers ont dans la tête.

— Pas grand-chose, le rassuré-je. Je passais par ici… Je voulais simplement savoir si on en a appris davantage sur l'assassinat de Talya. Son frère m'en a tant parlé…

Iouri a toujours prétendu que le meurtrier de sa sœur

était un militaire de la première brigade. Ma question peut paraître absurde. Absurde, jusqu'à la réaction de Piotr :

— Sur son assassinat, non. Mais sur son assassin, oui. Le gars a été cravaté. Il a même été condamné à mort et exécuté il y a un an et demi.

Je me cramponne au comptoir et lui fais signe de me verser une autre vodka.

— Tu... Tu me racontes ?

Il n'a pas entrevu mon désarroi. Tant mieux. Il me raconte donc...

— Après Talya, il y a eu deux autres victimes. La première au mois de mars, la seconde au mois de juin. Toujours dans les alentours de la caserne Praskova... Et toujours selon le même rituel atroce...

— Tu avais dit à Iouri que l'assassin était certainement un des gars rassemblés dans cette caserne en vue de l'expédition en France, donc un des membres de notre brigade. Or notre brigade a quitté Moscou en février...

Il grimace. Son front se plisse.

— Je sais... Je crois que nous avons tous extrapolé un peu trop vite... En fait, l'assassin était bien un militaire de la caserne Praskova mais il ne faisait pas partie du corps expéditionnaire. Il était attaché à l'administration de la caserne. C'était un de ceux qui vous ont reçus au moment de l'engagement. Ce qui m'a trompé, c'est qu'il n'a mis que deux ou trois fois les pieds chez moi. J'ai donc pensé qu'il n'était que de passage. Or, ce gars-là n'a jamais quitté Moscou. C'était un militaire de... bureau !

Il me raconte que l'assassin était un émule de Jack l'éventreur. Issu d'une famille de paysans, il avait appris très jeune à manier la lame pour égorger et étriper le cochon. L'homme, certainement perturbé et fasciné par l'histoire de l'Anglais, désirait surpasser son idole en le copiant. Il avait fait trois victimes mais raté son pari : Jack l'emportait par 5 à 3.

Un aspect de ces drames me perturbait : comment la police, indifférente aux supplications de Iouri, avait-elle pu soudainement se mobiliser pour arrêter aussi vite l'assassin ?

Piotr eut un haussement d'épaules lorsque je lui posais la question :

— Parce que cet abruti a commis une erreur…

— Une erreur ?

— Oui, sa troisième victime était la fille d'un commissaire… Alors, autant te dire que ces messieurs de l'Okhrana se sont déchaînés ! On a découvert le corps à la mi-juin… au mois de juillet, le gars était arrêté… au mois de septembre, il était condamné à mort et exécuté aussi sec !

Je n'en saurai pas plus. Piotr m'a dit l'essentiel et cela me met en émoi. Ainsi, Iouri a passé son temps à rechercher un homme qui ne faisait pas partie de l'expédition !

Et il y a laissé sa raison avant d'y laisser sa vie.

Je rejoins le commandant. Nous traversons une ville déserte et pétrifiée par une nuit polaire.

La caserne du 1er détachement de la Tchéka est un long bâtiment noir qui paraît flotter sur un tapis blanc et irréel. Une fois parvenu dans ma chambre, j'alimente la cheminée qu'on a allumée avant mon arrivée et m'attelle à la rédaction du rapport demandé par Dzerjinski.

J'ai du mal à me concentrer.

Kolya est mort.

Je me répète que la dictature est un mal, mais un mal nécessaire, car elle seule peut imposer la société dont nous rêvons. Malgré tout, j'ai des idées noires – noires et non pas rouges – plein la tête…

Kolya et Iouri dans la même journée, ça fait beaucoup…

ÉPILOGUE, MOSCOU

Samedi 12 juin 1937

Bien sûr, tu pourrais prétexter que tu as été pris dans l'engrenage, que tu y as cru sincèrement, que Kolya s'est trompé mais que ses mots sont restés gravés dans ta mémoire, qu'ils ont orienté tes choix et tracé ta destinée.

Tu n'en es pourtant pas persuadé : est-ce lui qui s'est trompé en choisissant les Gardes noirs plutôt que la Tchéka ou l'Armée rouge ?

Tu n'as jamais pu apprendre quand ni comment il était arrivé à Moscou mais, presque vingt ans après sa mort, tu penses à lui chaque jour, et plus encore en ce petit matin anormalement froid pour un début d'été.

Tu te souviens de toutes ses lectures, de ces pages qu'il choisissait tous les soirs de votre séjour au camp de Baye, au lendemain de l'hécatombe de Courcy. Il prétendait que la lecture permettrait d'oublier, une paire d'heures durant, ce que vous aviez vécu.

Kolya aimait bien lire à haute voix, non pas ses écrits ou ses articles jadis publiés dans Boudilnik *mais ceux des autres. Tu te souviens de la gravité avec laquelle il avait lu quelques pages d'un roman de Victor Hugo,* Le Dernier Jour d'un condamné.

C'était un soir du mois de mai 1917.

Il est des phrases qu'on entend à peine sur le moment mais qui s'impriment, à notre insu, dans les zones sombres de notre cerveau pour mieux en resurgir à l'occasion. Au cœur de la nuit dernière où tu as si mal dormi, il t'est revenu à l'esprit l'une d'entre elles : « Maintenant, je suis captif. Mon corps est aux fers dans un cachot, mon esprit est en prison dans une idée. Une horrible, une sanglante, une implacable idée ! Je n'ai plus qu'une pensée, qu'une conviction, qu'une certitude : condamné à mort ! »

Victor Hugo. Le Dernier Jour d'un condamné…

Ton dernier jour se lève…

À travers l'étroite lucarne obstruée par une lourde grille de fer forgé, tu entrevois un lambeau d'un ciel gris laiteux. Il est encore tôt. En juin, les nuits sont courtes.

Bientôt, le silence se brise. Tu perçois, au loin, le claquement des bottes qui résonne sur les dalles de pierre.

Ils s'approchent…

Ça y est, ils viennent vous chercher…

Les mots d'une froideur méprisante que le président du tribunal militaire a prononcés hier après-midi dans la grande salle glaciale, où tous les assesseurs sont aux ordres et le public muet, résonnent encore dans ta tête : « Le commandant Rotislav Radomirovitch Govgaline est condamné à mort… »

Ainsi, il suffit de neuf mots pour être radié de la liste des vivants.

Une sentence inique pour un motif absurde, inventé de toutes pièces. Staline ne pouvait guère contester vos qualités de révolutionnaires, alors il vous a fait passer pour des bandits ou des traîtres.

Classique.

Et les autres ont cautionné.

Classique aussi.

Tu peux t'en offusquer mais la criminalisation des opposants politiques n'a-t-elle pas toujours été une constante du régime ? N'en as-tu pas été complice ? À une différence près, argueras-tu : que lorsque vous pourchassiez les amis de Kolya, c'était au profit de la révolution alors qu'aujourd'hui, ce n'est qu'à celui d'un pouvoir personnel.

Un cliquetis métallique.

Le loquet de la cellule.

Staline ne fait que mettre en œuvre ce qu'il préconisait seize mois plus tôt et qu'on faisait semblant de ne pas entendre. « Il reste peut-être une dizaine de milliers de vieux cadres… que nous fusillerons bientôt ! » affirmait-il alors. On doit au moins lui reconnaître le mérite de faire ce qu'il dit !

Tous les révolutionnaires de la première heure y passent les uns après les autres. Plus d'un millier de délégués du XVIIe congrès du Parti communiste de l'Union soviétique et les deux tiers des membres du Comité central ont été broyés par la machine infernale que vous avez engendrée.

Mon pauvre Rotislav, tu n'as pas plus d'importance qu'une chiure de mouche dans cet immense bataillon de héros de 17 sacrifiés. Nombreux sont tes camarades à avoir déjà été exécutés. Il y a fort à parier que beaucoup d'autres suivront. Beaucoup d'autres, même ceux qui approuvent aujourd'hui la sentence te condamnant à la peine capitale, même ceux qui applaudissent des deux mains les décisions iniques du despote.

Tous baissent l'échine, Rotislav, tous…

Les Russes se soumettent servilement au petit père du peuple, comme ils se soumettaient il y a une vingtaine d'années aux princes, aux popes et à ce tsar qu'on surnommait déjà « petit père des peuples ». Et il y a fort à parier que ceux qui succéderont à Staline – car aucun homme, même lui, n'est immortel – seront vénérés avec la même obséquiosité.

Cet assujettissement des foules t'a toujours épouvanté. La vie t'a prouvé qu'il n'est pas propre à la Russie en ces temps où les dictatures fleurissent plus vite que les coquelicots… Regarde ce qui se passe en Italie, en Allemagne ou en Autriche ! Et ce n'est pas fini…

Décidément, tu n'aimes pas la foule.

À la foule, tu as toujours préféré le peuple.

Demain, on ne se souviendra ni de toi, ni de six de tes sept camarades qui seront mis à mort ce matin. Seul le plus prestigieux des huit condamnés, le maréchal Mikhaïl Nikolaïevitch Toukhatchevski entrera peut-être dans l'Histoire. Enfin, pas avant quelques années, car le camarade Staline prend grand soin de faire réécrire l'Histoire à son avantage.

Aujourd'hui, pour tous, vous n'êtes que des renégats, des contre-révolutionnaires, des ennemis du peuple. Des criminels. Le crime de Toukhatchevski est d'avoir osé critiquer la politique étrangère du maître suprême qui prône l'abandon de la république espagnole et la non-détestation d'Hitler. Un crime de lèse-majesté. On dit que son dossier d'accusation aurait été monté par le NKVD avec l'aide du

SD nazi… Si un maréchal aussi glorieux peut être aussi facilement condamné à mort, tous les militaires sont susceptibles de disparaître sans trop de problèmes, au gré des prochaines purges.

Finalement tu n'es qu'une victime collatérale du projet du petit père des peuples de décimer l'Armée rouge. Presque tous les généraux et colonels et la moitié des autres officiers sont passés par les armes.

La porte grince.

Quatre uniformes se découpent dans la lumière aveuglante du couloir. Des ombres chinoises. Tu ne peux pas distinguer leurs visages.

Tu jettes un dernier coup d'œil aux graffitis sur les murs. Il y a là des prénoms, des prières et des insultes. Tu n'y as laissé que tes initiales – Р Р Г – et c'est bien suffisant.

Ils te cernent, te saisissent par les bras pour t'emmener.

Tu ne résistes même pas.

Le couloir est humide, balayé par un courant d'air glacial. Quand tu en sors, une clarté intense, d'une violence presque artificielle, t'oblige à clore à demi les paupières.

Tu trébuches.

Ils te soulèvent sans ménagement.

Tu les repousses pour reprendre ta marche chancelante.

Aujourd'hui, qui se souvient encore de ton ami Kolya Nikolaïevitch Notchev ?

Qui, demain, se souviendra de Rotislav Radomirovitch Govgaline.

Plus que quelques pas, Rotislav, et tu entreras dans le silence.

Remerciements

Ce trentième polar – édité par les éditions Jigal vingt années après le premier – constitue une opportunité pour exprimer quelques remerciements à ceux qui m'ont aidé, soutenu, conseillé (et bien plus encore) depuis le début.

Je tiens à remercier mon ami Bohdan Kosyk, premier lecteur (par ordre chronologique) de mes historiettes. Ce sont ses connaissances éclectiques et approfondies dans de nombreux domaines (dont celui de la langue française) qui me permettent d'éviter d'écrire des inexactitudes, voire des âneries. Son expertise des armes et ses ascendances cosaques m'ont, par exemple, été d'une grande utilité lors de la rédaction du roman que vous venez de lire.

Je souhaite également remercier les éditions Jigal pour leur aide attentive, leur assistance et leur remarquable travail éditorial qui permet, à chaque fois, d'améliorer ma prose et de rendre mes intrigues plus percutantes. Je dois également rendre hommage à la grande liberté accordée à leurs auteurs, puisque tous mes manuscrits ont été acceptés sans qu'on ne m'impose d'en modifier le fond ou la forme.

Un grand merci enfin à mes lecteurs (souvent fidèles) et, surtout, à ma famille qui m'a toujours apporté la compréhension et le soutien sans lesquels je n'aurais pu mener à bien ces deux décennies d'écriture.

Et, comme le chantait Queen, *the show must go on…*

Achevé d'imprimer sur les presses
de Pulsio à Sofia
Imprimé en Bulgarie
Dépôt Légal : février 2021